KB129668

중국소설을 통해 본

# 역사
# 문학
# 문화
콘텐츠

중국소설을 통해 본

# 역사 문학 문화 콘텐츠

천대진 지음

學古房

# 목 차

# 일러두기

1 이 책의 제목을 '중국소설을 통해 본 역사 · 문학 · 문화콘텐츠'로 명시한 것은 이 책에서 다루는 등장인물이 모두 명대 풍몽룡馮夢龍이 집록한 단편소설집 '삼언三言'에 나오는 여러 역사인물들이며, 그들로부터 비롯된 역사기록과 문학작품, 그리고 현대의 문화콘텐츠를 폭넓게 살펴보고자 한 것에서 비롯되었다.

2 정사正史의 경우 그 길이가 1,000자 이내의 짧은 기록일 때는 전문을 수록하였고, 그 이상의 긴 기록일 때는 요약형으로 정리하여 수록하였다. 또한 소설과의 대비를 위해 특정 시기의 역사기록만 필요할 경우에도 비교의 편의상 요약형으로 수록하였다.

3 각 장의 관련 문헌의 인용문 중에 정사는 인물에 대한 가장 객관적 자료이기 때문에 번역문과 함께 원문을 각주에 수록하였다. 그러나 기타 필기류나 소설의 경우 가독성을 위해서 번역문만 싣고 원문은 수록하지 않았지만, 원문의 출처는 각주를 통해 밝혀놓았다.

4 한자 표기 방식은 원전에 준하여 번체자로 표기하였고, 일부 이체자의 경우에도 원전에 준하여 표기하였다. 또한 인명 · 지명 · 관직명 등의 고유명사는 최초에 나올 때 한글과 한자를 병기하여 이해를 도왔고, 이후에는 한글로만 표기하여 한자 표기의 번잡한 중복을

피하고자 하였다. 단, 본 책에는 다양한 역사적 사건과 소설적 이야기들이 혼재하고 있기 때문에 앞서 언급되었던 인명 · 지명 · 관직명 등이 상당한 거리를 두고 뒤쪽에 다시 반복되어 나올 때에는 독자의 이해를 돕기 위해 한글과 한자의 병기를 중복한 경우도 있다. 주석의 문헌명 또한 처음에는 한자를 표기하였으나, 이후부터는 한글로 표기하였다.

5 한자 표기 시 한글 독음에 대한 한자의 이해를 돕는 것이 필요한 경우 한글과 한자를 병기하였으나, 마찬가지로 번잡함을 피하기 위해 한글과 한자를 병기한 이후에는 한글만 표기하였다. 또한 일부 인용 표현은 한글 해석을 적은 후 한자표기를 통해 이해를 돕는 것이 필요하다고 판단되는 경우에는 한글 해석과 함께 원문 한자를 병기한 경우도 있다.

예) '낮에는 사람을 판결하고, 밤에는 귀신을 판결하다日間斷人, 夜間斷鬼'

6 지명과 인명의 표기는 모두 우리 한자 독음으로 표기하였다. 이는 텍스트의 특성상 중국 고전 속 지명·인명과 현대의 지명·인명이 중복되는 경우가 빈번하므로 표기의 통일성을 고려하여 현대 중국의 표기법을 적용하지 않은 것이다. 이는 또한 중문학을 전공하지 않은 독자들의 가독성을 위한 것이기도 하다.

예) 쑤조우蘇州 → 소주蘇州

7 고문헌과 현대의 서적류는 ≪ ≫로 표기하였고, 문헌 속 단편은 < >로 표기하였다. 또한 영화 · 드라마 · 연극과 같은 현대의 창작물도 < >로 표기하였다.

# 서문

중문학 강의와 연구를 업으로 삼아 온 필자도 언제부턴가 4차산업혁명의 거센 변화의 물결에 맞춰 인문학과 중문학이 나아가야 할 방향에 대해 고민하는 것이 더이상 늦출 수 없는 숙제가 되었다. 이땅의 중문학이 그간 쌓아온 기초학문의 토양은 점차 공고해지고 있다고 판단되나, 시대적 요구에 발맞춘 연구를 넓혀 나가야 한다는 것은 이제 누구나 공감하는 화두가 되었기 때문이다. 필자는 중국소설을 통해 학자의 길로 들어섰지만 다가올 세상의 인문학적 토양을 위해서는 다양한 장르와의 과감한 융합을 두려워해서도 안 되고, 4차산업혁명과 보조를 맞출 수 있는 기민함의 칼날이 무디어져서도 안 된다는 것을 인식하기에 이르렀다. 그런 각도에서 이 책은 중문학 연구의 다양성과 향후 방향성에 조금이라도 일조할 수 있는 책이 되기를 희망한다.

이 책은 필자가 박사학위를 받은 이래로 4년간 전념해 온 연구 내용을 결집하는 과정에서 학회에 발표하여 등재한 논문의 내용을 다수 포함하였다. 30여 명의 '삼언' 역사인물 중에서 역사 · 문학 · 현대문화콘텐츠의 세 분야에서 유기적 연결고리를 가지고 있는 인물에 대해 세밀하게 연구하면서, '군주君主 · 청관淸官 · 문인文人 · 간신奸臣'과 같은 유의미한 주제어들을 발굴하게 되었다. 이중 '청관'을 예로 들어보면, 그간 한 · 중

따라서 역사인물을 다룬 수많은 소설에서 독자는 사실과 허구의 아슬아슬한 줄타기를 때로는 호기심 있게 바라보는 관객이기도 했고, 때로는 냉정한 평가를 내리는 비평가이기도 했다.

그렇다면 중국 고전소설에서 역사인물을 소재로 한 '역사인물소설'에는 어떤 것이 있을 수 있을까? 지금까지 중국 고전소설에서 역사인물소설이라는 장르적 명칭에 대해 고민한 흔적은 희소하다. 대체로 '역사소설'은 모두가 인식하는 소설의 하위분류이나, 역사인물소설이라는 용어는 아직 생소하고, 역사소설의 하위분류로 적극적으로 사용되고 있지는 않다. 그러나 그간의 역사소설에 대한 이해는 대체로 역사적인 사건들을 중심으로 다수의 등장인물이 대거 등장하는 '장편소설長篇小說' 혹은 '연의류소설演義類小說'이었다. 따라서 대개 한두 인물과 사건을 중심으로 구성된 역사인물소설의 경우에는 단편소설 분야에서 주로 나타나는 유형이기 때문에, 역사소설이라는 큰 틀에 단순 포함하기에는 다소 거칠어 보인다. 또한 중국 고대 단편소설 중 역사인물소설이라고 할 만한 작품들에 대한 연구와 관심은 비교적 최근의 경향이기 때문에, 이 개념의 적절성은 더 많은 논의가 필요하다. 어쨌든 필자는 삼언 속 30여 편의 작품을 분류해 내는 과정에서 역사인물소설이라는 이 개념이 가장 최적인 것으로 보았고, 이 책에서 이야기하고자 하는 작품들을 모두 '역사인물소설'로 지칭하고자 한다.

그럼 역사인물이란 무엇인가? 필자는 역사인물을 '정사와 같은 역사기록을 통해서 그 인물의 본기本紀 내지는 열전列傳이 남아 있는 경우나, 역사기록이 없는 경우 개인 문집이나 작품, 혹은 사적 등의 자료들을 통해서 확인이 가능한 실존인물'로 규정하였다. 그렇다 할지라도 그 경계를 명확히 하는 것이 결코 쉽지 않은 것은 소설 속에 등장하는 일부의 인물들은 가상 인물인지 실존 인물인지가 명확하지 않은 경우도 있기 때문이다. 단순히 정사에만 의존하기에는 오랜 세월 동안 수많은 설화가 존재해온 인물도 있고, 또한 정사는 실존 인물이라 할지라도 집록 가치의 기준에 따라 수록한 경우도 있고 수록하지 않은 경우도 있는 결정적인 단점이 존재하는 문헌이기도 하다. 따라서 비록 정사에는 수록되어 있지 않다 할지라도 필기류나 개인의 문집, 사적과 같은 이차자료를 통해 역사인물인지에 대한 정밀한 검토가 필요하다. 필자는 이러한 여러 가지 문헌과 기준을 바탕으로 삼언 역사인물을 검토하였으며, 이 책에서는 그중 현대의 일반대중들이 대중매체를 통해 빈번하게 접하고 있고, 또한 풍부한 스토리텔링을 가지고 있는 열네 명의 인물들에 대해 이야기를 풀어가고자 한다.

## 2. 삼언소설 속 역사인물

중국 명대의 풍몽룡이 집록한 대표적인 단편소설집 '삼언三言'은 '유세명언喩世明言 · 경세통언警世通言 · 성세항언醒世恒言'의 세 소설집으로 구성되어 있다. 삼언은 중국 백화소설사의 발전과정에서 송 · 원 · 명까지 전승되어 오던 수많은 소설의 원천들을 집약시켜서 계승한 단편소설의 총체본이라 할 수 있다. 특히 이후 명말과 청대에 이르러 소설이 당시를 대표하는 문학 장르로 발돋움하는 데에 끼친 영향이 적지 않다는 점에서 중국소설사의 중요한 맥을 잇는 작품집이다.

이러한 삼언 속에는 역사인물을 소재로 한 유독 많은 단편소설이 존재한다. 삼언에서 확인할 수 있는 역사인물 관련 작품은 30여 편이 있으며, 각 작품을 인물별 · 시대별로 나누어보면 다음과 같다.

[표 1][2]

| 시대<br>작품명 | 춘추전국<br>春秋戰國 | 한위진남북조<br>漢魏晉南北朝 | 수당오대<br>隋唐五代 | 송<br>宋 | 명<br>明 |
|---|---|---|---|---|---|
| 窮馬周遭際賣䭔媼(喩5) | | | 마주馬周(당唐) | | |
| 葛令公生遺弄珠兒(喩6) | | | 갈종주葛從周(양梁) | | |
| 羊角哀舍命全交(喩7) | 양각애羊角哀·좌백도左伯桃(초楚) | | | | |
| 吳保安棄家贖友(喩8) | | | 오보안吳保安(당唐) | | |
| 裴晉公義還原配(喩9) | | | 배도裴度(당唐) | | |
| 衆名姬春風吊柳七(喩12) | | | | 유영柳永 | |
| 張道陵七試趙升(喩13) | | 장도릉張道陵(동한東漢) | | | |
| 陳希夷四辭朝命(喩14) | | | 진단陳摶(오대五代·송초宋初) | | |
| 史弘肇龍虎君臣會(喩15) | | | 사홍조史弘肇·곽위郭威(오대五代) | | |
| 范巨卿鷄黍死生交(喩16) | | 범식范式·장소張劭(한漢) | | | |
| 臨安里錢婆留發跡(喩21) | | | 전류錢鏐(양梁) | | |
| 木綿菴鄭虎臣報寃(喩22) | | | | 가사도賈似道 | |
| 晏平仲二桃殺三士(喩25) | 안영晏嬰(제齊) | | | | |
| 明悟禪師趕五戒(喩30) | | | | 불인선사佛印禪師· | |

2) 천대진, ≪삼언 역사인물 서사 연구≫, 경상대학교 대학원 박사학위논문, 2016. 참조.

| 시대<br>작품명 | 춘추전국<br>春秋戰國 | 한위진남북조<br>漢魏晉南北朝 | 수당오대<br>隋唐五代 | 송<br>宋 | 명<br>明 |
|---|---|---|---|---|---|
| | | | | 소식蘇軾 | |
| 梁武帝累修歸極樂(喩37) | | 소연蕭衍<br>(양梁) | | | |
| 俞伯牙摔琴謝知音(警1) | 백아伯牙<br>(초楚) | | | | |
| 莊子休鼓盆成大道(警2) | 장주莊周<br>(송宋) | | | | |
| 王安石三難蘇學士(警3) | | | | 왕안석<br>王安石 ·<br>소식蘇軾 | |
| 拗相公飮恨半山堂(警4) | | | | 왕안석<br>王安石 | |
| 李謫仙醉草嚇蠻書(警9) | | | 이백李白(당唐) | | |
| 三現身包龍圖斷寃(警13) | | | | 포증包拯 | |
| 趙太祖千里送京娘(警21) | | | | 조광윤<br>趙匡胤 | |
| 唐解元一笑姻緣(警26) | | | | | 당인<br>唐寅 |
| 況太守斷死孩兒(警35) | | | | | 황종<br>況鐘 |
| 佛印師四調琴娘(醒12) | | | | 불인선사<br>· 소식 | |
| 金海陵縱慾亡身(醒23) | | | | 완안량<br>完顔亮<br>(금金) | |
| 隋煬帝逸遊召譴(醒24) | | | 양광楊廣(수隋) | | |
| 黃秀才徼靈玉馬墜(醒32) | | 황손黃損(한漢) | | | |
| 杜子春三入長安(醒37) | | 두자춘杜子春<br>(한漢) | | | |
| 馬當神風送騰王閣(醒40) | | | 왕발王勃(당唐) | | |
| 합 계 (30편) | 4 | 5 | 10(1편 중첩) | 10(1편 | 2 |

머니로 나오고, 헨젤과 그레텔이 숲속을 헤매게 된 계기도 부모에게 버림을 받은 것이 아니라 실수로 음식을 더럽힌 일 때문에 벌을 받을까 봐 두려운 나머지 음식을 구하러 나갔다가 길을 잃는 것으로 바뀌었다. 또한 마녀를 물리친 후에는 마법이 풀리면서 과자집에 붙어 있던 인형들이 다시 아이들로 되살아나고, 화덕 속으로 떨어졌던 마녀는 큰 과자가 되는 것으로 바뀌었다. 이렇게 상당히 순화된 오페라 버전은 마녀를 화덕 속으로 밀어 넣는 장면을 제외하면 잔인한 장면들을 의도적으로 대폭 줄였기 때문에 독일어권 국가의 오페라 극장에서 매년 크리스마스를 전후해서 자주 공연되고 있다. 이외에도 <헨젤과 그레텔>은 애니메이션으로도 제작되었고, 심지어는 게임 속 캐릭터로도 등장하는 등 그 소재의 확장이 꽤나 놀라운 수준이다.

오페라 〈헨젤과 그레텔〉

요약하자면 현대적 창작에서 헨젤과 그레텔은 원작의 이야기를 대체로 유지하는 경우, 아름답고 매력적인 여성과 근육질의 미남자로 변해서 판타지적 모험을 떠나는 경우, 이름만 있을 뿐 원작의 정체성은 전혀 찾아볼 수 없는 새로운 캐릭터로 탄생한 경우와 같은 다양한 경계를 넘나들고 있다.

이외에도 '백설공주' · '이상한 나라의 앨리스' · '콩쥐팥쥐'와 같은 적지 않은 고전 명작이 현대적으로 다채로운 창작의 방향을 가지고 독자 및 관객과 만나고 있는 것 또한 이미 알고 있는 사실일 것이다.

중국 고전도 이와 크게 다르지 않아서 수많은 고전과 역사인물들이 현대에 다시 주목받고 있다. 그중 가장 대표적인 소재가 바로 '화목란花木蘭', 혹은 '뮬란'으로 잘 알려진 한 여인의 이야기다. 목란에 대한 이야기는 중국 남북조시대의 전설로 전해지고 있고, 그녀에 대한 가장 이른 시기의 문학작품으로는 서사시 <목란사木蘭辭>가 있다. 이 시는 남북조 시기 북위北魏에서 지어진 것으로 전하며 가장 이른 시기에 문헌에 수록된 것은 남조 진陳의 ≪고금악록古今樂錄≫이다. 북위의 정사에서는 목란에 대한 기록을 찾아볼 수 없으나, 당시 민간에 그녀에 대한 이야기가 널리 전하고 있었고, 당나라 황제가 그녀를 '효열장군孝烈將軍'으로 추봉하였다는 기록이 남아 있는 것으로 보아 목란은 실존인물일 가능성이 높다. 목란은 여인의 몸으로 늙은 아버지를 대신해서 군대에 참전하였고 자신의 조국을 침공해온 적군을 격파하였다. 그리고 그녀의 이야기는 천고의 세월 동안 쭉 이어져서 지금에 이르고 있는 것이다.

<목란사>는 전체 62구로 된 비교적 긴 서사시이며 목란이 전장에 나가서 공을 세우고 고향으로 돌아오기까지의 이야기가 서술되어 있는데, 그중 한 구절을 살펴보자.

| | |
|---|---|
| 木蘭不用尚書郎 | 목란은 상서랑도 마다하고 |
| 願馳千里足 | 천 리도 넘는 길을 달려 |
| 送兒還故鄉 | 고향으로 돌아가길 바랐다네 |

목란은 아버지를 대신해서 전쟁에 참전해서 큰 공을 세웠으나, 본래 늙은 부친이 전쟁에 나가는 것이 안타까워 그 역할을 대신했을 뿐 공명이나 출세에는 관심이 없었다. 그녀의 소박한 꿈은 그저 빨리 전란이 끝나면 고향으로 돌아가서 부모님 모시고 오랫동안 행복하게 사는 것

이었다. <목란사>가 유독 필자에게 감동을 준 것은, 영토를 뺏고 뺏기는 인간의 탐욕에서 비롯된 전쟁터에서 목란은 여인의 몸으로 그 누구보다도 뛰어난 능력을 발휘했지만, 실상 그러한 전쟁의 승리가 가져오는 영광이나 부귀는 목란에게 모두 덧없는 것일 뿐이며 소중한 가족 이상의 가치를 가지지 못함을 노래한 점이다. 그렇기 때문에 정복 전쟁과 출세와 부귀영화와 같은 세속적이고 남성적인 가치가 난무하던 시대에 탄생한 한 여인에 대한 노래는 더 깊은 울림을 준다.

그렇다면 목란의 이야기는 현대에 이르러 어떻게 변했을까? 가장 대표적인 장르로는 역시 영화를 들 수 있다. 지금까지 우리에게 소개된 뮬란 소재의 영화는 세 편 정도가 있다. 이 중 두 편은 디즈니에서 제작된 것인데 1편은 애니메이션(뮬란, 1998)으로, 1편은 영화(뮬란, 2020)로 제작되었다. 2009년에 제작된 <뮬란 : 전사의 귀환>은 중국에서 제작된 것이다.

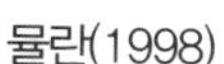

뮬란(1998) 뮬란 : 전사의 귀환(2009) 뮬란(2020)

세 편의 영화는 각각 작품별 특색이 있으나, 우선 한 가지 공통점을 발견할 수 있다. 그것은 바로 원전에 비교적 충실한 스토리 전개를 가지고 있다는 점이다. 앞서 말한 <헨젤과 그레텔>의 경우에는 원작의 형체를 알아볼 수 없을 정도로 많은 각색과 변형이 있었다면, <뮬란>의 경우는 화려한 액션과 감정선을 자극하는 멜로의 접목과 같은 부차적인 장치들을 제외하면 모두 같은 작품이라고 여길 만큼 기본 줄거리에 충실하다는 것이다. 왜 그런지에 대한 분석에 앞서 우리는 같은 고전이라도 현대적 창작방식이 상당히 다르게 나타날 수 있다는 점을 발견하게 된다. 물론 가장 최근에 창작된 <뮬란(2020)>은 중국어가 아닌 영어로 제작되고, 작품의 시대 배경을 모호하게 드러냈으며, 주인공 뮬란이 조신한 여성 대신 통제불능의 말괄량이로 바뀐 등등에서 이전 창작에서 보기 힘든 대폭적인 각색이 일어났다. 어떤 이는 이를 참신한 변화로 바라볼 수도 있고, 어떤 이는 모호해진 정체성에 대해 불편함을 가질 수도 있을 것이다. 이에 대한 판단은 어차피 관객의 몫이다.

그럼 중국 고전의 현대적 재창작에 대해 보다 범위를 넓혀보자. 중국의 고전이나 역사인물에 대한 현대 문화콘텐츠는 크게 네 가지 패턴으로 이야기해 볼 수 있다.

첫째는 역사적으로 뛰어난 업적을 남긴 성군 · 청관 · 문인 · 영웅 · 재자가인의 삶을 재조명함으로써 오늘날의 대중들이 삶을 살아가는 가치에 대해 생각하게 하는 '정면교사'로서의 강조점이 있다. 물론 이러한 정면교사에 해당하는 인물은 대중들이 좋아할 만한 풍부한 스토리텔링을 가지고 있다는 점은 두말할 나위가 없을 것이다.

둘째는 어느 시대에나 늘 있었던 폭군 · 간신 · 소인 · 악인들이 백성과 의인들을 학대하고 배신하고 불충했던 삶을 통해 우리의 삶에 경종을 울리는 '반면교사'로서의 강조점이 있다. 이러한 반면교사에 해당하는 인물들은 대개는 정면 인물과 대치되는 갈등 구조 속에서 빈번하게 나타나나, 때로는 단독의 인물에 초점을 맞춘 경우도 나타난다.

셋째는 선善과 악惡, 미美와 추醜, 정의와 불의에 대한 해석이 시대와 분석 각도에 따라 다르게 나타나는 역사인물에 대한 '현대적 재해석'이다. 이 유형은 역사적으로 추앙받았으나 현대에 이르러 오히려 부정적 인물로 재해석된 경우와, 역사적으로 줄곧 부정적 인물로 평가되었으나 현대에 이르러 오히려 긍정적 측면으로 재해석된 경우가 대표적이다. 전자의 예로는 송宋 고종高宗이 있고, 후자의 예로는 왕안석王安石이 있다. 이에 대해서는 각 장에서 다시 살펴보자.

넷째는 역사인물과 관련된 이야기를 현대적 장르로 재창조하는 과정에서 '새롭고 실험적인 트랜드로 나아가는 창작의 방향'이다. 즉 과거와 현대를 뒤섞은 퓨전적 성격의 작품이나, 설정만 과거의 특정 시대로 맞췄을 뿐 그 내용은 현대적 사고와 일상을 담고 있는 작품 등이 그 예가 될 수 있다. 이 책에서 이야기할 인물 중에는 당인唐寅이나 포증包拯과 같은 인물에서 이와 같은 창작유형을 찾아볼 수 있다.

이외에도 많은 창작유형이 있을 수 있겠으나, 필자가 다루고자 하는 삼언소설의 역사인물에 한정해서는 이 네 가지 유형으로 한정해 볼 수 있었다. 그런데 이러한 창작 패턴도 공통적으로 고려해왔던 것은 바로 현시대를 살아가는 대중의 눈높이와 동시대의 가치, 그리고 적당한 재미다. 동시대 대중의 눈높이와 엇비슷하지 않고, 동시대를 살아가는 사람들의 삶의 가치에 대한 화두를 던져주지 못하는 콘텐츠, 그리고 결정적으로 동시대인이 공감할 수 있는 재미와 흥미를 주지 못하는 콘텐츠는 대중의 호응을 얻을 수 없기 때문일 것이다. 하물며 명·청대에 소설 한 편을 집필하는 데에도 그 시대의 대중이 원하는 것이 무엇인지에 대한 많은 고민이 있었으리라는 점은 어렵지 않게 유추해 볼 수 있다.

중국 고전을 활용한 현대 문화콘텐츠는 그간 전통적인 매체로 인식해 온 영화 · TV드라마 · 연극과 같은 분야 외에도 동영상 · 애니메이션

· 만화 · 게임과 같은 다양한 분야로 확장을 거듭하고 있다. 특히 온라인 동영상의 경우 최근에 강력한 흡인력이 있는 매체로 급부상하였고, 몇몇 창작 역사물은 총 재생수가 150억 회 혹은 그 이상을 넘기는 사례도 속출하고 있어서 향후 분석과 고찰의 범위를 넓힐 필요가 있다.

Chapter 03

# 군주君主

중국 역사상 각 시대별로 수많은 군주들이 있었고 그들의 치세와 인품에 따라 역사적 평가는 각기 다르나, 소설의 이야기 속으로 유입된 군주의 모습은 대체로 두 가지 전형을 보여준다. 그 두 가지 전형은 선정을 펼친 것으로 전하면서 대대로 칭송되는 요순堯舜을 비롯한 성군聖君 혹은 현군賢君과, 잘못된 정치로 후왕이 경계로 삼아야 할 반면교사로 전하는 걸주桀紂를 위시한 폭군暴君 혹은 혼군昏君이다.

이들 군주 중에서도 명대 풍몽룡이 주목하여 소설 속 인물로 탄생시킨 역대 군주들이 있었다. 그들은 바로 남북조시대 양梁의 무제武帝 소연蕭衍, 수隋의 양제煬帝 양광楊廣, 오대五代 후량後梁의 전류錢鏐, 오대五代 후주後周의 태조 곽위郭威, 송宋의 태조 조광윤趙匡胤, 금金의 해릉왕海陵王 완안량完顔亮이다. 이들 여섯 군주를 소설 속 인물로 탄생시킨 작가의 집필 의도를 명확하게 알 수는 없지만, 대체로 인물에 대한 역사적 긍·부정적 평가가 뚜렷하면서 각 시대의 혼란기나 새로운 나라를 창업한 건국 군주들이 다수를 차지하고, 대중들이 좋아하는 흥미로운 스토리텔링을 가지고 있는 인물임은 틀림없다. 작가는 이러한 난세의 군주들에 대한 역사적 평가의 틀을 크게 벗어나지 않는 한도 내에서 소설이 부여할 수 있는 허구적 가공과 작가의 지향점을 투영하여 실제 역사와는 또 다른 소설적 공간과 인물을 탄생시켰다.

필자는 이 여섯 군주 중에서 역사기록과 문학은 물론 현대에 이르기까지 중국 대중들에게 널리 회자되고 있는 군주에 초점을 맞춰 본 결과, 양광과 조광윤에 주목하게 되었다. 이 두 군주를 제외한 네 군주는 비록 역사기록과 문학작품(특히 소설)이 있기는 하나, 현대에 이르러 그 창작의 고리가 약해지거나 거의 단절된 것으로 나타난다.

## 1. 혼군昏君인가 군자君子인가 - 혼군昏君 양광楊廣

중국의 역대 군주 중에는 심지어 역사기록에서조차도 성군인지 혼군인지에 대한 기술 태도가 달리 나타나는 경우도 있는데, 그 대표적인 인물이 바로 한漢 무제武帝다. 무제는 한나라를 54년간이나 통치하면서 안으로는 군주의 권한을 강화하고 밖으로는 사이四夷를 복종시켜서 한나라를 동아시아의 강대국으로 변모시킨 인물로 전한다. 그런 그도 사가史家의 기술 관점에 따라 각기 다른 평가가 전하고 있는데, 반고班固의 ≪한서漢書≫와 사마광司馬光의 ≪자치통감資治通鑑≫만 보아도 그에 대한 기술 태도는 너무도 극명하게 갈리고 있다.[1)]

백룡 ©shutterstock.com

무제와 같이 웅대한 재주와 지략으로 문제文帝와 경제景帝의 공손하고 검소한 정책을 고치지 않고 백성을 구제했다면, 비록 ≪시경詩經≫이나 ≪서경書經≫에서 일컬어지는 성군과 현군이라도 어찌 이보다 나을 수 있겠는가?

- ≪한서≫

무제는 지극히 사치스럽고 형벌을 마음대로 번거롭게 하고, 세금을 무겁게 거두어서 안으로는 대궐을 사치스럽게 꾸미고, 밖으로는 사이의 정벌을 일삼았다. 또 신선과 괴이한 것을 믿고 현혹되었으며 순행과 유람이 그 도를 넘어서 백성이 피폐하여 일어나 도적이 되게 하였으니, 진시황과 별반 다를 것이 없었다.

- ≪자치통감≫

이처럼 정사와 그에 준하는 역사기록마저도 한 인물에 대한 기술 태도가 다른데, 하물며 수천 수백 년이 지난 후의 후대 사람들이 이들을 바라보는 시각이 다양하게 나타나는 것도 그리 이상한 일은 아니다.

그러나 이리 봐도 폭군이요, 저리 봐도 혼군이어서 역대로 욕을 먹은 군주들이 있다. 이중 삼언 소설의 역사인물 중에서 폭군의 이미지를 가진 인물로는 수의 양제 양광, 금의 해릉왕 완안량이 있다. 양광은 법률의 정비, 만리장성 축조, 대운하의 완성과 같은 중국 역사상 걸출한 업적을 이룬 군주였으나, 세 차례나 고구려를 침공하면서 백성을 혹사하는 바람에 결국 수나라를 건국 초기에 멸망으로 이끈 군주다. 완안량은 금 희종熙宗을 죽인 뒤 제위에 오른 후 잔인하고 흉악하게 많은 사람을 죽이면서 폭정을 한 것으로 역사는 전한다. 수도를 연경으로 천도한

1) 姜鵬, ≪漢武帝的三張面孔≫, 華北師範大學出版社有限公司, 2011 참조.

강남으로 파견하여 수목을 채집하게 하고, 용주龍舟 · 봉주모鳳舟冒 · 황룡黃龍 · 적함赤艦 · 누선樓船 등의 큰 배들 수만 척을 건조하게 하였다.

- 8월 15일에 양제가 용주를 타고 강도江都에 도착했다. 수행하는 문무관원 중 5품 이상에게는 누선을 제공하고, 9품 이상에게는 황멸대선黃篾大船을 제공하였으며, 행차하는 배의 처음과 끝이 200여 리까지 이어졌다.
- 대업 3년(607) 5월 10일 황하 이북의 10여 개 군의 성인 남자를 동원하여 태행산太行山을 파고 병주幷州까지 개통시켜 도로를 열었다.
- 6월 19일 성인 남자 100만 명을 동원하여 만리장성을 수리하였는데, 서쪽으로는 유림楡林까지 동쪽으로는 자하紫河까지 도달하였다. 열흘간 동원하고 멈추었는데 죽은 민공이 열에 대여섯이었다.
- 대업 4년(608) 1월 1일 황하 북부 각 군의 남녀 백여만 명을 동원하여 수로를 파도록 하여 심수沁水가 남으로 황하에 닿도록 하고 북으로는 탁군涿郡을 통하게 하였다.
- 대업 5년(609) 1월에 동경을 동도로 바꾸었다. 황제가 숭덕전의 서원에 도착해서 선왕이 있었던 자리를 보고 마음이 불편하여 시종에게 서원 옆에 새로운 궁전을 짓게 하였다.
- 고구려와의 전쟁 과정은 생략함.
- 대업 11년(615)년부터 의녕義寧 2년(618)까지 각지의 반란에 대한 내용은 생략함.
- 의녕 2년(618) 3월 우둔위장군右屯衛將軍 우문화급宇文化及, 호분랑장虎賁郎將 사마덕감司馬德戡, 원례元禮, 감문직각監門直閣 배건통裴虔通, 장작소감將作少監 우문지급宇文智及 등이 반란을 일으켜서 황궁을 점령하였다. 수 양제는 온실溫室에서 죽었고 이때의 나이 50이었다.
- 소황후는 침대판을 뜯어내서 관으로 만들고, 황제를 장사지냈다. 우문화급이 떠나고 우어위장군右御衛將軍 진릉陳棱이 황제의 관을 오공대吳公臺 아래에 묻었다. 대당大唐이 강남을 평정한 후에 수 양제를 뇌당雷塘으로 이장시켰다.

• 황제가 동서로 유람을 하며 놀 때 고정된 곳에 머무르지 않았기 때문에 이를 충당할 비용이 부족하여 미리 몇 년 치의 세금을 거둬들였다. 그가 이르는 곳마다 후궁과 빈비와 향략을 즐겼고, 젊은 남자들을 뽑아 와서 궁중의 여인들과 음란한 짓을 하게 하였는데, 이런 모든 행동은 법도에 맞지 않았으나 황제는 이것을 오락으로 삼았다.

• 그는 마지막까지 깨닫지 못하고 망이궁望夷宮 앞에서 살해당한 진秦 이세二世처럼 한 사람의 손에 죽었다. 그의 자제도 같이 주살 당해서 시체는 저자거리에 던져졌으며 묻어 주는 사람도 없었다. 국가가 쇠락해지자 적서嫡庶의 자손들이 모두 멸절하였다.[2]

정사의 기록은 태자 양용이 폐위되고 양광이 황태자로 옹립된 과정이나 마지막에 죽음에 이르는 과정과 같이 소설에서는 곡진하게 드러나는 부분이 비교적 간결하고, 양광이 황제가 된 이후의 기록과 그의 실정失政에 대한 부정적 기록이 상세하다. 정사는 양광이 부형을 죽이고 여동생을 범한 무도한 황제인데다가, 사리사욕을 채우기 위해 천문학적 숫자의 백성을 부역으로 희생시킨 폭군이며, 결국 수나라가 2대를 넘기지 못하고 멸망하게 한 혼군이라고 말한다.

양광에 대한 이러한 역사적 평가는 정사를 비롯한 과거 문헌에서는 부정적 측면이 다소 지나치게 강조된 측면이 있었으나, 현대에 이르러서는 부분적이기는 하나 긍정적 측면에 주목한 경우도 있다. 대표적인 것이 그의 문학 방면에서의 성취와 남북문화의 융합과 같은 측면이다. 양광은 정치적으로 숱한 혹평과 비난을 받은 것과 달리 문학 성취에 대한 평가는 이와 다르게 나타나는데, 몇몇 중국 학자들의 시각을 참고해보자.

2) 魏徵 等撰, <煬帝本紀>≪隋史≫, 中華書局, 北京, 1974.

수 양제 양광

주세업朱世業은 그가 태자 시절 양주총관揚州總管으로 있을 때 백여 명의 강남 문인들을 불러들여 학사로 충원하였고, 황제가 된 이후에도 문인들과 지속적으로 교류함은 물론 시가의 격률화를 촉진하여 새로운 기풍을 개척하는 등 수나라의 문풍文風을 이끈 주체로 평가하였다.[3] 남북문화의 융합에 있어서도 장옥박張玉璞은 남북조 초·중기까지 서로 문화적 색채가 달랐던 남방문화와 북방문화가 남북조 중·후기의 부분적 교류를 거치다가 수대 양광에 이르러 하나로 융합되는 계기가 마련되고, 이러한 융합의 흐름이 초당과 성당에 이르러 완성되도록 견인한 것으로 평가하였다.[4]

중화민족을 하나로 융합하고 발전시킨 측면에서 양광의 이러한 문화적 치적은 그의 정치적 실정과는 다른 각도에서 평가되어야 할 항목으로 남아 있는 것이다. 이외에도 한융복韓隆福은 양광이 유학을 전면에 내세우기는 했으나 불교와 도교를 모두 배척하지 않음으로써 유불도 삼교가 병존하며 발전하는 종교적·문화적 다양성을 주도한 것으로 평가하기도 한다.[5]

3) 朱世業, <試論隋煬帝楊廣的文學成就>, ≪重慶職業技術學院學報≫, 2004年 第13卷 第4期의 20쪽 참조.

4) 張玉璞, <隋煬帝與南北文化交融>, ≪北方論叢≫, 2002年 第3期의 26쪽 참조.

5) 韓隆福, <隋煬帝與宗教>, ≪常德師範學院學報(社會科學版)≫, 2003年 第28

따라서 이제껏 양광이 가지고 있던 부정적 이미지는 대부분 정치적 측면이 부각된 것이고, 후대에 나온 다수의 허구적 가공이 폭군의 이미지에 맞춰진 점도 주로 정치적 측면의 재조명이었음을 염두에 둘 필요가 있다.

### 2) 문학 속으로

여섯 군주를 역사적 평가에 초점을 맞추었을 때 나타난 '영웅과 폭군'이라는 단순 분류 이외에, 풍몽룡은 이러한 인물들을 소설 속 가공인물로 탄생시키는 과정에서 '선양宣揚'·'견책譴責'·'발적변태發跡變泰'라는 세 가지 주제를 담고자 한 것으로 나타난다.

이중 선양에 대해서는 다음 절에서 다시 언급하기로 하고, 견책은 '인간사의 다양한 도덕적·윤리적 관념 등에 상충되는 행위에 대해 세상에 널리 경계로 삼고자 한 것'을 말한다. 견책은 다시 '남녀 간의 정조관념'과 '정치적·도덕적 과오'를 다룬 작품으로 세분된다. 이중 양광을 소재로 한 <수양제일유소견>(성24)은 '정치적·도덕적 과오'를 소재로 창작된 대표적인 작품이다.

발적변태의 경우는 시대와 연구자별로 그 용어에 대한 의미가 달리 해석되어 온 소설용어이기는 하나, '실지인물失志人物이나 한문가寒門家의 출세와 빈자貧者의 치부', 혹은 '정치적으로 귀해지고 경제적으로 부유해지는 것' 등으로 그 의미를 대략 정의해 볼 수 있다. 그러나 발적변태를 주제로 한 인물들은 선양과 견책에 비해 현대와의 연결고리가 비교적 약하게 나타난다.

..............................

卷 第4期의 79쪽 참조.

양광에 대한 정사의 기록은 소설 속 인물로 탄생하는 과정에서 어떤 허구화의 과정을 거쳤는지에 대해 대략 여섯 가지의 사실관계를 비교해 볼 수 있다. 즉, 양광이 어려서 총명했던 점, 황태자 양용이 폐위되고 양광이 황태자로 등극한 점, 대규모 운하를 건설하기 위해 수많은 백성을 동원한 점 등과 같은 사실에 있어서는 정사의 기록을 바탕으로 하고 있다고 볼 수 있다. 그러나 정사와 소설 간에는 '신하 양소의 죽음', '운하 건설을 위한 수로 공사의 시행과정', '운하 건설의 목적', '양광을 죽인 인물', '환관 왕의의 실존 여부', '양광의 셋째 아들 제왕齊王 간暕의 죽음'과 같은 여섯 가지 측면에서 확연한 차이가 나타나는데, 대체로 이러한 차이는 작가가 소설을 창작하는 과정에서 양광의 부정적 인물상을 부각하기 위해 만들어낸 각색 장치로 해석할 수 있다.

그러나 보다 본질적인 것은 역사적 사실과의 부합 여부보다는 양광이 허구화되어간 서사 과정에 있으므로, 양광이 점차 허구적 인물로 변모해간 다양한 기록들을 소설과 비교해봄으로써 그 변천 과정을 살펴보는 것은 중국 서사문학의 변천 과정을 이해하는 데에 도움이 된다는 점에서 의의가 있다. 양광을 소재로 한 대표적인 문헌으로는 아래 표와 같은 것들이 있으며, 소설과의 연관성을 위주로 그 내용을 요약해 보면 다음과 같다.

[표 3]

| 문헌명 | 기본 내용 | |
|---|---|---|
| ≪수유록 隋遺錄≫ | 권상 | • 대업 12년 동경에서 강도로 가는 여정에서 생긴 일화들을 이야기함.<br>• 장안에서 15세의 원보아袁寶兒를 얻은 일.<br>• 하타何妥가 우차牛車라는 수레를 바친 일.<br>• 낙양洛陽에서 진귀한 영련화迎輦花를 바친 일. |

| 문헌명 | 기본 내용 | |
|---|---|---|
| | | • 변경에서 배마다 전각녀 1000명이 배를 끌게 한 일.<br>• 전각녀 오강선吳絳仙을 얻은 일.<br>• 진陳 후주後主와 귀비貴妃 장려화張麗華의 혼령을 만난 일 등. |
| | 권하 | • 미루를 지은 일.<br>• 오강선과 있었던 일화들.<br>• 부하장수 우문화급 등이 반란을 일으켜서 교지를 내린 일. |
| ≪해산기海山記≫ | • 수 양제의 출생과 유년 시절.<br>• 제위에 오른 과정.<br>• 양소와의 일화.<br>• 서원을 건축한 일.<br>• 진 후주의 혼령을 만난 일.<br>• 난쟁이 왕의王義를 얻은 일.<br>• 강도로 주유한 일.<br>• 반란을 일으킨 사마감司馬戡에게 핍박을 당한 일. | |
| ≪미루기迷樓記≫ | 수 양제가 만년에 항승項升이란 인물에게 명하여 미루를 짓게 한 내용이 상세함. | |
| ≪개하기開河記≫ | 광릉廣陵을 유람하기로 결정하는 과정과 운하를 건설하면서 백성들을 수탈하는 과정에 대한 기록이 자세하며, 소설의 줄거리와 거의 일치함. | |

상기 표와 같이 <수양제일유소견>(성24)은 여러 필기류에서 전하는 기록들을 하나의 소설로 재구성한 작품임이 드러난다. 이중 ≪해산기≫는 소설의 전체 줄거리와 가장 많이 일치하는 문헌으로서 양광의 출생부터 마지막 실권까지의 전체적인 과정이 수록되어 있다. 그러나 ≪수유록≫ · ≪미루기≫ · ≪개하기≫ 또한 비록 특정한 일화만을 다루고 있기는 하나, ≪해산기≫에는 없는 소설 속 일화들의 원형을 담고 있다. 따라서 <수양제일유소견>(성24)이 어느 한 가지 필기류에만 전적으로 의존했다고 판단할 수는 없으며, 적어도 네 가지 필기류를 고루 활용하여 각색한 것으로 판단된다. 그 예로 ≪미루기≫의 경우 다른 필기류에

서는 간략하게 묘사된 '미루의 건축 과정과 각 건물의 명칭' 등이 가장 상세하게 묘사되어 있는데, 이는 소설의 내용과 거의 일치한다. ≪개하기≫의 경우도 양광이 처음 광릉을 유람하고자 했던 계기에 대한 이야기와 운하 건설 과정에 대한 이야기가 다른 문헌에 비해 상세하며 소설의 내용과도 가장 유사하다.

이후 명초에 이르러 나관중이 쓴 ≪수당지전隋唐志傳≫[6]에서 양광은 본격적으로 소설화되기 시작했고, 명말 숭정崇禎 신미년(1631)에 '야사주인野史主人'이 서를 붙인 ≪수양제염사隋煬帝艶史≫(혹은 ≪풍류천자전風流天子傳≫)는 양광의 풍류스러운 이야기에 보다 초점이 맞춰졌는데, 대체로 위에서 언급한 필기류의 내용을 결합하고 윤색한 수준이라 할 만하다. 풍몽룡의 단편소설 <수양제일유소견>(성24) 또한 천계天啓 7년(1627)에 출간된 것이기 때문에 ≪수양제염사≫보다는 몇 년이 앞서지만 시기적으로 비슷하고 두 작품에서 묘사하고 있는 양광의 인물형상 또한 대체로 유사하다. 명말에 마지막으로 나온 원어령袁於令의 ≪수사유문隋史遺文≫(1633)은 양광의 인물형상을 당시까지 나온 문헌 중에 가장 성공적으로 묘사한 것으로 평가된다.[7]

청 강희康熙 을해년(1695)에 이르러 저인확褚人穫이 편찬한 ≪수당연의隋唐演義≫는 ≪수사유문≫을 보다 확장하여 양광을 더욱 구체적이고 세밀하게 묘사하였으며, 건륭乾隆 48년(1783)에 나온 ≪설당연의전전說

6) ≪수당지전≫은 명초에 나관중이 지은 것이나, 현존하는 판본은 명 만력 기미년(1619)에 나온 ≪수당양조지전隋唐兩朝志傳≫을 통해 그 원형을 짐작할 수 있다. 曾亞, <論明淸小說中的隋煬帝形象>, 江蘇省社會科學院明淸小說研究中心, 1994年 2期의 161쪽 참조.

7) 曾亞, <論明淸小說中的隋煬帝形象>, 江蘇省社會科學院明淸小說研究中心, 1994年 2期의 161쪽 참조.

唐演義全傳≫도 전적으로 양광을 소재로 한 작품은 아니지만, 41회 이전까지는 양광에 대한 이야기로 채워져 있다.

이처럼 양광은 명대 이전부터 있었던 다양한 필기류의 일화들이 명·청대의 400년에 걸친 길 세월 동안 꾸준하게 소설 속 소재로 다루어져 왔으며, 많은 작가의 집단 창작을 거치면서 점차 소설로서의 서사구조가 틀을 갖추어 갔다. 삼언 역사인물의 소설화는 다양한 근원을 바탕으로 이루어졌는데, 그중 양광의 경우에는 필기류의 일차 창작을 원천으로 다양한 장·단편의 소설로 발전한 대표적인 작품으로 꼽을 만하다.

양광을 소재로 창작된 연극은 현재까지 확인된 바 없고, 주로 소설 분야의 창작에 치우쳐 있는 점은 조광윤을 비롯한 다른 인물과 차이가 있다.

### 3) 현대의 문화콘텐츠

삼언 속 여섯 군주 중 완안량과 곽위는 역사인물을 다룬 다큐멘터리 정도의 영상물은 존재하지만 다양한 장르를 통한 재창작이나 현대적 재조명은 없었다. 양 무제 소연의 경우에도 불교에 심취한 군주였던 특성 때문에 불교적 색채를 띤 연극이나 영화에서 그의 비중이 적지는 않으나, 전적으로 소연에 초점을 맞추어 재조명하고자 한 작품은 아니었다. 전류의 경우에는 드라마 1편과 몇 편의 연극이 제작된 바 있지만 장르별로 양적 다양성을 확보하고 있지 못해서 현대와의 창작의 고리가 약하게 나타났으며, 그간 나온 창작물도 대부분 그의 로맨틱한 사랑에 초점이 맞춰져 있는 점은 특이하다.

여섯 군주 중에서 현대에 이르기까지 비교적 창작이 활발하게 일어난 인물로는 양광과 조광윤을 꼽을 수 있다. 이중 수 양제 양광을 소재로 한 현대의 창작물로는 영화·드라마·연극·게임을 들 수 있다.

### (1) 영화

먼저 양광을 소재로 한 영화는 모두 2편의 작품이 제작되었는데 각 작품의 개요를 살펴보면 다음과 같다.

[표 4][8)]

| 작품명 | 제작 연도 | 제작 지역 | 감독 | 작품의 주요 특징 |
|---|---|---|---|---|
| <수조내객 隋朝來客> | 2009 | 대륙 | 장우신 莊宇新 | • 수대와 현대를 오가는 시간여행을 제재로 한 희극.<br>• 수 양제가 대대적으로 미녀들을 선발하는 과정에서 이를 피해 도망친 요영영姚盈盈과 이를 돕던 우초초牛楚楚와 웅규규熊糾糾가 만년얼음동굴에 갇혔다가 1500년이 지난 현대에 해동되어 북경에서 벌어지는 해프닝을 그린 영화.<br>• 주연: 도송암塗松岩·왕자문王子文·등가가鄧家佳 등. |
| <신궁전기 神弓傳奇> | 2007 | 대륙 | 왕근발 王根發 | • 2002년 52편으로 제작된 애니메이션 연재물 <수당영웅전>의 후속작.<br>• 2007년 <신궁전기>라는 제목으로 나온 극장판. |

8) 위의 영화는 중국 '전영망電影網(www.1905.com)'의 자료를 근거로 조사한 것이며, 그 범위 밖에 있는 일부 작품들은 '바이두百度(www.baidu.com)'를 통해 보강하였다.

| 작품명 | 제작 연도 | 제작 지역 | 감독 | 작품의 주요 특징 |
|---|---|---|---|---|
| | | | | • 이세민을 주인공으로 한 영화이나 전반부 수 양제에 대한 내용이 상당 부분 포함됨.<br>• 성우 : 적비비狄菲菲 · 오뢰吳磊 · 유흠劉欽 · 황앵黃鶯 등. |

위와 같이 양광 관련 영화 2편은 전적으로 양광을 집중 조명하기 위한 작품은 아니다. 이중 <신궁전기>는 <수당영웅전>이라는 장편 애니메이션 연재물의 후속작이면서 극장판으로 나온 것으로서, 그 주인공은 당 태종 이세민이며 양광은 이세민이 당을 건국하는 과정에서 등장하는 조연에 해당한다. 그러나 비록 조연이라 할지라도 수 양제는 수말 · 당초에 이세민과는 대척점에 있는 비중 있는 인물이어서 양광을 소재로 한 영화에 준한다고 볼 수 있다. <수조내객>은 수대와 현대를 오가는 시간여행을 창작의 모티브로 삼은 영화로서 영화의 초반에는 역시 양광과 관련된 이야기가 전개되고 후반에는 현대의 줄거리가 이어진다. 시간여행을 모티브로 한 이러한 제작 유형은 '당인'을 소재로 한 영화에서도 2편이 제작된 것으로 보아 대체로 2000년대에 접어들어서 대륙에서 성행한 영화 제작의 한 유형으로 관찰된다. 이는 역사인물이나 사건을 전통적인 관념이나 사실적 관점에서만 바라보는 것에서 탈피하여 현대적 감각과 유머를 접목하고자 한 점이 특징이다. 이외에 ≪<隋煬帝>電影創作與隋煬帝

영화 〈수조내객〉(2009)

硏究≫(1997)라는 영화 대본이 책으로 출간된 바 있으나 이후 영화로 제작된 기록을 확인할 수 없다. 이 대본은 수 양제에 대한 역사적 고증은 물론 그가 단순히 도덕적으로 흠이 있는 인물로만 그려지던 종래의 관점에서 벗어나 수나라의 정치적 특수성과 그의 치적 등을 바탕으로 판단할 때, 오히려 수 양제는 한 시대의 비극적 인물로 설정할 필요가 있다는 인식을 보여주고 있다.9)

(2) 드라마

양광을 직 · 간접적으로 소재로 삼은 드라마는 7편이 있는데, 한 작품을 제외한 여섯 작품이 모두 2000년대에 접어들어서 창작된 작품이어서 비교적 최근에 양광 관련 창작이 활발해지고 있다고 할 만한 추세에 있으며, 드라마별 개요를 살펴보면 다음과 같다.

[표 5]10)

| 작품명 | 제작 연도 | 제작 지역 | 제작 편수 | 감독 | 작품의 주요 특징 |
|---|---|---|---|---|---|
| <수당풍운 지대운하<br>隋唐風雲之大運河> | 1987 | 홍콩 | 60집 | 유사유<br>劉仕裕 | • 수 양제 관련 대작 중 첫 드라마.<br>• 비교적 이른 시기의 작품인 관계로 작품에 대한 상세한 정보가 부족함.<br>• 주연 : 양조위梁朝偉 · 진옥련陳玉蓮 · 유청운劉靑雲 등.<br>• 전체 60집 중에서 53집까지 수 양제의 이야기가 전개되며, 후반부에 전개되는 |

9) 李文斌, ≪<隋煬帝>電影創作與隋煬帝硏究≫, 中國電影出版社, 北京, 1997의 222-223쪽 참조.

10) 위의 영화는 중국 '전영망(www.1905.com)'의 자료를 근거로 조사한 것이며, 그 범위 밖에 있는 일부 작품들은 '바이두(www.baidu.com)'를 통해 보강하였다.

| 작품명 | 제작 연도 | 제작 지역 | 제작 편수 | 감독 | 작품의 주요 특징 |
|---|---|---|---|---|---|
| | | | | | 당대의 이야기보다 수대의 이야기가 훨씬 더 큰 비중을 차지함. |
| <수당영웅전 隋唐英雄傳> | 2002 | 대륙 | 52집 | 왕근발 王根發 | • 2002년 제작되어 TV에서 처음 방영된 에니메이션 연재물.<br>• 2007년 극장판 <신궁전기>의 전작.<br>• 주연 : 조명趙銘 · 황소연黃笑嫣 · 범뇌영範蕾穎 등.<br>• ≪수당연의≫ · ≪설당說唐≫ · ≪진왕연의秦王演義≫ · ≪십팔곤승구진왕十八棍僧救秦王≫ 등의 원작을 바탕으로 현대적 감각과 의식으로 그려냄.<br>• 32집까지 수 양제의 이야기가 전개됨. |
| <수당영웅전 隋唐英雄傳> | 2003 | 대륙 | 40집 | 호명개 胡明凱 | • <개창성세>와 같은 성격을 띠는 작품.<br>• 주연 : 황해빙黃海冰 · 섭원聶遠 · 임자총林子聰 등.<br>• 30집까지 수 양제의 이야기가 전개됨. |
| <수양제 隋煬帝> | 2008 | 대륙 | 25집 | 장려연 張麗娟 | • 2008년에 출품하고 2018년 재방영됨.<br>• 주연 : 요로姚櫓 · 호효정胡曉婷 · 엽균葉鈞 등.<br>• 수 양제 양광만을 소재로 한 유일한 작품. |
| <개창성세 開创盛世> | 2009 | 대륙 | 44집 | 왕문걸 王文杰 | • 당 태종이 전체 줄거리의 주인공이나 전반부에 수 양제에 대한 내용이 상당 부분 전개됨.<br>• 주연 : 심효해沈曉海 · 포국안鮑國安 · 손비비孫菲菲 등.<br>• 23집까지 수 양제의 이야기가 전개됨. |
| <수당영웅 隋唐英雄> | 2012 | 대륙 | 120집 | 이한도 李翰韜 | • <수당영웅>상 · 하 혹은 <수당영웅>1 · 2로 불림.<br>• 주연 : 조문선趙文瑄 · 여소군餘少群 · 장위건張衛健 등.<br>• 68집까지 수 양제의 이야기가 전개됨. |

| 작품명 | 제작 연도 | 제작 지역 | 제작 편수 | 감독 | 작품의 주요 특징 |
|---|---|---|---|---|---|
| <수당연의 隋唐演義> | 2013 | 대륙 | 62집 | 종소웅 鍾少雄 | • 처음으로 영화 제작 기법으로 드라마를 제작한 작품이며, 제8회 '中美電影節'에서 "中美電視劇制昨突出貢獻獎"을 수상함.<br>• 주연 : 엄걸관嚴嵘寬 · 장한張翰 · 강무姜武 등.<br>• 56집까지 수 양제의 이야기가 전개됨. |

이상과 같이 양광을 소재로 한 드라마는 <수양제>(2008) 1편만이 전적으로 양광을 재조명하기 위해 제작된 작품이며, <수당풍운지대운하>(1987) 또한 수대와 당대의 이야기가 이어지고 있지만 실질적으로 양광의 극중 비중이 높게 나타난 작품이다. 나머지 5편은 대체로 원저 ≪수당연의≫의 내용을 바탕으로 수말 · 당초의 시대를 배경으로 하면서 당 태종 이세민의 영웅적 삶에 보다 초점이 맞춰져 있다. 이중 <수양제>(2008)는 기존의 드라마들이 수당 격변기의 영웅 이세민을 중심에 놓고 양광을 그 대척점에 있는 조연으로 창작하던 경향에서 벗어나 양광이라는 한 인간의 삶을 보다 밀도 있게 들여다보고자 했다는 점에서 주목할 만한 작품이다.

드라마 〈수당영웅〉(2012)

양광 관련 드라마는 양광에 착종된 폭군의 이미지를 어떻게 연기하느냐가 드라마의 성공 여부와도 연결되기 때문에 양광을 누가 연기하느냐가 늘 관심의 대상이기도 했다. 그간 드라마에서 양광을 연기한 연기자

적으로 중용하는 포용적인 정책을 폈으며, 특히 문인을 우대하는 정책을 편 점은 중국의 일반적인 전제 왕조에서 찾아볼 수 없는 송만의 정치체제인데 이는 태조 조광윤으로 비롯된 것이었다.[16)]

### 2) 문학 속으로

앞서 양광에서 살펴본 것처럼 풍몽룡은 여러 군주를 소설화하는 과정에서 '선양'·'견책'·'발적변태'의 세 가지 주제를 담고자 하였다. 이 중 선양은 '작가가 소설을 창작하면서 독자들에게 도덕적·윤리적 가치를 제시함으로써 독자를 교화하고자 하는 것'을 가리킨다. 대개 이러한 소설 속 인물들은 영웅적 기개, 고아한 도덕적 가치, 금석 같은 우정과 의리를 가진 인물로 등장하기 때문에 독자들에게 도덕적·윤리적 삶의 귀감이 된다. 작가가 독자에게 윤리 도덕을 선양하기 위한 창작 의도가 농후한 작품들은 다시 '우정友情'과 '의기義氣'의 두 유형으로 세분해 볼 수 있는데, 이중 조광윤을 소재로 한 <조태조천리송경낭>(경21)은 '의기'를 소재로 창작한 대표적인 작품이다.

#### (1) 필기류와 소설

삼언 소설로 탄생한 조광윤의 이야기는 정사를 바탕으로 창작되었다고 볼 수 있는 요소가 거의 없다. 그나마 조광윤이 '후한 초에 목적 없이 사방을 주유하며 다니다가 양양의 한 사원을 빌려 머물렀다.'는 사실이 소설이 설정한 시기와 유사하나, 아주 간략한 기록만 전할 뿐

16) 譚平, <君王在神性和人性之間的困惑及其應對-以宋太祖趙匡胤爲例>, ≪成都大學學報≫, 2012年 第3期. 참조.

당시의 행적에 대한 역사기록은 더이상 확인할 수 없다. 그러나 송의 필기류와 화본, 금 · 원 · 명의 화본과 잡극, 원 · 명의 소설, 청초 이옥李玉의 ≪풍운회風雲會≫에 이르기까지 조광윤의 이야기는 점차 발전하고 변모하면서 여러 작품이 탄생했다.

조광윤을 소재로 한 대표적인 야사로는 ≪비룡전飛龍傳≫이 있는데, 이 작품은 민간에 전해지다가 청대에 이르러 ≪비룡전전飛龍全傳≫으로 출간된 것으로 보아 송 · 명 · 청에 이르기까지 조광윤을 소재로 한 작품이 민간에서 오랜 기간 인기를 누렸음을 유추케 한다.[17] 그리고 <비룡전>과의 전후 관계는 규명할 수 없으나, 풍몽룡이 ≪경세통언≫을 편찬하기 이전인 명 가정 연간(1507-1567)에 ≪남북송지전南北宋志傳≫ 합간이 나오고, 이보다 앞서 ≪남송지전南宋志傳≫이 나온 것으로 보아 풍몽룡은 당시에 전하던 ≪비룡전≫ 혹은 ≪남송지전≫을 바탕으로 단편소설로 각색한 것으로 추정된다.[18]

이후 청대에 나온 ≪비룡전전≫과의 관계에 있어서는, <조태조천리송경낭>(경21)이 ≪비룡전전≫보다 출판 시기가 훨씬 앞섬에도 불구하고 작품의 편폭이 ≪비룡전전≫보다 더 길고, 줄거리와 서사구조도 더 짜임새 있다는 점에서 두 작품의 영향 관계는 오히려 역전의 현상을

17) 鄒赫, <≪說岳全傳≫成書年代硏究>, ≪內江師範學院學報≫, 2006. 참조.

18) ≪남송지전≫은 ≪남송비룡전南宋飛龍傳≫이라고도 하며, 역사기록이 아닌 통속역사소설이다. 오대의 "성경당발병정촉石敬塘發兵征蜀"부터 이야기하기 시작해서 "송조사연宋祖賜宴"과 "조빈서중정강남曹彬誓衆定江南"에 이르기까지 송 태조가 거병하여 천하를 통일하는 과정을 담고 있다. ≪남송지전≫에 이어서 또 ≪북송지전≫이 나왔으나, 필자의 이름은 나와 있지 않다. 후인이 두 이야기를 합해서 ≪남북양송지전≫으로 불렀다. 명 엽곤지葉昆池가 간행한 ≪신각옥명당비점수상남북송지전新刻玉茗堂批點綉像南北宋志傳≫은 명대에 이미 ≪남북양송지전≫합간본이 있었음을 증명한다.

보인다. 따라서 원전으로 추정되는 <비룡전> 혹은 ≪남송지전≫과 삼언 소설의 상이점을 중심으로 명대와 청대에 나타난 각색 양상을 비교해 보는 것이 최선으로 보인다.

[표 7]

| 구분<br>내용 | | 〈조태조천리송경낭〉(경21) | ≪비룡전전≫ |
|---|---|---|---|
| 유사점 | | • 조경낭이 장광아張廣兒와 주진周進에 의해 납치된 경위, 그녀의 고향이 포주蒲州 해량현解梁縣 소상촌小祥村인 점, 조광윤이 고향까지 데려다주기로 하고 의남매를 맺은 점.<br>• 가는 길에 두 산적 두목을 해치우고 고향까지 무사히 도착함.<br>• 조경낭이 조광윤의 영웅적인 모습에 반하여 고백을 하나 거절당함.<br>• 고향에 도착한 후 두 사람의 관계를 의심하여 혼인할 것을 권하자 조광윤은 화를 내며 떠나고, 조경낭은 자신의 정절을 증명하기 위해 목을 맴. | |
| 차이점 | 작품의 길이 | 9,700여 자 | 6,600여 자 |
| | 조광윤이 머문 사원 | 청유관清油觀 | 신단관神丹觀 |
| | 주지와의 관계 | 조광윤의 숙부 조경청趙景清 | 주지 저원褚元과의 관계는 나와 있지 않음. |
| | 토지신을 만난 일화 | 토지신을 만나서 앞으로 일어날 일에 대한 계시를 듣고 미리 대비함. | 없음 |
| | 장광아를 제압하는 일화 | 조광윤이 주진을 없앤 후, 장광아가 지나가기로 되어 있는 마을을 지키고 있다가 단숨에 장광아 일행을 제압함. | 장광아가 주진이 죽었다는 소식을 듣고 조광윤을 쫓아 왔으나 조광윤에게 살해됨. |
| | 조경낭의 오빠의 이름 | 조문趙文 | 조문정趙文正 |
| | 조광윤이 | 없음 | 조광윤은 자신의 호의가 오해 |

| 구분<br>내용 | | 〈조태조천리송경낭〉(경21) | ≪비룡전전≫ |
|---|---|---|---|
| | 떠나간 후의 일화 | | 받자 화가 나서 길을 나섰다가 날이 어두워져 곤란을 겪었는데, 조경낭이 혼령이 되어 나타나서 가는 길을 밝혀줌. |

상기 표와 같이 두 작품은 대체적인 줄거리는 같지만 세부 사항에서 약간의 차이를 보인다는 점에서 분명 연원 관계에 있다고 할 수 있다. 두 작품이 가지고 있는 줄거리 상의 차이점은 세 가지 정도로 정리해 볼 수 있다.

첫째는 인물명과 장소명의 차이다. ≪비룡전전≫에서는 조광윤이 찾아간 도관의 이름이 '신단관'이나, <조태조천리송경낭>(경21)에서는 '청유관'이다. 도관의 주지도 ≪비룡전전≫에서는 조광윤과의 관계가 드러나지 않는 '저원'이라는 인물이나, <조태조천리송경낭>(경21)에서는 조광윤의 숙부 '조경청'이 등장한다. 그리고 조경낭의 오빠 이름도 각각 '조문정'과 '조문'으로 되어 있어서 차이가 있다.

소설 〈조태조천리송경낭〉(경21)

둘째는 조광윤이 산적 장광아를 제압하는 과정이다. ≪비룡전전≫에서는 장광아가 같은 산적 두목인 주진의 죽음을 전해 듣고 조광윤을 쫓아왔다가 결국 조광윤에게 죽임을 당하나, <조태조천리송경낭>(경21)에서는 조광윤이 오히려 한 마을에서 장광아가 오기를 기다렸다가 제압하는 것으로 바뀌었다. 이러한 변화는 작가 풍몽룡이 조광윤의 영웅적 기개를 더욱 부각하기 위한 각색으로 보인다.

셋째는 혼령이 된 조경낭의 등장 유무이다. 조경낭은 가족들의 무례함 때문에 조광윤이 화를 내며 떠난 후에 자신의 정절을 증명하기 위해 목을 매고 자결하는데, ≪비룡전전≫에서는 죽은 조경낭의 혼령이 은혜를 갚기 위해 어두운 밤길을 헤매는 조광윤의 앞길을 밝혀준 이야기가 있으나, <조태조천리송경낭>(경21)에는 이러한 일화가 없다. 시기적으로는 <조태조천리송경낭>(경21)이 ≪비룡전전≫보다 더 앞선 시기에 출간된 문헌임에도 불구하고 귀신이 출몰하는 신괴적 요소가 오히려 더 절제되어 있다는 점은 주목할 만한 대목이다.

이처럼 두 작품은 몇 가지의 차이점에도 불구하고 거의 9할에 가까운 줄거리가 서로 일치하고, 각각 9,700여 자와 6,600여 자의 소설로 구성되어 있다. 다만 두 작품이 가진 편폭과 구성 및 내용상의 비교를 통해서 판단컨대, ≪비룡전전≫보다는 <조태조천리송경낭>(경21)이 더 후대의 작품일 것으로 추정되는 개연성이 있기 때문에 청대에 출간된 ≪비룡전전≫은 명대로부터 전해지던 판본을 각색이나 윤색 없이 원전 그대로 출판한 것이 아닌지 추정해볼 수 있다. 이점에 대해서는 앞으로 추가적인 연구의 여지를 남기고 있다.

### (2) 희곡

조광윤 관련 희곡으로는 원대 팽백성彭伯成의 잡극 <사부지월야경낭원>(이하 <경낭원>으로 칭함), 원말·명초 나관중羅貫中의 잡극 <조태조용호풍운회>(이하 약칭 <풍운회>(나)로 칭함), 청초 이옥李玉의 전기傳奇 <풍운회>(이하 <풍운회>(이)로 칭함)가 대표적이다.

이중 지금은 실전되고 제목만 전하는 <경낭원>은 조광윤과의 직접적인 연관성은 확인할 수 없으나, 이후 소설 <조태조천리송경낭>(경21)과 전기 <풍운회>(이)와 같은 작품으로 점차 확장되고 발전하게 한 초기 작품으로 추정된다.[19] 그러나 텍스트가 없기 때문에 이에 대한 고증은 어디까지나 추론단계에 머물러 있는 한계가 있다.

이후 원말 · 명초에 나관중이 쓴 잡극 <풍운회>(나)는 역시 나관중이 쓴 소설 ≪잔당오대사연의전殘唐五代史演義傳≫과 비슷한 시대 범위를 다루고 있어서 작가가 오대부터 송의 건국까지의 시대를 이야기하는 데에 있어서 소설과 잡극을 불문하고 왕성한 창작을 이어갔음을 짐작하게 한다. 두 작품은 비슷한 시대 범위를 다루고 있기는 하나 약간의 기술 관점의 차이를 보이고 있는데, 소설 ≪잔당오대사연의전≫은 이존효李存孝에 대한 기술이 전체 글에서 많은 비중을 차지하는 반면, <풍운회>(나)는 태조 조광윤이 송을 건국하고 난세를 평정한 영웅적 일화에 보다 초점이 맞춰져 있다. 즉, <풍운회>(나)는 오대의 전 시대 범위를 다루고 있는 ≪잔당오대사연의전≫과 달리 오대의 전기와 중기에 대한 내용이 없으며, 주 세종 시절 조광윤이 조정에 등용되기 시작한 시기부터 송을 건국하고 남방 4국(오월吳越 · 남당南唐 · 남한南漢 · 후촉後蜀)을 정벌한 후 조정에서 대연회를 열어 이를 축하하는 장면까지를 극의 범위로 삼고 있다. 연회석 상에서 송의 개국공신 조보趙普는 자신이 꿈속에서 보았던 '용호풍운회龍虎風雲會'가 결국 현실로 실현되었음을 말함으로써 전체 극의 주제를 드러낸다. 이로 볼 때, 나관중은 오대에서 송의 건국까지의 역사의 격동기 중에서 조광윤에 관한 이야기가 소설적

19) 胡颖, <元佚雜劇≪四不知月夜京娘寃≫存事考>, ≪文史長廊≫, 蘭州大學, 2017의 62-63쪽 참조.

으로 가공하기에 가장 역동적인 부분으로 판단하여 창작한 것으로 판단된다.

이후 청초의 이옥이 편찬한 동일 제목의 <풍운회>(이)는 <풍운회>(나)에 비해 더욱 많은 인물이 등장하고, 줄거리 또한 한층 질곡이 있다. <풍운회>(이)는 나관중의 ≪잔당오대사연의전≫과 <풍운회>(나)의 기본 줄거리 이외에도 풍몽룡의 의화본소설 <조태조천리송경낭>(경21)의 이야기도 접목되어서 더욱 허구화된 작품이다.[20] 그러나 작품이 가지고 있는 기본 줄거리가 거의 유사하고 <풍운회>(나)에서 활용된 곡曲과 사詞가 큰 변화 없이 활용된 점 등으로 볼 때, 전작의 장점을 최대한 살리면서 그 시대에 맞는 새로운 <풍운회>(이)를 만들어낸 '이차작가'의 창작이라 평가할 수 있다.

잡극 〈풍운회〉(나)

이상과 같이 송 태조 조광윤은 여러 시대를 거치면서 문학작품 속 인물로 탄생하였는데, 소설의 경우 대체로 초기에는 화본류 소설이 성행하다가 명 · 청대에 이르러 보다 짜임새 있는 소설로 탄생하였다. 그리고 희곡은 원대부터 있었던 잡극과의 결합 과정을 거쳐 명 · 청대에는 완성도 높은 잡극과 전기가 각각 탄생하면서 후대에 수많은 지방희곡에 영향을 끼쳤다.

20) 王永寬, <論羅貫中的≪趙太祖龍虎風雲會≫雜劇>, 昆明學院學報 34(1), 河南省社會科學院, 2012의 28쪽 참조.

### 3) 현대의 문화콘텐츠

(1) 영화

조광윤을 소재로 한 현대의 창작물로는 영화 · 드라마 · 연극을 들 수 있다. 이중 영화의 경우에는 모두 2편의 작품이 나왔는데, 1941년과 1950년에 각각 제작되어 비교적 이른 시기에 영화 제작의 흥행 가능성을 타진했던 소재였다. 그러나 1960년대부터 지금까지 조광윤을 소재로 한 영화는 전무한 상태여서 영화 제작에 있어서 소극적인 소재로 남아 있다.

[표 8][21)]

| 작품명 | 제작 연도 | 제작 지역 | 감독 | 작품의 주요 특징 |
|---|---|---|---|---|
| <천리송경낭 千里送京娘> | 1941 | 대륙 | 문일민 文逸民 | • 풍몽룡의 단편소설 <조태조천리송경낭>(경21)을 원작으로 하였으나 일부 줄거리를 각색함.<br>• 각색 양상 : 경낭의 친모 대신 계모가 등장하고, 마지막에 경낭이 자결하게 된 원인도 계모의 독설 때문이었으며, 경낭이 자결한 사실을 알게 된 조광윤이 다시 돌아와서 경낭의 복수를 함.<br>• 가장 이른 시기에 제작된 영화로 판단되나, 줄거리 이외의 영화에 대한 상세한 정보가 부족함. |
| <천리송경낭 千里送京娘> | 1957 | 홍콩 | 왕천림 王天林 | • 풍몽룡의 단편소설 <조태조천리송경낭>(경21)을 원작으로 하였으나 일부 줄거리를 각색함.<br>• 각색 양상 : 경낭이 강도들에게 붙잡힌 과정도 가정에서의 핍박 때문이고, 조광윤이 무사 |

21) 위의 영화는 중국 '전영망(www.1905.com)'의 자료를 근거로 조사한 것이며, 그 범위 밖에 있는 일부 작품들은 '바이두(www.baidu.com)'를 통해 보강하였다.

| 작품명 | 제작 연도 | 제작 지역 | 감독 | 작품의 주요 특징 |
|---|---|---|---|---|
| | | | | 히 집으로 데려다준 이후에도 계모와 그의 정부에 의해 핍박받아 죽은 후 조광윤에게 하소연하자, 조광윤이 다시 돌아가서 그들에게 복수를 함.<br>• 주연 : 장활유張活游 · 유극선劉克宣 · 매기梅綺 등 |

이상과 같이 두 작품은 공통적으로 풍몽룡의 소설 원작 <조태조천리송경낭>(경21)을 모티브로 제작된 작품이다. 다만 원작 소설은 정의로운 조광윤과 산적떼 간의 단순 대립구조만을 활용한 반면, 두 영화는 여기에 새로운 갈등 요소를 더함으로써 극적 변화를 시도했다. 즉, <천리송경낭>(1941)에는 원작과 달리 경낭의 친모 대신 계모가 등장하는데, 계모는 천 리 길을 두 사람이 함께 왔으니 남녀 간에 아무런 일도 일어나지 않았을 리가 없다고 말함으로써 조광윤의 의로운 행동을 깎아내렸고, 결국 경낭도 자결하게 하는 원인을 제공한다. 원작에서도 경낭의 오빠인 조문이 이와 유사한 말을 한 것은 사실이나 실상 두 사람을 혼인시키는 것이 좋겠다는 의도에서 비롯된 것이었고, 경낭의 부친도 그의 의견을 받아들여서 조광윤에게 건의한 것이었다. 또한 원작에서는 경낭이 자결한 후 조광윤은 송의 황제가 된 이후에 그녀의 안타까운 소식을 전해 듣고 그녀를 '정의부인貞義夫人'에 봉하고 그녀의 고향에 사당을 세워주는 것으로 이야기를 끝맺지만, <천리송경낭>(1941)에서는 자결하여 혼령이 된 경낭이 조광윤에게 자신의 억울함을 호소함으로써 조광윤이 되돌아가서 그녀 대신 복수를 하는 것으로 각색되었다.

<천리송경낭>(1957)은 <천리송경낭>(1941)보다 한층 더 나아가서 애

초에 경낭이 산적에게 사로잡힌 원인이 부모로부터의 핍박을 이기지 못해서 집을 나섰다가 벌어진 일이었으며, 후에 조광윤이 경낭을 다시 집으로 무사히 돌려보낸 이후에도 또다시 핍박을 이기지 못하고 자결한 것으로 변모하였다. 이러한 각색은 <헨젤과 그레텔>의 현대적 재창작에서도 나타나는 대표적인 갈등의 심화 장치로 이해할 수 있다. 다만 <천리송경낭>(1957)에서는 '친모'가 '계모'로 바뀌는 것과 달리 <헨젤과 그레텔>에서는 '계모'가 '친모'로 바뀌는데, 둘 중 어느 것이 현대의 관객들에게 더 심한 극적 갈등으로 다가오는지에 대해서는 동·서양 작품의 설정과 이해가 다소 상반되게 나타난다는 점 또한 흥미롭다. 아무튼 <천리송경낭>(1957)은 전체적으로 '계모와 경낭', '조광윤과 산적 떼'라는 이중의 갈등 구조를 설정함으로써 원작이 가지고 있는 단순 대립구조를 한층 복잡하게 하였다.

이외에도 '용호풍운회'는 그간 조광윤과 밀접하게 관련된 키워드로 인식되었으나, 1973년에 제작된 <용호풍운회>의 경우는 조광윤의 시대보다 훨씬 후대인 북송에서 남송으로 전환되는 시대를 배경으로 한 작품이어서, 해당 키워드가 다른 시대의 다른 인물에 대한 이야기로 활용되는 사례도 생겨났다.

### (2) 드라마

조광윤을 소재로 한 드라마는 모두 5편이 있는데, 1980년대 후반부터 2010년대에 이르기까지 비교적 고른 창작 범위를 가지고 있다.

[표 9][22)]

| 작품명 | 제작 연도 | 제작 지역 | 제작 편수 | 감독 | 작품의 주요 특징 |
|---|---|---|---|---|---|
| <절대쌍웅 絕代雙雄> | 1986 | 싱가폴 | 40집 | 이지명 李致明 | •싱가폴 제작이지만 보통화로 제작됨. •조광윤과 남당南唐 이욱李煜을 조명한 역사드라마로서 이후에 제작된 <정검산하>와 <이후주여조광윤>이 모두 이 드라마의 영향을 받은 것으로 평가됨. •주연: 임명철林明哲 · 진천문陳天文 · 이문해李文海 등. |
| <정검산하 情劍山河> | 1995 | 대만 | 42집 | 반문걸 潘文杰 등 | •조광윤과 남당 이욱 간의 이야기가 주를 이루나 <천리송경낭>의 이야기도 포함되어 있음. •주연 : 진풍秦風 · 오흥국吳興國 · 여연산黎燕珊 등. |
| <대송왕조 조광윤 大宋王朝 趙匡胤> | 1995 | 대륙 | 22집 | 고금방 顧琴芳 등 | •줄거리 속에 <천리송경낭> · <진교병변陳橋兵變> · <배주석병권杯酒釋兵權> · <황포가신黃袍加身> · <부성촉영斧聲燭影> 등의 역사적 이야기를 포함함. •주연: 진희광陳希光 · 진검월陳劍月 · 왕아매王亞梅 등. |
| <이후주여 조광윤 李後主與 趙匡胤> | 2007 | 대륙/대만 | 40집 | 오려태 吳麗駘 | •조광윤과 남당 이욱 두 인물을 대비하며 집중적으로 다룬 드라마. •주연 : 오기륭吳奇隆 · 유도劉涛 · 황문호黃文豪 등. |
| <대송전기 | 2012 | 대륙 | 48집 | 고희희 | •2012년에 북경에서 제작 방영되고, |

22) 위의 영화는 중국 '전영망(www.1905.com)'의 자료를 근거로 조사한 것이며, 그 범위 밖에 있는 일부 작품들은 '바이두(www.baidu.com)'를 통해 보강하였다. 상기 드라마 이외에도 <問君能有幾多愁>(2005)라는 드라마도 제작되었으며 이 역시 조광윤이 큰 비중을 차지하는 인물로 나오지만, 이 작품은 남당 이욱에 보다 초점을 맞춘 드라마라는 점에서 여기에는 포함하지 않았다.

| 작품명 | 제작 연도 | 제작 지역 | 제작 편수 | 감독 | 작품의 주요 특징 |
|---|---|---|---|---|---|
| 지조광윤<br>大宋傳奇之<br>趙匡胤> | | | | 高希希 | 2015년에 중경 · 길림에서도 방영됨.<br>•줄거리 속에 <천리송경낭> · <진교병변> · <배주석병권> · <황포가신> · <부성촉영> 등의 역사적 이야기를 포함하고 있어서 1995년 제작된 <대송왕조조광윤>과 유사하나 22집에서 48집으로 두 배 이상 편수가 늘어남.<br>•주연 : 진건빈陳建斌 · 은도殷桃 · 소봉邵峰 등. |

드라마 〈대송전기지조광윤〉(2012)

조광윤 관련 드라마는 대체로 오대의 혼란기부터 조광윤이 송을 건국하기까지의 시공간이 전체 드라마의 범위로 설정된 것이 대부분이며, 이중 '조경낭과의 이야기'와 '남당 이욱과의 이야기'가 중요한 비중을 차지하고 있다. 특히 <대송전기지조광윤>(2012)은 정의로운 조광윤의 인품을 보다 부각하기 위해 조경낭을 전혀 새로운 방식으로 결합시켰다. 원전에서는 조광윤이 집까지 데려다준 후에 조경낭이 바로 자결한 것으로 끝나지만, 이 드라마에서는 후에 황제가 된 조광윤이 조경낭을 극적으로 다시 만나서 그녀를 공주로 책봉하는 등의 한층 더 나아간 각색이 이루어지기도 했다.

조광윤과 조경낭의 결합은 분명 허구적 조합에서 출발했지만, 문학작품 속으로 들어온 조경낭은 실존인물 못지않은 존재감을 나타내고 있다. 이는 중국의 일반 대중에게 <조태조천리송경낭>(경21)의 이야기가 아주 폭넓게 전해진 점이 작용했겠지만, 조광윤과 조경낭의 조합이 마치 실화인 것처럼 받아들여지면서 후대에 경낭협京娘峽 · 경낭호京娘湖 · 경낭동京娘洞과 같이 그녀의 이름을 딴 지명들이 만들어지기도 했다. 이는 사실과 무관한 가공의 문학작품이 후대의 일반 대중에게 미치는 영향을 단적으로 보여주는 예가 될 수 있을 것이다.

[표 10]

| 경낭협 | 경낭호 | 경낭동 |
|---|---|---|

(3) 연극

경극 〈천리송경낭〉

조광윤을 소재로 한 연극은 원대의 잡극 <풍운회>(나)와 명대의 전기 <풍운회>(이)가 창작된 이후로 다양한 지방희곡으로 전승되어 왔다. 대표적인 지방극으로는 먼저 경극의 <풍운회>(혹은 <용호투龍虎鬥>) · <타과원打瓜園>(혹은 <삼타도삼춘三打陶三春>) · <송경낭>(혹은 <천리송경낭> · <음송형陰送兄> · <뇌신동雷神洞>) · <동가령董家岭> 등이 있고, <천리송경낭>이라는 동일 제목의 극은 곤곡昆曲 · 회극淮劇 · 곡극曲劇 · 양극揚劇 · 조극潮劇 · 향극薌劇 · 월극越劇 · 천극川劇 · 전극滇劇 등 다수의 지방극이 있으며, 방자강梆子腔

에도 <조광윤산괘趙匡胤算卦> · <조광윤타관趙匡胤打觀> 등과 같은 작품이 있다.[23] 이러한 다양한 창작은 조광윤이라는 소재가 얼마나 대중적 인기를 누리고 있는지를 잘 반영한다.

이상과 같이 현대까지 여전히 생명력을 이어온 군주 조광윤은 역사와 문학작품에서 늘 정면인물로 그려졌기 때문에 현대의 창작도 그 틀을 크게 벗어나지는 않았다. 다만, 조광윤이라는 소재는 남당 이욱과 대비되면서 현대의 대중들에게 한층 더 풍부하고 드라마틱한 이야기를 제공하게 되었고, 명대 소설부터 가공되기 시작한 조광윤과 조경낭의 허구적 조합 또한 점차 과장되고 확장되면서 대중들에게 익숙한 이야기로 발전하였다. 또한 조광윤은 중국 역사상 가장 찬란한 문치주의文治主義의 꽃을 피우게 한 송 왕조를 개국한 군주로서 1,000년이 넘는 세월 동안 언제나 대중에게 성군으로 칭송되고 있다.

23) 王永寬, <論羅貫中的≪趙太祖龍虎風雲會≫雜劇>, 昆明學院學報 34(1), 河南省社會科學院, 2012의 29쪽을 참조하였으며, 중국희극망(www.xijucn.com)에서 확인 가능한 지방극을 보충하였다.

# 청관淸官

## 1. 낮에는 사람을 판결하고, 밤에는 귀신을 판결하다 - 포청천包靑天 포증包拯

청관이란 무엇인가? '청렴한 관리'를 말한다. 대체로 우리 문화에서는 '청백리淸白吏'로 이해하는 용어의 중국식 표현이다. 수천 년 동안 전제 왕조가 지속된 동아시아 사회에서 절대권력자인 황제나 왕을 제외하고 백성들에게 가장 직접적이면서 밀접한 영향을 미쳤던 집단이 바로 관리다. 그러한 관리가 만약 부패하여 사리사욕을 채우려 들면 백성의 고초는 말할 것도 없고 나라의 존망에도 지대한 영향을 끼칠 수밖에 없었다. 따라서 관리는 마땅히 어떠해야 하는지에 대한 끊임없는 논의와 고민이 지속되어 왔다. 정약용이 ≪목민심서≫를 지어서 관리가 백성을 다스릴 때 지켜야 할 규율과 덕목을 강조한 것도 바로 이 때문이다. 중국도 예외 없이 어느 시대에나 청렴한 관리와 부패한 관리가 혼재해왔지만, 어쩌면 부패한 관리의 수가 더 많았을지도 모를 일이다. 온갖 착취와 수탈을 견디다 못해 백성들은 도적이 되고, 때로는 그 세력이 커져서 반란군이 되어 중앙정부까지 압박한 역사적 사건이 어디 한 둘이었던가! 하지만 백성들은 부자든 가난하든, 귀하든 천하든 상관하지 않고 명쾌하고 통쾌한 판결을 내려주던 청관이 있었던 시대를 그래도 살맛 나는 세상이라고 말하곤 했다. 그래서 청관은 그들에겐 한 줄기 빛과 소금과 같은 존재였다.

정약용의 ≪목민심서≫

중국문학에서는 송 이래로 '청관'이 소재가 된 경우가 빈번해지면서 이른바 '공안소설公案小說'이나 '청관희淸官戲'와 같은 문학의 세부 장르들이 서서히 지류를 형성하게 되었다. 송·원·명에 걸쳐서 후대 사람들에게 칭송된 청관들이 다수 있었지만, 특히 포증·황종·해서의 경우에는 단순히 역사인물로만 머물지 않고 널리 이야기되는 문학 속 인물로 탈바꿈했다. 그중에서도 포증은 소설과 희곡에서 모두 창작의 소재가 되었고, 현대에도 가장 활발한 창작이 이루어지고 있는 인물 중 한 명이다.

그럼 송을 대표하는 청관 포증은 문학 속에서 어떻게 비추어지고, 현대에는 어떤 모습으로 재창조되고 있는지 그 면모를 살펴보자. 역사인물 포증과 관련된 문헌의 전체적인 목록은 다음과 같다.

[표 11]

| 종류 | | 자료명 |
|---|---|---|
| 사서 | | ≪송사宋史≫<포증전包拯傳> |
| 필기류 및 소설 | | <삼현신三現神>(≪취옹담록醉翁談錄≫권1<소설개벽小說開闢>과 ≪무림구사武林舊事≫권10<관본잡극단수官本雜劇段數>에 제목만 전함) · <신간전상설창포대제출신전新刊全相說唱包待制出身傳> 외 6종 · ≪청평산당화본淸平山堂話本≫<합동문자기合同文字記> · ≪성세항언醒世恒言≫권14<뇨번루다정주승선鬧樊樓多情周勝仙> · ≪경세통언警世通言≫권13<삼현신포룡도단원三现身包龍圖斷冤> · ≪용도공안龍圖公案≫ · ≪백가공안百家公案≫ · ≪삼협오의三俠五義≫ · ≪칠협오의七俠五義≫ · ≪속칠협오의續七俠五義≫ · ≪오서뇨동경五鼠鬧東京≫ 등. |
| 희곡 | | <포대제지잠합동문자包待制智賺合同文字> 등 총 10편(≪원곡선元曲選≫) · <호돌포대제糊突包待制> · <포대제판단연화귀包待制判斷烟花鬼> · <풍운포대제風雪包待制> · <포대제쌍감정包待制雙勘丁> · <찰미안鍘美案> 등 다수. |
| 현대 | 영화 | <포청천包青天>(1980) · <포공전기지단주안包公傳奇之瑞州案>(2018) 등 총 4편. |
| 현대 | 드라마 | <包青天>(1975) · <新包青天>(1995) 등 제목 기준 7종의 시리즈물. |
| 현대 | 연극 | 예극豫劇 · 곡극曲劇 · 경극京劇 · 평극評劇 등 20종의 지방극에서 <찰미안鍘美案> · <타란가打鑾駕> · <포룡도좌감包龍圖坐監> · <포증배정包拯賠情> 등 18종의 작품이 비교적 활발하게 상연 중. |

### 1) 역사인물 포증

청관 포증은 실존인물이기 때문에 정사를 통해 비교적 객관적 인물의 면모를 살펴볼 수 있다. 또한 정사는 이후 문학작품 속 허구의 인물과 대비해볼 수 있는 비교의 대상이 되며, 역사인물이 허구의 인물로 변모해 나간 과정을 이해할 수 있는 출발점이기도 하다. 포증은 그의 생애에도 존경을 받았지만 특히 사후에 만인의 칭송을 받아 온 역사인물이기 때문에 그의 삶과 전기에 대한 다수의 구전이 송대부터 쭉 이어져 왔다. ≪송사≫<포증전> 중에서 포증의 출생 · 관직생활 · 그의 인물됨과 평가에 대한 내용을 위주로 선별적으로 살펴보면 다음과 같다.

포증

> 포증은 자가 희인이며 여주 합비 사람이다. 처음에 진사에 합격했을 때 대리평사에 제수되어 건창현 지현으로 나갔으나, 부모가 모두 연로하여 사직하고 관직을 구하지 않았다. 감화주세의 벼슬을 얻었으나 부모가 또 가기를 원하지 않자, 포증은 관직을 포기하고 귀향하여 부모를 봉양하였다. 수년 후에 부모가 연이어 돌아가셨다. 포증은 부모의 묘를 지키며 상을 끝낸 후에도 여전히 배회하며 가기를 주저하자, 마을의 원로가 수 차례 그를 격려했다.
>
> 오랜 시간이 지난 후 (포증은) 천장현 지현으로 부임해 갔다. 다른 사람 소의 혀를 해친 한 도둑이 생겼는데 소 주인이 와서 고발하자, 포증이 말하였다. "그대는 돌아가서 소를 죽여서 팔아버려라." 또 한 사람이 사사로이 소를 죽인 자가 있다고 와서 고발하자 포증은 말하였다. "뭣 하러 남의 소 혀를 상하게 하고서 또 그를 고발하는가?" 도둑은 놀라며 탄복하였다.
>
> 단주 지현으로 옮겨 갔을 때, 전중승으로 관직을 옮겼다. 단주는 벼루를 생산하는데 전의 태수는 녹으로 바치는 비율을 수십 배로 취해서 권세가에게 바쳤다. 포증은 제작자에게 공물의 숫자가 충분하게만 명하였고 한 해가 다 가도록 단 하나의 벼루도 가지고 가지 않았다.

(포증이) 거란에 사신으로 갔을 때, 거란은 전객에게 명하여 포증에게 말하였다. "웅주가 새로이 편문을 연 것은 바로 우리나라의 반역자들을 꾀어내서 변경의 일을 염탐하려는 것이 아니오?" 포증이 말하였다. "탁주 또한 일찍이 문을 열었는데 변경을 염탐하는 일이라면 뭣 하러 변문을 열겠소이까!" 그 사람은 결국 아무런 대답을 못 하였다.
잠시 개봉부의 지현을 맡도록 명을 받았다가 우사낭중으로 관직을 옮겼다. 포증은 조정에 들어가서도 강직하고 의연해서 귀족과 환관들이 그 때문에 함부로 경거망동하지 않았고, (그에 대해) 들은 자들은 모두 그를 두려워했다. 사람들은 포증의 웃음을 황하가 맑아지는 것과 같이 보기 힘든 것에 비교했다. 어린 애들과 부녀자들도 역시 그의 명성을 알고 있어서 그를 '포대제'라고 불렀다. 경사에는 그 때문에 생긴 말이 있다. "청탁이 안 되는 사람으로는 염라대왕과 포공이 있다." 이전 체제에서 모든 송사는 직접 관청에 도달할 수가 없었다. 포증은 정문을 열어서 (직접) 관청에 와서 옳고 그름을 말하도록 하니 아전들이 감히 속일 수가 없었다.
환관과 세족들이 정원과 집을 건축하면서 혜민하를 침범하였고, 이로 인해 강물이 막혀 통하지 않게 되었다. 마침 경사에 큰 물난리가 나자 포증이 이내 모두 부숴버렸다. 한번은 지권을 가지고 허위로 땅의 보폭 수를 늘려 말한 자가 있었는데, 모두 심사하고 검사해서 그들을 (황제에게) 보고하여 탄핵하였다.
포증은 성정이 엄준하고 강직하여 아전들이 가혹하게 하는 것을 싫어하였고, 돈후함을 추구하며 비록 악인을 미워해도 일찍이 관용을 베풀지 않은 것은 아니었다. 다른 사람과 억지로 맞추려고 하지는 않았고, 다른 사람을 기쁘게 하기 위해 거짓으로 얼굴색을 띠지도 않았다. 평소에 사사로운 글은 없었고, 오랜 친구와 친척들과도 왕래를 끊었다. 비록 높은 신분이었으나 옷이며 생활용품이며 음식은 그가 평민일 때와 같이 했다. (포증이) 일찍이 말하였다. "후세의 자손이 관직에 출사해서 뇌물죄를 지은 자는 본가로 돌려보내지 않고, 죽어도 가족무덤에 장례를 치를 수도 없다. 나의 뜻을 따르지 않으면 나의 아들이나 자손이 아니다."[1]

이처럼 정사의 기록은 포증의 인물됨에 대해 두 가지 측면에서 주목할 만하다.

첫째는 포증이 가정에서는 효심 깊은 아들로서 자식 된 도리를 다한 점이다. 그는 '대리평사'와 '감화주세'라는 관직에 각각 제수되었으나, 연로한 부모님을 봉양하는 일과 관직으로 나아가는 갈림길에서 결국 부모님을 돌아가실 때까지 봉양하는 쪽을 선택하였다. 학문을 갈고닦고 조정에 출사하여 공을 세우는 것이 당시 사대부들이 지향했던 길이었지만, 낳아주신 부모님께 살아생전 효도를 다해야 한다고 판단한 포

1) ≪宋史≫<包拯傳> : 包拯字希仁，廬州合肥人也。始擧進士，除大理評事，出知建昌縣，以父母皆老，辭不就，得監和州稅，父母又不慾行，拯即解官歸養。後數年親繼亡。拯廬墓終喪，猶徘徊不忍去，里中父老數來勸勉。久之，赴調，知天長縣。有盜割人牛舌者，主來訴，拯曰："第歸，殺而鬻之。"尋復有來告私殺牛者，拯曰："何爲割牛舌而又告之?"盜驚服。徙知端州，遷殿中丞。端土產硯，前守緣貢率取數十倍以遺權貴。拯命製者才足貢數，歲滿不持一硯歸。使契丹，契丹令典客謂拯曰："雄州新開便門，乃慾誘我叛人，以刺疆事耶?"拯曰："涿州亦嘗開門矣，刺疆事何必開便門哉!"其人遂無以對。召權知開封府，遷右司郎中。拯立朝剛毅，貴戚宦官爲之斂手，聞者皆憚之。人以包拯笑比黃河清。童稚婦女亦知其名，呼曰"包待制"。京師爲之語曰："關節不到，有閻羅包老。" 舊制，凡訟訴不得徑造庭下。拯開正門，使得至前陳曲直，吏不敢欺。中官勢族筑園榭，侵惠民河，以故河塞不通，適京師大水，拯乃悉毀去。或持地券自言有僞增步數者，皆審驗劾奏之。拯性峭直，惡吏苛刻，務敦厚，雖甚嫉惡，而未嘗不推以忠恕也。與人不苟合，不僞辭色悅人，平居無私書，故人、親党皆絶之。雖貴，衣服、器用、飮食如布衣時。嘗曰："後世子孫仕宦有犯臟者，不得放歸本家，死不得葬大塋中。不從吾志，非吾子若孫也。"

증의 결정은 새삼 청관으로서 이름난 그의 명성을 더욱 빛나게 한다.

둘째는 그가 출사하여 관직에 있을 때 늘 공명정대한 청관의 모습을 잃지 않은 점이다. 그의 공정한 법 집행은 비단 일반 백성에만 한정되지 않고 지위고하를 막론하고 법의 준엄함을 엄격히 적용한 점이 정사에서 강조되고 있는 것으로 보아 판관으로서 뛰어난 그의 역량이 엿보인다. 또한 '단주의 벼루' 일화처럼 그는 사리사욕을 취하지 않는 청렴함까지 갖추었으니 관리로써 갖추어야 할 품성과 역량을 모두 겸비한 인물이라 할 수 있다. 포증의 열전은 일반적인 다른 인물의 열전에서는 잘 드러나지 않는 인물의 성격과 평가까지도 비교적 상세하게 전하고 있어서 잘 짜인 정사의 기록이라 할 만하다. 특히 그가 살아생전에 강조했던 강직하고 청렴한 정신은 후손에게 남긴 유언에 너무도 잘 나타나 있다.

정사 이외에도 포증의 인물됨에 참고가 될 만한 자료로는 포공의 차남 포수包綬의 묘지명 <송조효랑통판담주군주사포공(수)묘지명宋朝孝郎通判潭州軍州事包公(綬)墓誌銘>, 손자 포영년包永年의 묘지명 <송조교랑지악주숭양현사포공(영년)묘지명宋朝教郎知鄂州崇陽縣事包公(永年)墓誌銘>, 주희朱熹의 ≪오조명신언행록五朝名臣言行錄≫<추밀포효숙공樞密包孝肅公>, 오규吳奎의 <효숙포공묘지명孝肅包公墓志銘>, 구양수歐陽脩의 <논포증제삼사사상서論包拯除三司使上書> 등이 있다.[2] 이러한 문헌 속에 나타난 포공은 청렴하고 지조 있으며, 부귀영화에 연연하지 않는 강직한 성품의 청관이었음을 공통적으로 말한다.

---

2) 고숙희, <포공, 역사에서 문학 속으로>, 중국소설논총 제18집, 2003의 252-256쪽 참조.

## 2) 문학 속으로

### (1) 필기류와 소설

삼언 역사인물에 대한 필기류·문언소설·초기 화본과 같은 기록들은 인물마다 그 편수가 많고 적음이 제각기 다르게 나타난다. 예를 들어 당인과 왕안석과 같은 인물은 이미 의화본소설이 창작되기 이전 시점에 다양한 필기류·문언소설·초기 화본과 같은 창작물들이 있었기 때문에 역사인물이 문학작품 속으로 유입된 서사 과정을 비교적 명확하게 밝힐 수 있다. 그러나 포증의 경우는 이와 달리 소설 속 인물로 들어오기 이전의 문헌들이 상대적으로 적고, 또한 하나의 이야기가 일관성 있는 줄거리를 가지고 서사의 폭이 확장되어 나간 모습도 뚜렷하게 나타나지 않는다. 따라서 포증의 경우 필기류와 소설을 하나의 고찰범위로 정하여 살펴보고, 비교적 많은 창작이 있었던 희곡 분야를 따로 살펴보고자 한다.

포증은 역사인물이지만 그의 사후에 후인들이 기억하는 그의 위상은 거의 신의 위치까지 존숭되고 있다. '포공包公' 혹은 '포대윤包大尹'이라는 호칭은 단지 청관이었던 한 인간에 대한 기억이었다면, '포청천'이라는 칭호는 단순한 청관의 표상 그 이상의 존숭의 함의가 들어있기 때문이다. 이는 '관우'라는 삼국시대의 장수의 이름이 용맹무쌍하고 의로운 장수의 칭호라면, '관왕關王' 혹은 '충의신무령우인용위현관성대제忠義神武靈佑仁勇威顯關聖大帝'와 같은 별칭은 그의 용맹과 의기를 숭상하여 신격화한 후인들의 존숭이 들어있는 것에 비견될 수 있다. 따라서 인간에서 신의 경지로 나아간 포증의 서사 변천은 어떠했을지 필기류와 소설을 통해 살펴보자.

현재까지 포증을 소재로 한 소설을 포함한 관련 문헌으로는 ≪취옹담록≫권1<소설개벽>·≪무림구사≫권10<관본잡극단수>·<신간전상설창포대제제출신전> 외 6종·≪청평산당화본≫<합동문자기>·≪성세항언≫권14<뇨번루다정주승선>·≪경세통언≫권13<삼현신포룡도단원>·≪용도공안≫·≪백가공안≫·≪삼협오의≫·≪칠협오의≫·≪속칠협오의≫·≪오서뇨동경≫ 등이 있다.

이중에서 ≪취옹담록≫과 ≪무림구사≫에는 모두 <삼현신三現神>이라는 제목의 작품명이 나오지만 그 내용이 전하지 않기 때문에 확인할 길이 없으나, 제목으로 유추컨대 소설과 같은 내용일 것으로 추정하고 있다.

따라서 이러한 관련 기록에 근거해서 남송 시대에 포증 관련 이야기가 화본과 잡극으로 이미 존재했을 것으로 보고 있다.[3] <신간전상설창포대제출신전> 외 6종은 1967년 상해 가정현嘉定縣에서 발견된 명대의 문헌으로서 명대 중엽 성화成化 7년부터 14년(1471-1478) 사이에 북경 영순당永順堂에서 간인한 13종의 '설창사화說唱詞話'다. 이 13종은 강사講史 3종, 공안公案 7종, 전기영괴傳奇靈怪 3종으로 구성되어 있는데, 이 중 공안 7종이 모두 포증에 대한 내용이다. 이 7종의 작품은 포증이 관직에 출사한 일화부터 황제의 명을 받고 지방에 파견되어 사건을 해결하는 일화, 판관으로서 각종 사건을 해결하는 일화 등 다양한 내용을 담고 있으나, <삼현신포룡도단원>(경13)과 같은 줄거리이면서 서사 과

3) 譚正璧, ≪三言兩拍源流考≫, 上海古籍出版社, 上海, 2012의 370쪽 참조.

정을 비교해볼 수 있는 작품은 없다. 명대에는 이처럼 전집류 공안소설과 단편소설류 속 공안소설이라는 같은 뿌리를 가진 두 갈래의 출판본이 있었는데, 본 편에서는 '삼언'과 같이 역사인물의 허구화가 완전히 틀이 잡힌 단편소설류의 공안소설에 비교의 초점을 맞추었다.[4)]

이후 명대 중기에 출간된 것으로 추정되는 ≪청평산당화본≫<합동문자기>(이하 <합동문자기>(청)으로 표기함)는 포증이 단편소설 속 인물로 유입되는 과정에 있어서 현존하는 첫 작품이다. 여기서 포증은 작품의 9할이 지난 줄거리 단계에서 사건을 판결하는 판관으로 등장하나, 사건을 해결하는 판관 이상의 뛰어난 지혜나 능력을 드러내지 않는다. 포증은 단지 사건을 공정하게 처리하는 판관의 이미지에서 크게 벗어나지 않는 수준인 것이다. 그러나 작가가 어떠한 송사를 처리함에 있어서 포증을 판관으로 내세우고자 했다는 것은 분명 청관으로서의 그의 이미지를 활용하고자 한 장치임을 쉽게 유추해 볼 수 있다.

또한 <삼현신포룡도단원>(경13)과 함께 '삼언'에 수록된 작품 중 <요번루다정주승선>(성14)의 경우에도 작품의 말미에 '포대윤'이라는 판관이 등장하는데, 작품의 시대 설정이 송 휘종 시기이고, 관할 지역이 개봉부인 것으로 보아 작가가 말하는 이 포대윤은 바로 포증을 의미하는 것이 틀림없다. 다만, 이 작품 속에서도 포대윤은 사건 해결에 주도적 위치에 서 있지 않고, 통상적인 진상 조사를 진행하도록 지시하는 판관 이상의 사건 개입이 없다. 오히려 사건을 담당하고 심의하던 설공

4) 전집류 공안소설의 경우 명 만력萬曆 시기부터 30여 년에 걸쳐 ≪백가공안≫을 선두로 민간의 출판업자들이 집중적으로 13부의 공안소설전집을 간행한 것으로 나타난다. 박명진, <명대 공안소설 전집의 창작과 간행>, 중국어문학 제41집, 2003. 참조.

목薛孔目이 오도장군五道將軍의 현몽을 통해 주인공 범이랑範二郎이 죄가 없음을 깨닫고 사건 판결문을 수정하는 등 포증보다 더 비중 있는 역할로 나온다. 포증은 최종적으로 보고된 사건 문서를 심의하는 법집행자로서의 상징적 위치만 차지하고 있다.

이에 반해 <삼현신포룡도단원>(경13) 속 포증은 '줄거리 비중'과 '인물 형상'에 있어서 <합동문자기>(청)이나 <요번루다정주승선>(성14)과는 상당한 차이를 보인다. 먼저 '줄거리 비중'의 경우, 앞선 두 작품에서는 포증이 작품의 말미에 1-2할 이내의 분량으로 짧게 등장하는 것에 반해 <삼현신포룡도단원>(경13)에서는 포증이 작품의 4할에 해당하는 후반부에 등장하여 사건을 해결해나가는 주도적인 역할을 한다. 또한 '인물 형상'에 있어서도 앞선 두 작품에서 포증은 법을 집행하는 판관 이상의 역할을 찾아보기 힘드나, <삼현신포룡도단원>(경13)에서는 신중하고 지혜롭게 사건을 조사하고 심리하는 판관의 이미지뿐만 아니라, 현몽을 통해 사건을 해결할 단서를 얻고 이를 풀어내는 비범한 인물로 그려진다. 이로써 포증은 문학작품 속에서 '낮에는 사람을 판결하고, 밤에는 귀신을 판결한다日間斷人, 夜間斷鬼'는 초현실적 인물로 한층 더 나아간 것이다.

[표 12]

| | 〈합동문자기〉(청)<br>〈요번루다정주승선〉(성14) | 〈삼현신포룡도단원〉(경13) |
|---|---|---|
| 포증의 줄거리 비중 | 1할-2할 이내 | 4할 정도 |
| 포증의 역할 | 관조적 위치<br>수동적 역할 | 주도적 개입<br>사건 해결의 핵심 |
| 인물 형상 | 판관으로서의 상징적 역할 | 명판관의 이미지<br>초현실적 능력의 인물 |

예를 들어 <삼현신포룡도단원>(경13)에는 포증이 사건의 진상을 조사하고 판결하는 명판관다운 모습이 선명하게 잘 묘사되어 있다.

> '큰 여자, 작은 여자'에서 여인의 아들은 바로 외손을 가리키고 바깥 남자의 성이 손가임을 뜻하니 분명 대손압사와 소손압사를 말하는 것이다. '전인경래후인이前人耕來後人餌'에서 '이餌'라는 것은 먹는다는 것이니 그대가 공짜로 아내를 얻고 그의 가업을 독차지한다는 것을 말한다. '요지삼경사要知三更事, 철개화하수掇開火下水'는 대손압사가 3경의 시간에 죽었는데 만약 죽은 이유를 알고 싶다면 불 아래에 있는 물을 열어보라는 뜻이다. 영아가 대손압사가 화로 아래에서 산발로 혀를 내놓고 눈에는 피를 흘리고 있는 것을 본 것은 바로 그가 목이 졸려 죽은 모습이다. 머리에 우물 테두리를 둘러쓰고 있다는 것은 우물이 물을 뜻하고, 부뚜막은 불을 뜻하니 물이 불 아래에 있는 것으로 너희 집의 부뚜막은 필시 우물 위에 지어졌을 것이며, 죽은 시체는 필시 우물 안에 있을 것이다. '내년이삼월來年二三月'은 바로 오늘이다. '구사당해지句已當解此'에서 '구사句已'라는 두 글자는 합치면 바로 '포包'자이니, 바로 나 포증이 언젠가 이곳의 관리가 되어 이 말의 뜻을 풀어서 그의 원한을 씻어준다는 것을 말한다.[5]

위와 같은 포증의 예리한 추리 능력은 다른 두 작품에서 찾아볼 수 없으며, 포증의 사건 해결 과정 또한 앞선 두 작품에 비해 주도적 위치에 서 있다. 따라서 <삼현신포룡도단원>(경13)은 앞선 두 작품에 비해 포증의 판관으로서의 능력을 한층 부각한 작품이라는 점에서 '사건' 중심의 이야기에서 '사건+인물' 중심의 이야기로 창작 패턴이 달라졌음을 알 수 있다.

5) 풍몽룡, ≪경세통언≫, 정문서국, 대북, 1980의 원문 참조.

이후 명말에 이르러서는 작자 불명의 ≪포룡도판백가공안包龍圖判百家公案≫(약칭 ≪포공안包公案≫ 또는 ≪용도공안龍圖公案≫)으로 불리는 전집류의 공안소설이 탄생하였는데, 이때부터 여러 시대와 지역에서 발생했던 이야기들이 모두 포공과 연결되면서 다양한 형태의 공안소설이 성행하기 시작했다. ≪용도공안≫의 이야기는 청대에 이르러 설서예인 석옥곤石玉琨이 설창하면서 큰 인기를 누렸는데, 그의 공연을 보던 관객 중 한 명이 공연 내용을 기록하면서 창사 부분을 없애고 만든 것이 ≪용도이록龍圖耳錄≫이다. 이후에 ≪용도이록≫이 중간되고 편정되면서 나온 것이 ≪삼협오의三俠五義≫이며, 다시 ≪칠협오의七俠五義≫와 ≪속칠협오의續七俠五義≫로 연속으로 간행되면서 지금까지 전해오고 있다.[6)]

이외에도 명대에는 ≪용도공안≫과 체제와 내용이 유사하면서 포증을 소재로 한 전집류인 ≪백가공안百家公案≫ · ≪해강봉공안海剛峰公案≫ · ≪신민공안新民公案≫ · ≪염명공안廉明公案≫ · ≪제사공안諸司公案≫ · ≪상형공안詳刑公案≫ · ≪율조공안律條公案≫ 등 다수의 공안소설이 창작되었다. 이러한 작품들은 한 명의 청관을 중심으로 한 작품인지, 아니면 여러 명의 청관을 중심으로 한 작품인지에 따라 차이는 있지만 당시 성행한 다양한 공안소설의 인기를 짐작하게 한다.

청대에 이르러서는 ≪용도이록≫을 개작하면서 탄생한 ≪삼협오의≫가 나온 후에 속집의 성격을 띠는 ≪속칠협오의≫와 ≪칠협오의≫가 나오고, ≪삼협오의≫ 중에서 가장 절정의 단락인 제32회부터 58회까지를 주로 다룬 ≪오서뇨동경≫이 단독으로 인기를 얻는 등 ≪삼협오의≫의 영향력이 계속 이어졌다.

6) 沈錫麟, ≪包拯≫, 中華書局, 北京, 1984의 35-36쪽 참조.

[표 13]

| 분류 \ 시대 | 송대 | 명대 중기 | 명말 | 청대 |
|---|---|---|---|---|
| 전집류 | | <신간전상설창포대제출신전> 등 7종의 설창사화 | ≪용도공안≫<br>≪백가공안≫ | ≪삼협오의≫<br>≪속칠협오의≫<br>≪칠협오의≫<br>≪오서뇨동경≫ |
| 단편소설류 | <삼현신> | <합동문자기>(청) | <뇨번루다정주승선>(성14)<br><삼현신포룡도단원>(경13) | |

(2) 청관희

포증을 소재로 한 연극은 '청관희'라는 연극의 내용상 분류로 발전하였다. 청관희는 그 인물의 특성상 공안사건을 소재로 한 것이 다수를 차지하나, 일부는 백성을 위해 의로운 일을 한 청관의 이야기도 포함된다. 하지만 필자가 다루고자 하는 포증 관련 연극은 특성상 공안사건을 소재로 한 작품이 주를 이룬다.

전통 희극 중에서 청관희는 시대별로 있었는데, 대체로 원元 잡극부터 대표작이라고 할 만한 작품들이 나타나기 시작했다. 원대의 대표작으로는 <노재랑魯齋郎> · <호접몽蝴蝶夢> · <진주조미陳州糶米> 등 16 작품이 있는데, 이는 현존하는 원 잡극 전체에서 대략 1할에 해당하는 비중이다.[7] 그리고 ≪원곡선元曲選≫만 하더라도 전체 100 작품 중에서 포증을 소재로 한 청관희가 10 작품이 있다. 이러한 적극적인 창작 현상은 원대가 이민족의 지배를 받던 시기였던 만큼 몽고족과 빚어진 민족 간 갈등으로 인한 시대적 특징이 반영된 것으로 해석된다. 당시 청

7) 郭漢城 · 蘇國榮, <論淸官和淸官戲>, ≪文學評論≫, 中國社會科學院文學研究所, 1979年 3期의 80쪽 참조.

관희는 백성들이 겪고 있던 삶의 애환을 예술로 승화시킴은 물론, 자신들의 현실적 갈등으로 인한 울분을 해소시켜 줄 수 있는 시대의 영웅으로 포증을 선택한 것으로 해석할 수 있다.

이후 명대에 접어들어서는 다시 한족이 중심이 된 사회로 변화하나, 명대 정치 사회의 기득권이었던 환관·권신·간신이 일으킨 사회 갈등으로 인해 그들과 대척점에 있는 인물이 청관의 이미지로 굳어지면서 '충忠'과 '청淸'이 결합된 새로운 유형의 청관이 나타난다. 그러나 여기서 '충'이란 황제를 위시한 통치 집단을 옹호하기 위한 의미의 '충'이라기보다는 권신이나 간신, 혹은 부패한 관리로부터 고통받던 백성들이 그들과는 상반되는 정의로운 관리에 대한 염원에서 나온 상징적 의미로 이해할 수 있다. 대표작으로는 <명봉기鳴鳳記>·<희상봉喜相逢>·<청충보淸忠譜> 등이 있다.

청대에 이르러 청관희는 협객의 이야기가 청관의 이야기와 결합된 새로운 형태로 또 다시 변모하였는데, 이를 특별히 '협의희俠義戲'라고 부른다. 협의희는 원·명의 청관희와는 달리 강호의 협객이 중요한 비중을 차지하는 등장인물로 나오며, 조정의 청관을 주인으로 섬기면서 각종 사건을 해결하는 핵심적인 역할로 자리 잡는다. 협객의 등장은 사건 전개 과정에서 무협적인 요소가 가미되기 때문에 극적 긴장감이 한층 고조됨은 물론, 다룰 수 있는 사건의 폭 또한 한층 다양해질 수 있는 변수로 작용하였다. 또한 의로운 협객이 사건 해결의 주도적인 주체로 등장하면서 작품의 주제는 '청淸'과 '의義'의 결합, 혹은 '의'에 보다 더 큰 비중을 둔 극적 전개를 가지는 것이 특징이다. 청대에 나온 대표적인 협의희로는 <악호촌惡虎村>·<낙마호落馬湖>·<연화원蓮花院>·<세부산洗浮山>·<동가오佟家塢> 등이 있다.[8]

이처럼 청관희는 각 시대가 안고 있던 정치적·사회적 문제를 문학과 예술로 승화시킨 시대의 산물이기 때문에 청관희의 변화·발전에 대한 이해는 곧 전통극의 발전과정을 이해하는 데에 일정 부분 기여하는 바가 있다.

[표 14]

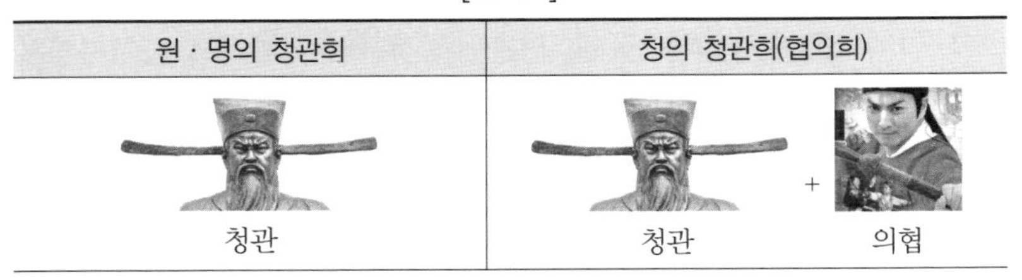

| 원·명의 청관희 | 청의 청관희(협의희) | |
|---|---|---|
| 청관 | 청관 | 의협 |

청관희의 발전과정을 보다 일목요연하게 이해하기 위해서는 연원 관계가 명확한 시대별 작품을 비교해봄으로써 가능한데, 대표작으로 <비파기琵琶記>를 들 수 있다. <비파기>는 원말에 창작된 '오대남희五大南戲' 중 하나로서 고명高明이 찬한 작품이다.[9] <비파기>는 이후 청대에 <새비파賽琵琶>와 <찰미안鍘美案>으로 다시 재현되면서 그 계통을 이어가는데 이 세 작품의 발전과정을 살펴보자.

[표 15]

| | 〈비파기〉 | 〈새비파〉 | 〈찰미안〉(혹은 〈진향련〉) |
|---|---|---|---|
| 창작 시기 | 원 | 청 | 청 |
| 줄거리 | • 채백개蔡伯喈는 조오낭趙五娘과 혼인한 후 행복하 | • 진세미陳世美와 진향련秦香蓮은 혼인한 부부이나, | • 진세미陳世美와 김향련金香蓮은 혼인한 부부이나, |

8) 위의 논문 81쪽 참조.

9) 원말의 '오대남희五大南戲'로는 <형채기荊釵記>·<백토기白兎記>·<살구기殺狗記>·<배월정기拜月亭記>·<비파기琵琶記>가 있다.

| | 〈비파기〉 | 〈새비파〉 | 〈찰미안〉(혹은 〈진향련〉) |
|---|---|---|---|
| | 게 살아가려 하나, 부친이 현실에 안주하지 말고 출사하기를 권함.<br>• 채백개는 장원급제 후 우승상牛丞相이 딸과 혼인하도록 강요하는 바람에 결국 혼인을 하고 맘.<br>• 관리가 된 후에는 기근으로 부모가 사망하는 일이 생겨도 모르고 있었고, 귀향하려 해도 조정에서 허락하지 않음.<br>• 조오낭이 경사로 남편을 찾아와서 결국 두 사람이 함께하게 되는 것으로 끝남. | 진세미가 과거에 장원급제한 후에 부모와 처자식을 돌보지 않고, 공주와 결혼하여 부마가 됨.<br>• 진향련이 경사로 남편을 찾아오자 진세미는 자객을 보내서 그녀를 죽이게 하고, 진향련이 결국 자살함.<br>• 진향련은 삼관신三官神의 도움으로 다시 살아나서 무술을 전수받아 변방에서 공을 세움.<br>• 진향련은 관직이 도독都督에 오른 후 진세미를 직접 추궁하고, 부부로서 다시 관계를 회복해서 원만한 결말을 맺음. | 진세미가 과거에 장원급제한 후에 부모와 처자식을 돌보지 않고, 인종仁宗의 부름을 받아 부마가 됨.<br>• 김향련이 경사로 남편을 찾아오자 진세미는 자객 한기韓琪를 보내서 그녀를 암살하게 하나, 자객 한기는 차마 그녀를 죽이지 못하고 스스로 자살함.<br>• 다시 붙잡혀온 김향련을 진세미는 변방으로 내쫓았는데, 전조가 도중에 구출함.<br>• 포공이 부마 진세미의 죄를 밝혀내고 용작두로 처단함. |
| 창작 방식 | • 창작은 원대이나 줄거리 내용은 한대를 배경으로 함. | • 청인 초순焦循의 《화부농담花部農譚》에 관련 기록이 전하며, <비파기>를 바탕으로 개편한 희곡으로 판단됨.<br>• 창작도 청대이고 내용도 청대인 것으로 보이나, 실제 등장인물의 이름은 명대 《백가공안》과 동일함. | • 명대 《포공안백가공안》과 청대 《삼협오의》의 서사 체제를 결합하여 창작된 《속칠협오의》 31회의 내용을 개편한 희곡.<br>• 창작은 청대이나 줄거리는 송대를 배경으로 함. |
| 중심 인물의 성격 | • 등장인물 : 채백개와 조오낭<br>• 남자 주인공 채백개는 '정면인물'의 성격. | • 등장인물 : 진세미와 진향련<br>• 남자 주인공 진세미는 '반면인물'의 성격.<br>• 진향련이 무술을 배우고 높은 관직에 올라 남편 진세미의 과오를 추궁하는 등 독특한 캐릭터로 등장함. | • 등장인물 : 진세미와 김향련<br>• 남자 주인공 진세미는 '반면인물'의 성격. |

| | 〈비파기〉 | 〈새비파〉 | 〈찰미안〉(혹은 〈진향련〉) |
|---|---|---|---|
| 포증과 협객의 등장 | • 포증과 송사의 줄거리는 등장하지 않음.<br>• 원만한 결말. | • 포증과 송사의 줄거리가 등장하지 않음. | • 포증과 송사의 줄거리가 등장함.<br>• 전소展昭 등의 협객이 등장하여 포증을 보좌함. |

상기 표와 같이 세 작품은 시대를 거치면서 비록 인물명, 사건 전개 방식, 작품의 성격에 있어서 변화가 생겼지만, 하나의 기본 줄거리가 각각의 특색을 가진 작품으로 변모해왔다. <비파기>와 <새비파>는 원대와 청대라는 시대적 거리에도 불구하고 극 후반의 줄거리가 다소 달라진 차이 이외에는 전체적인 구성에 있어서 유사성을 띤다. 하지만 <찰미안>은 극 후반부에 포증과 송사에 대한 줄거리를 결합했다는 점에서 앞선 두 작품과는 확연한 차이가 있다. 이처럼 <비파기>의 이야기는 청대에 이르러 '한 부부에 대한 이야기만 다룬 희곡'과 '한 부부와 포증의 이야기를 결합한 희곡'이라는 두 갈래로 변모하였으며, 이후에는 포증의 이야기가 결합된 방식이 줄곧 대중의 호응을 얻으면서 한 가지 패턴으로 고착된 것으로 판단된다. 세 작품을 통해서 우리는 두 가지 특징을 주목해 볼 수 있다.

첫째는 남자 주인공의 인물 성격의 변화다. <비파기>의 주인공 채백개는 온갖 어려움이 있었으나 결국 자신의 아내인 조오낭과 재회한 후에는 부부로서의 의리를 저버리지 않은 도덕적인 인물로 그려지고 있다. 이에 반해 <새비파>과 <찰미안>의 남자 주인공 진세미는 자신의 처를 배신한 것도 모자라서 자신을 찾아온 아내를 살해하도록 사주하는 부도덕한 인물로 변모했다. 남자 주인공이 '정면인물'일 때와 '반면인물'일 때 작가가 독자에게 전하고자 하는 주제는 다소 달라질 수 있겠지만, 포증이 등장하는 공안사건으로 이야기를 전개해 나가기 위해서는 등장인물이 부정적 인물로 변화하는 것은 어쩔 수 없는 선택으로 보인다.

둘째는 협객의 등장 유무다. 우선 <비파기>는 포증도 협객도 모두 등장하지 않는 작품이니 이야기할 것이 없다. 그런데 <새비파> 역시 포증과 협객은 등장하지 않으나, 작중 여주인공 진향련이 여자의 몸으로 무술을 익혀서 나라에 공을 세운 후 도독의 지위에까지 오르는 여걸로 변모한다는 점은 상당히 이색적이다. 이는 청대 희극의 핵심 키워드인 협객의 이미지가 진향련에게 착종된 것으로 해석되나, 이후 포증과 협객이 가미된 희극이 우세하게 되면서 크게 유행하지는 못한 것으로 보인다. 마지막으로 <찰미안>에는 포증과 전소를 비롯한 장룡 · 조호 · 왕조 · 마한과 같은 다수의 협객이 등장하는 '무협공안극'으로 성격이 변모하였다. <찰미안>은 명대 ≪포공안백가공안≫의 내용을 기본 줄거리로 삼았으나 극중 등장인물과 배경설정은 ≪삼협오의≫의 체제와 결합되어 있으며, ≪삼협오의≫에 이어 나온 ≪속칠협오의≫31회<서권간찰참조황친鋤權奸鍘斬曹皇親 긍고과진참진부마矜孤寡秦參陳駙馬>가 원작에 해당한다. <새비파>와 <찰미안>은 같은 청대에 나왔지만, ≪삼협오의≫의 포증과 의협이라는 두 가지 요소를 반영한 <찰미안>이 이후 대중적 인기를 더 얻었다.

### 3) 현대의 문화콘텐츠

포증 관련 작품은 송 · 원대에는 '청'의 이미지에만 초점이 맞춰지다가 명말 · 청대에 접어들어서는 '청'과 '의'라는 두 가지 요소가 섞이기 시작하였고, 현대에 접어들어서는 여기에 새로이 '희戱(유희나 재미)'의 요소까지 가미되면서 각 시대마다 대중들이 원하는 기호에 따라 창작도 변화를 거듭해왔다. 이는 마치 포도 주스의 맛이 과일 본연의 신선함과 달콤함에 있다면, 포도주는 포도의 맛과 알콜의 조화를 통해 전혀 색다른 감주가 되고, 여기서 다시 증류와 오랜 기간 숙성을 거쳐 꼬냑이 되고 나면 실체는 없고 향기만 남았지만 그 깊고 순수한 맛에 도취되는 것에 비유할 수 있다.

현대에 이르러 포증을 소재로 한 문화콘텐츠로는 영화 · 드라마 · 연극과 같은 장르가 주를 이루나, 그중에서도 특히 드라마 분야의 창작이 두드러진다.

### (1) 영화

현재까지 포증을 소재로 한 영화는 4편으로 드라마나 연극에 비해 상대적으로 소수에 해당한다.[10] 포증 관련 영화는 1980년에 1편이 제작된 이래로 줄곧 드라마 위주의 제작이 진행되다가 2013년 · 2017년 · 2018년에 각각 1편이 제작되었다. 이로 볼 때 2010년대에 접어들어서 포증 관련 영화 제작의 흥행 가능성을 지속적으로 실험한 것을 알 수 있다. 그럼 작품별 제작 시기와 작품의 주요 특징에 대해 살펴보자.

[표 16]

| 작품명 | 제작 연도 | 제작 지역 | 감독 | 작품의 주요 특징 |
|---|---|---|---|---|
| 포청천<br>包青天 | 1980 | 대륙 | 이철<br>李鐵 | • 홍콩 출신 감독 이철이 연출하고, 왕보영王寶英 등이 주연함.<br>• 진세미와 진향련의 이야기를 영화화한 작품 |

10) 위의 영화는 중국 '전영망(www.1905.com)'의 자료를 근거로 조사한 것이며, 그 범위 밖에 있는 일부 작품들은 '바이두(www.baidu.com)'를 통해 보강하였다.

| 작품명 | 제작 연도 | 제작 지역 | 감독 | 작품의 주요 특징 |
|---|---|---|---|---|
| | | | | 이며, 연극 <찰미안>과 같은 내용의 영화임. |
| 포청천지 화골제왕 包青天之化骨帝王 | 2013 | 대륙 | 우조양 牛朝陽 | • 대륙 감독 우조양이 연출하고, 대정待定 등이 주연함.<br>• 상해천예영시上海天譽影視 출품작.<br>• 복잡하고 자극적인 줄거리, 특수효과를 포함한 최신 촬영기법을 이용한 장면연출, 실감나는 무협 동작을 통해 드라마와는 차별성을 두고자 기획되었으나, 관객들의 좋은 평가를 이끌어내지 못함. |
| 포공전기지 천장안 包公傳奇之天長案 | 2017 | 대륙 | 왕역비 王亦霏 | • 감독, 주연배우, 영화에 대한 평점 등에 대한 상세한 내용 없음.<br>• 안휘육지영시문화전파유한공사安徽陸地影視文化傳播有限公司 출품작.<br>• 천장현天長縣의 반란 사건을 포증이 조사하여 모두 제압하는 내용. |
| 포공전기지 단주안 包公傳奇之瑞州案 | 2018 | 대륙 | 왕역비 王亦霏 | • 감독 · 주연배우 · 영화에 대한 평점 등에 대한 상세한 내용 없음.<br>• 포증이 단주端州의 역병 때 일어난 초맹간楚孟簡의 의문사를 조사하여 결국 범죄의 진상을 파헤치는 내용. |

이중 <포청천>(1980)은 1975년에 제작되기 시작한 텔레비전 드라마와 함께 '포청천'에 대한 대중의 관심이 고조되던 초기 단계의 작품이라 할 수 있으나, 2000년대에 들어서서 제작된 3편은 성급省級 지역영화사에서 제작되었고, 상영 이후의 영화에 대한 평점이나 정보가 상세하지 않은 것으로 보아 대중적 관심을 크게 끌지 못한 작품으로 판단된다. 이 네 편의 영화가 가지고 있는 공통적인 특징은 크게 두 가지로 요약해볼 수 있다.

첫째는 공안소설이라는 장르가 가진 영화 매체로의 흡인력 부족이다. 판관을 소재로 한 작품들은 단편의 사건을 다루는 공안소설을 소재로 한 작품의 특성상 영화 제작이 드라마 제작에 비해 상대적으로 흡인력이 높지 않은 것으로 나타났으며, 작품에 대한 관객의 평점 또한 낮게 형성되었다. 이는 현대에 이르러 방영되고 있는 다수의 범죄수사극이 시즌별로 작품을 이어가면서 다양한 소재의 사건을 단편 단위로 다작하는 방식이 상당한 인기를 누리는 것과 무관하지 않다. 또한 범죄수사극을 영화로 제작하는 경우라도 대중들의 호기심을 유발할 수 있고 드라마와는 차별화된 영화만의 장점을 발휘해야만 독자적인 생명력을 담보할 수 있다는 점도 작용하고 있다.

둘째는 영화 제작에 걸맞는 사건의 규모, 탄탄한 줄거리, 특수 촬영기법, 규모의 경제 등을 적절히 활용하지 못한 한계가 있다. 현대에 인기리에 방영되는 드라마들이 영화로 옮겨 가서 대작으로 제작되는 경우가 종종 있는 것을 감안하면, 1970년대 중반부터 대중적인 인기를 누려온 판관 관련 소재는 텔레비전 드라마의 인기에 힘입어 영화로 제작되는 것이 어쩌면 자연스러운 시도였을 것이다. 그러나 포증 관련 영화는 이러한 드라마와의 차별성을 이끌어내지 못했다. 즉, 영화로 제작된 작품들의 완성도가 드라마와 크게 차이가 없는 데다가 일부 작품은 텔레비전 드라마보다 질이 높다고 할 수 없는 수준에 머물렀다. 따라서 향후 판관 소재의 영화는 기타 장르와는 차별화된 영화만의 특성과 장점을 담보해내야 할 필요성이 제기된다.

영화 〈포공전기지서주안〉(2018)

### (2) 드라마

포증 관련 드라마는 영화에 비해 대단히 활발하게 창작되었고, 또한 단일 인물을 소재로 창작된 현대의 창작물 중에 가장 많은 편수의 창작이 일어난 인물이라 할 수 있다. 드라마는 모두 7종이 있으며, 제작 편수는 1,121편에 달한다.

[표 17][11)]

| 작품명 | 제작 연도 | 제작 지역 | 감독 | 주요 특징 |
|---|---|---|---|---|
| 포청천 包青天 | 1975 | 대만 | 진소령 陳小玲 등 | • 의명儀銘 주연 작품이기 때문에 의명판儀銘版으로 지칭됨.<br>• 1975년부터 1990년대 초까지 350편이 방영되는 기록을 세움.<br>• 장광초蔣光超가 부른 주제가 <포청천>이 대중적인 인기를 누림.<br>• 홍콩 TVB 방영 당시 87%의 시청률을 기록함. |
| | 1993 | 대만 | 손수배 孫樹培/ 양개정 梁凱程/ 유립립 劉立立/ 왕중광 王重光 등 | • <생사연生死戀> · <진가포공眞假包公> · <원앙호접몽鴛鴦蝴蝶梦> · <심친기尋親記> 등의 41가지 주제를 236편으로 제작함.<br>• 이후 일부 단편(3-9편 길이)은 30-40편의 긴 시리즈물로 재창작되는 경우가 많았고, 드라마 분야에서 향후 포청천 관련 작품의 원전이라고 할 만한 지위를 갖춤.<br>• 대만 손수배 감독의 27번째 일화 <포청천지생사연包青天之生死戀>(145-151)을 대륙에서 왕중광이 동편인 7편으로 제작하여 대륙과 홍콩에서 방영됨. 홍콩에서는 <생사련>이라는 제목으로 40집이 다시 제작되어 방영됨.<br>• 대만 손수배 감독의 28번째 일화 <포청천지심친기包青天之尋親記>(152-157)는 홍콩에서도 방영됨. |

11) 위의 드라마는 중국 '전영망(www.1905.com)'의 자료를 근거로 조사한 것이며, 그 범위 밖에 있는 일부 작품들은 '바이두(www.baidu.com)'를 통해 보강하였다.

| 작품명 | 제작 연도 | 제작 지역 | 감독 | 주요 특징 |
| --- | --- | --- | --- | --- |
| | 1995 | 홍콩 | 황문표 黃文標 | • <휘루참공손揮淚斬公孫> · <가호박假琥珀> · <친자정구親子情仇> · <칠자호경화七子護京華> · <인피면구人皮面具> · <이화겁梨花劫> 등의 16가지 주제를 80편으로 제작함.<br>• '향항전시광파유한공사'에서 출품하여 홍콩에서 방영됨.<br>• 적룡狄龍 · 황일화黃日華 · 료계지廖啓智 등이 주연. |
| | 2008 | 대륙 | 유립립 劉立立/ 이보능 李寶能 | • <포청천지타룡포包青天之打龍袍>라는 제목으로 출시.<br>• ≪삼협오의≫의 대표적 이야기인 <이묘환태자狸猫換太子>를 개편한 것으로서, 1993년 대만판에서는 7편으로 제작되었으나 총 13편으로 제작함.<br>• 대만 감독 유립립이 연출하여 대륙에서 제작하고 방영됨.<br>• 주연 : 김군초金超群 · 범홍헌范鴻軒 · 하가경何家勁 등. |
| | 2011 | 홍콩 | 당호 唐浩/ 도동흔 陶東昕 | • <포청천지벽혈단심包青天之碧血丹心>이라는 제목으로 출시.<br>• <진주삼珍珠衫> · <방비유희龐妃有喜> · <정청초서狄青招婿> · <번룡겁翻龍劫>의 4가지 주제를 40편으로 제작함.<br>• 이중 <방비유희>는 기존에 6편을 10편으로, <적청초서>는 5편을 10편으로 개작했으며, <진주삼>과 <번룡겁>은 기존에 다루어지지 않은 새로운 주제임. (<진주삼>은 삼언에 나오는 작품과 제목이 유사하나 다른 내용의 작품임.)<br>• 주연 : 김초군 · 범홍헌 · 하가경 등. |
| | 2010 | 대륙 | 당호 | • <포청천지칠협오의包青天之七俠五義>라는 제목으로 출시.<br>• '천가전매고빈유한공사'에서 출품하여 대륙에서 방영됨.<br>• 단편의 제목이 없이 총 40편으로 제작함.<br>• 주연 : 김초군 · 범홍헌 · 하가경 등. |
| | 2012 | 대륙 | 하중화 何中華 | • <포청천지개봉기안包青天之開封奇案>이라는 제목으로 출시.<br>• 기존 작품에 없던 6가지 주제를 총 40편으로 제작 : <홍주유한洪州遺恨> · <금옥맹金玉盟> · <실영기失嬰記> · <도향루饕香楼> · <삼타금화三朶金花> · <단계혈연端溪血硯><br>• 주연 : 김초군 · 범홍헌 · 하가경 등. |
| | 2017 | 대륙 | 육강 陸江/ 장붕원 張朋元 | • ≪삼협오의≫ 속의 대표적인 이야기를 개편함.<br>• <찰미안> · <오서료동경> · <찰방욱鍘龐昱> · <찰포면鍘包勉> · <진가포공> 등을 포함해서 총 50편으로 제작함.<br>• 원전의 내용 이외에 다수의 사회 현상들을 더하여 새로운 |

| 작품명 | 제작 연도 | 제작 지역 | 감독 | 주요 특징 |
|---|---|---|---|---|
| | | | | 시대적 의미를 부여함.<br>• 주연 : 이동학李東學 · 장지계張芷溪 · 고균현高鈞賢 등. (이동학이 포증으로 출연해서 '이동학판'으로 불림) |
| 신포청천 新包青天 | 1995 | 홍콩 | 유립립/이보능 | • 대만 제작물과는 별개의 새로운 주제로 홍콩 '아주전시대亞洲電視臺'에서 160편으로 제작함.<br>• 대표작 : <영웅본색英雄本色> · <재세정구再世情仇> · <추지무秋之武> · <심어묘審御貓> · <영렬천추英烈千秋> 등.<br>• 주연 : 김군초 등.<br>• 이중 <추지무>는 진우초陳宇超 연출로 대륙에서 제작됨.<br>• 이중 <심어묘>는 유립립 연출로 대만에서 제작됨. |
| | 2009 | 대만/홍콩 | 유립립/이보능 | • <타룡포> · <백룡구白龍駒> · <황금몽黃金梦> · <찰미안> · <통판겁通判劫>의 5가지 주제를 61편으로 제작함.<br>• 김군초 주연.<br>• 보통화와 월어粵語로 동시 제작.<br>• 대만과 홍콩에서 각각 방영.<br>• 이중 <통판겁>과 <황금몽>은 대륙에서도 제작 방영됨. |
| | 2012 | 홍콩 | 여량위呂良偉/김초군/범홍헌 | • 1995년 홍콩 '아주전시대'에서 제작한 신포청천 시리즈 중 <재세정구>를 2012년에 42편으로 다시 제작함.<br>• 김초군이 주연과 연출을 겸함. |
| 포공출순 包公出巡 | 2003 | 대륙/대만 | 김오훈金熬勳/왕매王枚 | • ≪삼협오의≫를 개편한 작품.<br>• '청도초군영시성青島超群影視城'에서 제작하여 대륙과 대만에서 방영함.<br>• <용봉두두龍鳳肚兜> · <몽회청루梦回青樓> · <위진금릉威震金陵> · <명경고현明鏡高懸>의 4가지 주제를 40편으로 제작함.<br>• 주연 : 김초군 · 초은준焦恩俊 · 범홍헌 등.<br>• 이후 다년간 재상영됨. |
| 포공기안 包公奇案 | 2000 | 홍콩 | 왕매 | • 왕매가 연출하여 제작하고 대만 · 대륙 · 홍콩에서 방영됨.<br>• <노찰공손怒鍘公孫> · <쌍성기雙城記> · <정화겁情花劫>의 3가지 주제를 22편으로 제작함. |
| | 2003 | 대륙/ | 김오훈/ | • 2000년 왕매 연출의 <포공기안>을 2003년에 김오훈 · 진계 |

| 작품명 | | 제작 연도 | 제작 지역 | 감독 | 주요 특징 |
|---|---|---|---|---|---|
| | | | 대만 | 진계준<br>陳啓峻 | 준이 연출하여 '청도초군영시성'에서 제작, 대만에서 방영함.<br>• ≪포공출순≫의 속집의 성격을 띰.<br>• <노찰공손> · <쌍성기> · <정화겁>의 3가지 주제를 22편으로 제작함.<br>• 이후 2012년에 양지견楊志堅이 다시 제작하여 방영됨. |
| 소년포청천<br>少年包青天 | 1 | 2000 | 대륙 | 호명개<br>胡明凱/<br>증근<br>曾謹 | • <명양천하名揚天下> · <혈제단血祭壇> · <은일촌지비隱逸村之秘> · <전전양위殿前揚威> · <오서뇨상국五鼠鬧相國> · <마법환영魔法幻影> · <번룡겁翻龍劫>의 7가지 주제를 40편으로 제작함.<br>• 보통화와 월어로 제작.<br>• 주연 : 주걸周杰 · 임천任泉 · 석소룡釋小龍 · 이빙빙李冰冰 등.<br>• 소년 포증이라는 새로운 인물 형상을 창조함 : 혈기왕성하고 장난기 많으며 관료사회의 속성과는 거리가 먼 똑똑한 인물.<br>• 일본추리소설 '밀실살인법密室殺人法'의 추리기법을 사용.<br>• 지혜의 대명사인 공손책이 정반대의 인물로 설정되는 등 줄거리 설정이 지나치게 인위적이라는 평가가 있음. |
| | 2 | 2001 | | 호명개/<br>증근 | • ≪소년포청천≫의 이야기를 발전시켜서 제작함.<br>• <영웅본색> · <의박운천義薄雲天> · <장룡와호藏龍臥虎> · <투천환일偷天換日> · <석파천경石破天驚> · <천라지망天羅地網>의 6가지 일화를 중심으로 40편으로 제작함.<br>• 포증이 공주를 사랑하게 되는 등의 남녀 간의 사랑을 접목시킨 멜로드라마의 성격.<br>• 인물의 전형이 너무 쉽게 드러나고, 연극처럼 표정과 동작이 너무 과장된다는 단점이 지적됨.<br>• 복장도 현대화된 개량 복장이 다수 나옴으로써 한층 현대물의 성격을 드러냄. |
| | 3 | 2005 | | 하배<br>何培/<br>징풍<br>澄豊 | • <중출강호重出江湖> · <삼대신기三大神器> · <검보살인臉譜殺人> · <봉황구혼鳳凰勾魂> · <천망현天芒現> · <살멸앙殺滅央>의 6가지 주제를 45편으로 제작함.<br>• 주연 : 등초鄧超 · 석소룡釋小龍 · 조양趙陽 · 진려秦麗 등.<br>• 앞선 두 시리즈보다 배우의 연기력이 돋보인 작품으로 평 |

| 작품명 | 제작 연도 | 제작 지역 | 감독 | 주요 특징 |
|---|---|---|---|---|
| | | | | 가되나, 역사인물인 포증을 바보스런 인물로 개작함으로써 대중의 반응이 다소 엇갈림. |
| 신탐 포청천 神探 包青天 | 2015 | 대륙 | 전안추 錢雁秋 | • ≪삼협오의≫를 개편하여 만듬.<br>• 소제목이 없이 1편부터 41편까지 편성.<br>• 장자건張子健 · 우진于震 · 순어산산淳於珊珊 등이 주연.<br>• 2017-2018년에 걸쳐서 <신탐포청천2>가 30편으로 제작 되고 있는 것으로 보이나 아직 구체적인 상영 일자는 미정.<br>• 시리즈 1에 대한 평가가 비교적 낮게 형성됨.<br>• 포증과 전조의 아버지 세대의 이야기가 대량 묘사된 것이 특징. |
| 오서 뇨동경 五鼠 鬧東京 | 2016 | 대륙 | 오가태 吳家駘 | • ≪삼협오의≫의 32회부터 58회까지 등장하는 다섯 협객과 포증의 이야기를 중심으로 함.<br>• 소제목이 없이 1편부터 44편까지 편성.<br>• 주연 : 진효陳曉 · 엄흘관嚴屹寬 · 정상鄭爽 · 장지계張芷溪 등.<br>• 경극京劇 · 월극粵劇 · 월극越劇 · 천극川劇 등 다수의 연극으로 상연되고 있는 작품. |

상기 표와 같이 포증 관련 드라마는 대부분이 고전 명저인 ≪삼협오의≫를 개편한 작품임을 표방하고 있다는 점에서 공통점을 가지고 있으며, 그 특징을 네 가지 측면에서 살펴볼 수 있다.

첫째는 시리즈물의 제작 형식이다. 포증 관련 드라마는 40여 년에 걸쳐서 방대한 양의 작품이 활발하게 제작되어 왔기 때문에 창작 시기별로 살펴보는 것을 고려해 볼 수 있으나, 이보다는 7종의 대표적인 연재물이 다년간 다작되는 현상이 나타났기 때문에 이를 연재물별로 정리하는 것이 더 일목요연하다. 연재물로는 <포청천(1975년 판 350편, 1993년 판 236편 등 다수)> · <신포청천(263편)> · <포공기안(40편)> · <포공출순(22편)> · <소년포청천(125편)> · <신탐포청천(41편)> · <오서뇨동경(44편)>이 있다. 이중에서 <포청천>의 경우에는 4-10편 분량의 소제목을 가진 작품이 다작된 경우이고, <포청천지칠협오의>의 경우에는 소제목이 없이 1편에서 40편에 이르기까지 편수로만 편성된 연재물이며, <소년포청천>은 1 · 2 · 3편으로 시리즈가 이어지면서 각각 40여 편으로 제작된 경우이다. 이 7종의 드라마의 전체 편수를 합하면 무려 1,121편에 달하며, 단일 소재, 단일 인물에 대한 드라마 제작과 관련해서는 역대 최고임이 분명하다.

둘째는 각 드라마 제작의 지역성이다. 1975년 판과 1993년 판 <포청천>이 대만에서 대작으로 제작된 이후에는 대륙과 홍콩에서도 동일 제목으로 다수의 작품이 제작되고, 대륙 · 대만 합작과 대륙 · 홍콩 합작의 형식을 띠는 작품이 점차 증가하게 된다. 그리고 2000년대에 접어들어서는 대륙에서 제작된 작품이 증가한 것이 하나의 두드러진 현상이라 할 만하다. 그러나 포증 관련 드라마는 어느 특정 지역에 국한되지 않고 고른 인기를 누린 작품이기 때문에 크게 보면 중화권 문화에서 인기리에 제작되고 방영된 작품으로 볼 수 있다. 언어의 경우 대륙은 '보통화普通話'로, 대만은 '국어國語'로, 홍콩은 '광동어廣東語(월어粵語)'로 지역에 맞게 제작되었으며, 합작의 경우에도 동일한 작품을 각각의 언어로 더빙하는 방식을 통해서 공동 상영하는 경우가 점차 빈번해졌다.

드라마 〈포청천 개봉기안〉(2012)

셋째는 배우와 감독이다. <포청천> 시리즈는 1975년에 제1대 포증을 '의명'이 주연하면서 중화권에서 폭발적인 인기를 얻게 되었고, 홍콩 방영 당시에는 87%에 달하는 시청률을 기록한 바 있다. 의명 주연의 드라마는 그 인기가 1990년대 초까지 지속되었다. 이후 제2대 포청천으로 등장한 '김초군' 역시 현대에 이르기까지 20여 년에 걸쳐서 포청천 역할을 해오면서 연기뿐만 아니라 제작에도 참여하는 포청천 드라마의 아이콘으로 자리 잡았다. 마지막으로 2017년에 접어들어서는 제3세대라고 할 수 있는 대륙 배우 '이동학'이 포청천 연기를 이어가고 있는데 그가 참여한 작품을 특별히 '이동학판'으로 구별하여 표기하고 있다. 그중에서도 김초군은 포청천의 청관 이미지를 가장 잘 살려낸 연기자로 평가될 뿐만 아니라, 가장 많은 작품에서 연기한 배우이자 제작자다.

감독의 경우에는 1975년판 <포청천>을 제작한 '진소령'이 실질적으로 이 드라마의 인기를 주도했다고 평가할 만하며, 이후 90년대부터는 '손수배'·'유립립'·'왕중광' 등의 제2세대 감독들이 제작에 활발하게 참여하였다. 특히 90년대부터 활동한 대만 출신의 세 감독은 초기 작품 활동이 대만에 국한되어 있었던 것과 달리 대만·대륙·홍콩 등지에서도 활발한 활동을 이어갔다.

넷째는 각색의 폭이다. 역사인물을 소설 속 인물로 창작하고 이를 영화나 드라마와 같은 현대물로 재창작하는 과정에서는 해당 인물의 기본적인 이미지를 크게 해치지 않는 한도 내에서 역사와는 다른 각색과 재구성이 이루어지게 된다. 당인의 경우를 보더라도 '사서→필기류→소설→현대 문화콘텐츠'로 변천하는 과정에서 인물의 성격, 사건구성, 현대적 문화요소와의 융합과 같은 다양한 측면에서 그 변화를 확인할 수 있다. 포증을 소재로 한 드라마의 경우에도 이러한 각색과 재구성이 일정 부분 작용하였다고 할 수 있으나, 그 폭이 그다지 크지 않은 점이 주목할 만하다. 특히 현대물로 창작되는 과정에서 당인의 경우에는 단순한 각색을 넘어서 '판타지'의 영역까지 변모해 나간 것과 달리, 포증의 경우는 그가 가진 전통사회의 청관의 이미지를 크게 손상하지 않는 범위 내에서의 각색이어서 과감하고 대폭적이지는 않다. 그나마 색다른 각색을 시도한 작품으로 <소년포청천> 시리즈를 들 수 있는데, 이 작품은 관리로서 활약한 성인 포증의 이야기가 아니라 포증의 청년 시절을 그리고 있다. 청년 포증은 똑똑하지만 관료 사회를 이해하지 못하는 장난기 많은 인물, 혹은 다소 어리숙한 이미지의 인물로 그려지고 있어서 청관 본연의 이미지와는 거리가 있다. 전통적 이미지를 벗어난 이러한 일탈에 대한 대중들의 반응도 긍·부정으로 나뉘면서 다소 엇갈렸다.

(3) 연극

현대에 접어들어서 포증을 소재로 한 연극은 각 지역의 특색을 가진 다양한 지방극으로 창작되어 상연되고 있다. 포증 관련 연극은 소재와 형식에 있어서 모두 고른 창작이 있었다.

먼저 소재에 있어서는 명·청대에 걸쳐서 포증 관련 소설과 희곡이 다수 창작되면서 현대에도 이를 소재로 한 작품들이 지속적으로 재창작되고 있다. 주로 소재는 ≪백가공안≫·≪용도공안≫·≪삼협오의≫·≪속칠협오의≫·≪칠협오의≫ 등의 공안소설 내지는 공안의협소설류에서 활용하고 있다. 그중에서도 대중적인 인기를 누리고 있는 몇몇 작품들의 경우에는 지역별로 거의 다 제작되고 있어서 같은 제목의 지역극이 다수 존재한다.

중국 '희극망戲劇網'의 자료에 따르면, 중국 전통 희곡의 종류는 대략 220여 가지나 되지만 이중 비교적 활발한 창작과 공연이 이루어지고 있는 지방극은 22종 정도가 있다. 이중 포증 관련 희곡은 모두 20종에 달하는 지방극에서 활발하게 창작되고 있는데, 그중에서도 특히 예극·곡극·경극·평극·진극의 상연이 여타 지방극에 비해 높게 나타났다.[12]

[표 18]

| 다작된 작품명 | <찰미안>·<타란가>·<포룡도좌감>·<포증배정>·<포공오包公誤>·<탐음산探陰山>·<포공사조包公辭朝>·<포청천>·<포공흑두包公黑頭>·<포공안包公案>·<포증인모包拯認母>·<포공삼감호접몽包公三勘蝴蝶夢>·<포공정계찰조왕包公定計鍘趙王>·<포공단은包公斷銀>·<삼배포공三拜包公>·<진향련>·<우황후타룡포遇皇后打龍袍>·<포공몽접包公夢碟> |
|---|---|
| 지역극의 종류 | 예극豫劇·곡극曲劇·경극京劇·평극評劇·진극晉劇·월극越劇·곤극昆劇·진강秦腔·포극蒲劇·월극粵劇·천극川劇·민극閩劇·조극潮劇·한극漢劇·회극淮劇·무극務劇·고갑극高甲劇·황매극黃梅劇·방자梆子·이인전二人轉 |

위의 작품 중에서 <찰미안>(혹은 <진향련>)은 가장 많은 창작이 일어나고 있는 작품 중 하나로서, 경극·예극·진강·평극·곡극을 비롯한 18종의 지방극에서 상연될 정도로 대중의 사랑을 받고 있다. 만약 지방희까지 조사의 범위를 확장한다면 실제로는 더 많은 지방극이 있을 것으로 판단된다.

12) 중국희극망(www.xijucn.com) 참조.

전통사회의 사회적 약자층은 줄곧 집권 세력과 기득권자들로부터 적지 않은 억압과 횡포를 견뎌내야 했다. 왕조별로 이러한 사회적 약자를 보호하기 위한 법제적 장치가 일정 부분 존재했다 할지라도 실제 법 집행과정에서 일어난 각종 폐해와 민족 간의 지배와 피지배 과정에서 야기된 갈등으로 인해 백성의 고초가 가중된 예가 적지 않다. 특히 이민족의 통치 아래에 있었던 원대와 청대의 경우 한족은 협치와 화합의 대상이었다기보다는 지배와 수탈의 대상이었기 때문에, 자신들이 겪고 있던 현실적 문제를 해소하기 위한 정신적 해방구와 이상적 인물이 더욱 절실했을 것이다. 청관 관련 문학작품의 활발한 창작과 대중적 인기는 바로 이러한 시대적 현실이 대중의 기호와 맞아떨어지면서 가속화된 것으로 볼 수 있다.

현대에 이르러 영화 · 드라마 · 연극과 같은 각종 대중매체로 거듭난 청관 관련 문화콘텐츠는 청관의 역사적 가치와 문학적 리얼리티는 물론, 오늘날 대중의 호기심을 충족시킬 수 있는 오락성까지 가미되어 또 다른 문화 현상으로까지 나아가고 있다. 특히 청관이라는 재창작과 각색이 쉽지 않은 경직된 인물상과, '선'과 '악', '청'과 '탁'과 같은 단순 구도가 정형화되어 있는 소재의 상투성에도 불구하고, 현대의 대중들도 충분히 공감할 수 있는 접점을 찾은 것은 전통사회와 현대를 불문한 '청렴한 관리'에 대한 대중들의 염원이 그 저변에 작용한 것으로 해석된다.

포증은 역사인물이었으나 문학작품 속 허구의 인물로, 그리고 다양한 현대 문화콘텐츠의 소재로 끊임없이 재창조되어왔다. 이는 단지 역사인물을 허구화하여 삶의 교훈적 한 단면을 보여주기 위한 목적이었다기보다는, 시대가 염원하는 인물의 재창조를 통해 희망과 이상을 노래한 것이며, 오늘을 살아가는 우리도 공감할 수 있는 보편적 이야기가 되어 면면이 이어 오는 것이다.

## 2. 백성이 사랑한 애민관 - 황청천況青天 황종況鐘

송대에 이름난 청관 포증에 이어 명대로 접어들면 '황종'이라는 걸출한 인물이 등장한다.

황종은 여러 가지 필기류 · 화본 · 희곡류의 문헌이 존재하지만, 명대 작가 풍몽룡의 '삼언'에 수록된 <황태수단사해아况太守斷死孩兒>(≪경세통언警世通言≫제35권, 이하 '(경35)'로 표기함)의 주인공으로 등장하면서 문학작품과 현대적 창작의 주요 인물로 다루어지기 시작했다. 황종의 역사기록과 관련 문학작품, 그리고 현대의 문화콘텐츠는 어떤 것이 있으며, 상호 연관관계는 어떠한지 살펴보자. 황종과 관련하여 현재까지 확인 가능한 문헌의 전체적인 목록은 다음과 같다.

[표 19]

| 종류 | | 자료명 |
|---|---|---|
| 사서 | | ≪명사明史≫<황종전况鐘傳> · ≪황태수집况太守集≫ |
| 필기류 및 소설 | | ≪국침집國琛集≫권상 · ≪소담蘇談≫<소치실화蘇治失火> · ≪탁영정필기濯纓亭筆記≫ · ≪견문잡기見聞雜記≫ · ≪해공안海公案≫71회<판모함과부判謀陷寡婦> · ≪경본통속소설京本通俗小說≫<착참최녕錯斬崔寧> · ≪성세항언醒世恒言≫권22<십오관희언성교화十五貫戱言成巧禍> · ≪경세통언警世通言≫권35<황태수단사해아况太守斷死孩兒> 등. |
| 희곡 | | 주소신朱素臣의 <십오관十五貫>(또는 <쌍웅기雙熊記>) · <쌍웅몽고사雙熊夢鼓詞> · <십오관탄사十五貫彈詞> · <쌍웅기원보권雙熊奇寃寶卷> · 곤극昆劇 <십오관十五貫> 등. |
| 현대 | 영화 | <황종전기지명월기시况鐘傳奇之明月幾時>(2008 · 2012 · 2018) 등 총 2편. |

| 종류 | | 자료명 |
|---|---|---|
| | 드라마 | <강남전기지십오관江南傳奇之十五貫>(2012) · <황종명단십오관況鐘明斷十五貫>(2017) 2종의 시리즈물. |
| | 연극 | 곤극昆劇을 비롯한 19종의 지방극에서 <십오관> 1편만이 활발하게 상연 중. |

### 1) 역사인물 황종

황종

황종은 명대를 대표하는 청관으로 후대에 널리 전하는 인물이다. 포증이 송대에 '포청천'이란 칭호를 얻었듯이 명대의 청관 황종은 그와 비슷한 이력을 가져서 '황청천'으로 불렸다. ≪명사≫ <황종전>에는 그의 출생 · 관직생활 · 인물됨과 평가와 같은 전반적인 내용이 실려 있다. 그중에서도 그를 청관으로 빛나게 했던 소주에서의 관직 생활에 대한 일화가 상세하고, 사서 편찬자의 집필 태도 또한 그의 일생과 치적에 대한 존경이 담겨 있다.

> 황종은 자가 백률이고 정안 사람이다. 처음에는 관리가 되어 상서 여진을 섬겼는데, (여진이) 그의 재주를 기특하게 여겨 그에게 의제사주사의 관직을 주도록 추천하였으며, 낭중으로 관직을 옮겼다. 선덕 5년에 황제가 대부분의 군수가 업무에 적합하지 않다고 여겼는데 때마침 소주 등의 9부의 자리가 비어있었고, 9부 모두 중요하면서 업무가 많은 곳이어서 육부와 도찰원의 신하들에게 그들 소속 중에 능력을 겸비한 자를 천거하여 그 자리를 보충하도록 명하였다. 황종은 상서 건의와 호영 등의 추천을

이용해서 지소주로 발탁되었고, 칙명을 받고 그곳으로 파견되었다. 소주는 조세가 많고 부역이 무거워서 횡포를 부리는 혹리들이 법조문을 농락하여 간사한 이익을 취했기 때문에 가장 다스리기 어려운 곳으로 불렸다. 황종은 조정의 명을 받들어 출사하여 소주부에 이르렀고, 처음 업무를 보는데 여러 관리들이 둘러서서 판결문을 청했다. 황종은 거짓으로 잘 몰라서 좌우에게 물어보는 체하며 그저 관리들이 하자는 대로 행하게 했다. 관리들은 크게 기뻐하며 태수가 우둔하여 속이기가 쉽겠다고 말하였다. 3일이 지나자 (황종은) 그들을 불러서 꾸짖으며 말하였다. "이전의 모 사건은 마땅히 집행해야 했지만 그대들이 나를 가로막았고, 모 사건은 마땅히 집행해서는 안 되었지만 그대들은 내가 집행하도록 강요하였다. 그대들이 법조문을 농락한 지가 오래되어 그 죄가 죽어 마땅하다." 그리고 그 자리에서 몇 사람을 쳐 죽인 후, 관료들 중에서 탐욕스럽고 잔인하며 용렬하고 겁 많은 자들을 호되게 꾸짖었다. 온 소주부에 큰 파동이 일자, 모두 법을 받들었다. 황종은 그리하여 가혹한 세금들을 면제해 주고, 법규를 세웠으며, 백성을 불편하게 하는 일은 즉시 상소를 올려서 그것을 설명하였다.

당시에 누차 소주와 송강의 무거운 조세를 감면해 주라는 조서가 있었다. 황종은 순무[13] 주침과 함께 전력으로 계획하여 조세 70여만 석을 황제께 아뢰어 면제해 주었다. 주침이 실행한 일이 좋은 정책이면 황종은 모두 협조하여 그것을 이뤄냈다. 농민을 구휼하기 위해 창고에 쌓아놓은 곡식이 해마다 수십만 석이 되어서 기근으로 구휼한 것 이외에도 민간의 잡세 및 체납된 세금을 대신 내주었다. 그는 정치를 행함에 있어서 세밀하고 주도면밀했다. 일찍이 두 권의 장부를 배치한 후 백성들의 선악을 기록하게 하여 그들의 행실을 권장도 하고 벌도 주었다. 또 통관대조장부를 배치하여 출납상의 간악한 위조를 방지하였다. 그리고 강운부를 배치하여

13) 명대에 임시로 지방에 파견하여 민정과 군정을 순시하던 대신을 가리킨다.

인부들의 도둑질을 방지하였다. 관부부를 배치하여 타당하지 않은 요구를 방지하였다. 이로움을 흥하게 하고 해로움을 없애는데 전력을 다하였다. 횡포를 부리는 자들을 없애고 선량함을 세우니 백성들이 그를 신처럼 받들었다.

전에는 물건을 구매하고 꽃 · 나무 · 짐승들을 구매하던 중사직조가 연이어 오곤 했다. (그때마다) 군좌 이하는 걸핏하면 곤장을 맞고 속박을 당했다. 그리고 주둔군의 장졸들은 늘 약한 백성들을 학대하였다. 황종이 있게 되자 (이런 행위가) 종적을 감추면서 감히 경거망동하지 못하였고, 비록 상급 관리 및 타지역의 사람들이 그곳을 지나가더라도 모두 마음속으로 그를 두려워했다.

황종은 비록 무인 출신이었지만 학교를 중시하며 유생에게 예를 다하였고, 가난한 서생들을 많이 발탁하였다. 추량이란 자가 있었는데 황종에게 시를 바쳤다. 황종은 그를 추천하고 싶었으나, 어떤 사람이 익명의 편지를 써서 추량을 헐뜯었다. 황종이 말하였다. "그것은 내가 추량의 명성을 더 빨리 이루게 할 뿐이다." 곧 조정에 아뢰었다. (조정은 추량을) 불러들여서 이 · 형 2부의 일을 맡아 보도록 관직을 제수하였다.

처음에 황종이 아전으로 있을 때 오강 사람 평사충 또한 아전으로 집안을 일으키고 이부의 사무를 맡았는데, 황종이 은혜를 입은 바 있었다. 그때 황종은 여러 차례 그를 접견하면서 예를 다하여 대단히 정중히 대했으며, (평사충의) 두 아들을 밑에서 일하도록 해주었다. 황종이 말하였다. "심부름꾼이 없지 않지만 이것으로써 공께 보답하고자 할 따름이다." 평사충의 집은 본래 가난했지만 (황종과의) 교제로 뭔가를 하려 들지는 않았다. 사람들은 두 사람 다 어질다고 하였다.

황종이 일찍이 모친상을 당했을 때 군민들이 입궐하여 그가 남도록 간청하였다. (황종이) 다시 복직하도록 조서가 내려졌다. 정통 6년에 임기가 다 차서 옮겨가야 할 때, 부의 백성 2만여 명이 순안어사 장문창에게 가서 (황종이) 재임하기를 바란다고 호소하였다. (영종이) 조서를 내려 정3

품의 봉록을 내렸고 계속 부의 업무를 보게 하였다. 이듬해 12월에 임지에서 죽었다. 아전들과 백성들이 모두 모여 통곡하였고 그를 위해 사당을 세웠다. 황종은 강직하고 청렴결백하였으며, 백성을 사랑하는 데 온 힘을 다하였기에 그의 앞뒤에 온 소주지부들은 그에게 미칠 수가 없었다.[14]

전체적으로 정사의 기록은 황종이 관직에 발탁된 과정, 소주부에서의 관직 생활과 치적, 다른 사람에게 받은 은혜를 잊지 않는 그의 성품,

14) ≪明史≫<況鐘傳> : 況鐘, 字伯律, 靖安人。初以吏事尚書呂震, 奇其才, 荐授儀制司主事。遷郎中。宣德五年, 帝以郡守多不稱職, 會蘇州等九府缺, 皆雄劇地, 命部、院臣擧其屬之廉能者補之。鐘用尚書蹇義、胡濙等荐, 擢知蘇州, 賜敕以遣之。蘇州賦役繁重, 豪猾舞文爲奸利, 最號難治。鐘乘傳至府, 初視事, 群吏環立請判牒。鐘佯不省, 左右顧問, 惟吏所欲行止。吏大喜, 謂太守暗易欺。越三日, 召詰之曰 : "前某事宜行, 若止我 ; 某事宜止, 若强我行。若輩舞文久, 罪當死。"立捶殺數人, 盡斥屬僚之貪虐庸懦者。一府大震, 皆奉法。鐘乃蠲煩苛, 立條教, 事不便民者, 立上書言之。當是時, 屢詔减蘇、松重賦。鐘與巡撫周忱悉心計畫, 奏免七十餘萬石。凡忱所行善政, 鐘皆協辦成之。所積濟農倉粟歲數十萬石, 振荒之外, 以代居間雜辦及逋租。其爲政, 纖悉周密。嘗置二簿識民善惡, 以行權懲。又置通關勘合簿, 防出納奸僞。置綱運簿, 防運夫侵盜。置館夫簿, 防非理需求。興利除害, 不遺餘力。鋤豪强, 植良善, 民奉之若神。先是, 中使織造採辦及購花木禽鳥者踵至。郡佐以下, 動遭笞縛。而衛所將卒, 時淩虐小民。鐘在, 斂迹不敢肆, 雖上官及他省過其地者, 咸心憚之。鐘雖起刀筆, 然重學校, 禮文儒, 單門寒士多見振贍。有鄒亮者, 獻詩於鐘。鐘欲荐之, 或爲匿名書毁亮。鐘曰 : "是欲我速成亮名耳。"立奏之朝。召授吏、刑二部司務。初, 鐘爲吏時, 吳江平思忠亦以吏起家, 爲吏部司務, 遇鐘有恩。至是鐘數延見, 執禮甚恭, 且令二子給侍, 曰 : "非無僕隷, 欲籍是報公耳。"思忠家素貧, 未嘗緣故誼有所幹。人两賢之。鐘嘗丁母憂, 郡民詣闕乞留。詔起復。正統六年, 秩滿當遷, 部民二萬餘人, 走訴巡按御史張文昌, 乞再任。詔進正三品俸, 仍視府事。明年十二月卒於官。吏民聚哭, 爲立祠。鐘剛正廉潔, 孜孜爱民, 前後守蘇者莫能及。

백성들의 그에 대한 존경과 사랑, 사후 그에 대한 평가로 구성되어 있다. 그러나 황종의 가문과 성장 과정, 학문적 성취와 같은 내용은 상세하지 않다.

강서성 정안현 황종원림況鐘園林 전경

정사의 기록에서 특히 강조되는 것은 그의 관리로서의 치적이다. 황종이 아전 때의 관직 생활에 대한 일부 일화를 제외하고 나면 열전의 대부분은 소주부에서의 관직 생활에 집중되어 있다. 황종이 소주부의 법질서를 바로 세우고 백성을 위해 노력한 관리로서의 치적을 다음과 같이 정리할 수 있다.

- 횡포를 부리는 혹리 처단
- 가혹한 세금의 감면 및 면제
- 소주부의 법규 재정비
- 중앙 관료들의 횡포 제재
- 학교를 중시하고 능력 있는 인재를 발탁

그리고 임기를 마치고 타지로 옮겨가야 할 시점에 이르러서는 소주부의 수많은 백성이 그가 계속 있어 주기를 조정에 호소하여 결국 받아들여졌고, 그가 임지에서 죽은 후에는 '아전들과 백성들이 모두 모여 통곡하였고 그를 위해 사당을 세웠다.'는 기록으로 볼 때, 황종이 백성들로부터 받았던 존경과 사랑이 어느 정도인지가 잘 나타난다.

정사의 기록 이외에도 ≪황태수집≫에는 황종의 열전과 함께 그의 연보, 조정에 올린 상소와 보고서 및 칙령, 그가 남긴 시문 등이 수록되어 있어서 황종의 일생에 대한 이해를 돕는다.[15] ≪황태수집≫의 <태수열전편년太守列傳編年>권중에는 황종이 13년간 소주부 태수로 재직할 당시의 기록이 상세하다. 황종은 소주부에 부임했을 초기에 "비록 지위는 낮더라도 다스리지 않을 수 없는 것이 백성이요, 비록 관계가 가까우더라도 살필 수 않을 수 없는 것이 관리이며, 비록 엄격하더라도 사용하지 않을 수 없는 것이 형벌이요, 비록 작은 것이라도 중시하지 않을 수 없는 것이 덕이다. 그 덕을 세우지 않으면 형법을 시행하기 어렵고, 형법을 시행하지 않으면 관리를 곧바르게 하기 어렵다. 관리가 곧바르지 않으면 백성이 어찌 이로부터 편안해질 수 있겠는가?"[16]라는 말을 깊이 새기며, 휘하의 관리들에게는 엄했고, 백성을 긍휼히 여긴 애민관이었던 것으로 전한다.

### 2) 문학 속으로

황종의 문학 속 유입은 당인과 왕안석과 같은 인물이 의화본소설과 같은 본격적인 소설로의 창작 이전에 이미 다양한 창작물들이 있었던 것과는 달리, 소설 속 등장인물로 들어오기 이전의 글들이 상대적으로 적다. 또한 하나의 이야기가 일관성 있는 줄거리를 가지고 서사의 폭이 확장되어 나간 모습도 뚜렷하게 나타나지 않는다. 다만 특이한 점은 황종의 경우 해서에 관한 이야기가 황종의 것으로 탈바꿈함으로써 새로운 인물상으로 발전해나갔다는 점이다. 이처럼 문학 속에서 인물과

---

15) 吳奈夫 等 校點, ≪況太守集≫, 江蘇人民出版社, 蘇州, 1983. 참조.
16) 위의 책 43쪽 원문 참조.

스토리 간의 상호 호환과 변형은 삼언 소설에서 비교적 빈번하게 일어나는 경우에 해당하며, 삼언 집필 당시 작가 풍몽룡은 다수의 작품에서 이러한 다양한 글쓰기를 시도한 것으로 보인다.

### (1) 필기류와 소설

황종에 관한 문학 속 이야기의 중심에 있는 <황태수단사해아>(경35)는 유아 살인사건을 황종이 해결하는 이야기다. 그러나 이 이야기는 사실에 기반한 것이 아닌 허구의 이야기이기 때문에 정사에는 나오지 않는다. 또한 황종은 명대 인물이고, 삼언 출판 시점까지의 시대적 거리가 멀지 않은 점 때문에 그에 대한 일화가 다양하게 전하지도 않는다. 현재까지 확인 가능한 황종 관련 필기류는 ≪국침집國琛集≫권상 · ≪소담蘇談≫<소치실화蘇治失火> · ≪탁영정필기濯纓亭筆記≫ · ≪견문잡기見聞雜記≫ · ≪해공안海公案≫71회<판모함과부判謀陷寡婦> 등이 있다.[17] 이 중 ≪국침집≫은 황종이 소주부를 다스릴 때의 치적에 대한 내용이고, ≪소담≫은 황종이 아전의 실수를 자신의 과실로 돌림으로써 상관으로서의 모범을 보여주는 일화를 담고 있다. 그럼 공직에 임하는 관리의 자세가 잘 드러난 ≪소담≫의 일화 한 편을 살펴보자.

> 황종이 태수 시절 다스리던 부가 화재를 당해서 문서들이 모두 재가 되었다. 불을 낸 자는 일개 아전이었다. 불이 꺼지고 나자 황태수는 잿더미로 변해버린 현장에 나와 앉아 아전을 불러들여서는 곤장 백 대를 치고 돌아가게 했다. (공은) 자주 자신이 상주문을 쓸 때 힘써 죄가 자신에게 돌아

17) 胡士瑩, ≪話本小說概論≫, 中華書局, 北京, 1980의 557-558쪽 / 담정벽, ≪삼언양박원류고≫, 상해고적출판사, 상해, 2012의 471쪽 참조.

가게 했지 아전에게 피해가 가게 하지는 않았다. 처음에 아전이 스스로 죽어 마땅하다고 고하자, 황태수는 말했다. "이 일은 본래 태수의 책임이다. 한낱 아전이 어찌 감당할 수 있단 말인가!"상부에 보고한 후 그 죄는 감봉에 처해졌을 따름이었다.[18]

황종이 만약 법대로 공정하게 집행했다면 실수로 화재를 낸 아전이 벌을 받아도 이상할 것이 없겠지만, 그는 상관으로서 부하의 실수를 엄중히 질책할지언정 자신의 안위를 도모하지 않고 스스로 책임을 떠맡았다. 만약 아전이 책임을 졌다면 그는 중벌을 피할 수 없었겠지만, 황종이 그 책임을 대신 짊어짐으로써 감봉에 그칠 수 있었던 것이다. 이후 그 아전이 황종을 어떻게 대했을지는 너무도 분명하다. 모르긴 몰라도 그는 황종을 위해 사력을 다해 충성하였을 것이며, 황종의 인품을 평생 흠모했을 것이다. 작은 것을 내어주고 큰 것을 얻었으니 진정한 리더십이 아닐 수 없다.

<황태수단사해아>(경35)의 공안사건은 여타 필기류에는 보이지 않는다. 이에 대해 호사영은 ≪해공안≫<판모함과부>에서 그 소재를 가져온 것으로 보았는데, 두 작품은 연원 관계에 있음이 명확하다.[19] ≪해공

18) 吳奈夫 等 校點, ≪況太守集≫, 江蘇人民出版社, 蘇州, 1983의 원문 참조.
19) ≪해공안≫은 ≪해공대홍포전전≫과 ≪해공소홍포전전≫을 합쳐서 부르는 통칭으로서 해서를 모티브로 한 공안류소설에 속하며, 원명은 ≪해강봉선생거관공안전海剛峰先生居官公案傳≫ 혹은 ≪해충개공거관공안海忠介公居官公案≫

안≫<판모함과부>는 전체 2,140여 자의 비교적 짧은 줄거리인 반면 <황태수단사해아>(경35)는 6,500여 자로 그 내용이 3배 이상 확장되었으나, 두 이야기의 기본 줄거리는 동일하다. 해서의 이야기를 황종의 이야기로 각색하는 과정에서 작가 풍몽룡은 몇 가지 변화를 시도한 것으로 보이는데, 이를 '타인물 고사의 활용', '줄거리의 확장', '새로운 줄거리의 결합'이라는 세 가지 측면에서 살펴볼 수 있다.

첫째 '타인물 고사의 활용'은 '삼언' 역사인물의 소설화 과정에서 빈번하게 사용된 각색 유형으로서, 다른 인물의 일화를 마치 해당 인물의 일화인 것처럼 각색하는 유형을 말한다. 이러한 유형은 <왕안석삼난소학사>(경3)에 나오는 왕안석과 소식의 일화에서 그 예를 찾아볼 수 있다. 작품 속에서 소식은 왕안석의 아직 완성하지 않은 시에 손을 댔다가 그의 미움을 사고, 황주로 좌천되어 가서 현지의 국화를 직접 눈으로 보고 나서야 자신의 경솔함을 깨달았다. 그러나 사실상 소식이 황주로 좌천되었던 것은 '오대시안烏臺詩案'이라는 역사적 사건 때문이다.[20] '오대시안'으로 갖은 고초를 겪은 소식은 출옥 후 황주단련부사黃州團練副使로 폄적되어 갔는데, 이 사건을 모티브로 작가 풍몽룡은 사건의 인과관계에 인위적 각색을 더한 것이다. 삼언 역사인물의 소설화 과정에서 나타난 이러한 각색 유형을 필자는 '해당인물 고사의 활용'과 '타

이라고도 한다. 청대에 편찬되었으나 편자의 이름은 밝혀져 있지 않다.

20) 북송 원풍元豊 2년(1079) 당시 소식의 나이 44세 때, 신법당과의 악연으로 필화사건이 터졌다. '오대시안'이라고 불리는 이 사건은 소식이 썼던 시들 속에 임금과 정부를 모욕하고 비방하는 내용이 있다는 신법당 인물인 이정·서단·하정신의 참소로 일어났다. 136일 동안 감옥 생활을 하며 사형 명령이 떨어질 수도 있었던 상황에서 소식은 다행히 사형은 면했지만, 이듬해인 원풍 3년(1080)에 황주로 유배령이 내려졌다. ≪송사≫<소식전> 참조.

인물 고사의 활용'이라는 두 가지 유형으로 나누어 살펴본 바 있다.[21)]

둘째 '줄거리의 확장'은 ≪해공안≫<판모함과부>의 이야기를 의화본 소설의 분량으로 개작하는 과정에서 활용한 풍부한 대화체, 사건 묘사의 구체화, 주제 부각과 같은 몇 가지 요소들로 정리해 볼 수 있다. 이중 작품의 주제를 부각하기 위해 작가가 의도적으로 확장한 내용을 작품 비교를 통해 살펴보자.

> ≪해공안≫<판모함과부>
>
> 어느 날 원길은 병이 나서 죽고 말았고, 소씨는 기꺼이 수절하며 다른 사람을 남편으로 섬기지 않았으며…….[22)]
>
> <황태수단사해아>(경35)
>
> 부부는 서로 대단히 애지중지하며 결혼을 한 지 6년이 되었으나 아직 자식을 낳지 못하다가, 뜻밖에도 구원길이 병을 얻어 죽어 버렸다. 소씨는 방년 이십삼 세의 나이에 애통하기 그지없었으나, 과부로 수절하며 평생토록 다른 사람에게 재가하지 않기로 뜻을 세웠다. 어느덧 삼 년이 되어 탈상을 했다. 친정에서는 그녀가 나이가 젊고 앞으로 살아갈 날이 창창하므로 다른 사람에게 재가하도록 권하였다. 숙부 구대승도 숙모를 시켜 몇 번이나 가서 완곡하게 설득하게 하였다. 소씨의 마음은 철석같아서 도통 변하지 않았는데, 그녀가 맹세하며 말하였다. "나의 죽은 남편이 구천에 떠돌고 있는데, 나 소씨가 만약 두 지아비를 섬긴다면 칼에 죽지 않으면 목을 매어 죽을 것이다!" 사람들은 그녀의 결심이 단호한 것을 보았으니 누가 감히 다시 권하러 갔겠는가! 하지만 옛말에 '세 말의 식초

21) 천대진, <삼언 역사인물 서사 연구>, 경상대학교 대학원 박사학위논문, 2016.

22) (明) 佚名, ≪海公案≫, 三秦出版社, 西安, 1995의 원문 참조.

> 를 마실 수 있으면 과부가 될 수 있다.'는 말이 있듯이, 과부가 수절하기란 쉬운 일이 아니다. 소씨 입장에서 길게 보면 차라리 대놓고 다시 재가하느니만 못하였다. 만약 그랬다면 그래도 지위가 높은 사람은 되지 않았을지라도 보통 사람은 되었을 것이고, 또한 후에 추태를 부리지도 않았을 것이다. 그야말로 이러했다. : '매사는 반드시 착실하게 해야 하고, 사람됨은 결코 헛된 이름을 구해서는 안 된다.' 소씨는 한 마디로 돌이킬 수 없는 말을 해버렸다. 사람들 중에는 현명한 사람과 우매한 사람이 다 고르지 않아서 그녀를 칭찬하는 사람도 있었고, 의심의 눈초리로 지켜보는 사람도 있었다. 소씨가 수절하기로 마음을 잡고 규방의 문을 더욱 엄하고 신중하게 하리라고 누가 알았겠는가![23]

위와 같이 ≪해공안≫<판모함과부>에서는 과부 소씨가 남편이 죽은 후 수절하기로 마음먹었다는 간단한 내용밖에 없는 것에 반해, <황태수단사해아>(경35)에서는 소씨가 수절을 결심한 의지를 더욱 두드러지게 함으로써 향후 일어날 사건과 선명하게 대비시키고자 하는 작가의 의도가 엿보인다. 이로써 작가는 '여인의 절개'라는 작품의 주제를 드러낸 것이다.

셋째 '새로운 줄거리의 결합'은 이전 작품에서는 전혀 없었던 새로운 줄거리를 결합한 것을 말한다. 줄거리의 확장은 줄거리의 범위를 크게 벗어나지 않는 한도 내에서 대화체를 비롯한 각종 장치를 통해 내용을 대폭 늘리면서 이루어지지만, 새로운 줄거리의 결합은 ≪해공안≫<판모함과부>에서는 전혀 나타나지 않았던 구성이 결합된 것이기 때문에 이와는 성격을 달리한다. 지조라는 인물이 죽은 아기를 유기하면서 사건조사의 빌미가 되게 하는 장면이나, 황종이 등장하여 죽은 아기를

23) 풍몽룡, ≪경세통언≫, 정문서국, 대북, 1980의 원문 참조.

건지면서 사건조사에 착수하게 되는 설정 등이 바로 그러한 예가 될 수 있다. 이는 전작을 각색하는 과정에서 나온 작가의 상상력으로 보이며, ≪해공안≫<판모함과부>의 다소 단순한 사건 전개를 보다 풍부하게 하고, 작품의 적정 위치에서 긴장감을 불어넣는 요소가 되고 있다.

이외에도 두 작품은 시 · 사 · 대구와 같은 운문의 활용 여부, 문체의 차이와 같은 몇몇 추가적인 상이점을 거론할 수 있으나, 이는 필기류와 의화본소설이 가지고 있는 공통적인 특징이므로 상세한 언급을 생략한다.[24]

(2) 청관희

포증 관련 청관희와 달리 황종 관련 청관희는 우선 협객이 등장하지 않으며, 작품의 유형도 다채롭게 나타나지는 않는다. 황종을 소재로 한 대표작인 청나라 사람 주소신朱素臣이 창작한 <십오관十五貫>(또는 <쌍웅기雙熊記>라고도 부름)은 황종의 역사적 행적을 비교적 사실적으로 담고 있으며, 청관 황종의 활약상이 잘 묘사되었다. <십오관>의 스토리는 송대 소설 <착참최녕錯斬崔寧>에 처음 나온 이후로 풍몽룡이 집록한 ≪성세항언≫권22<십오관희언성교화>(이하 <십오관희언성교화>(성22)로 표기함)에도 거의 가감 없이 전승되었다. 두 작품의 시대 배경은 모두 송대이나, 판관으로 등장한 인물은 임안부의 부윤으로 나올 뿐 명확한 인물 설정은 없다. 작품의 주제 또한 공통적으로 부주의한 오해와 공교로운 인과관계로 인해 억울한 일을 당하는 사람이 생길 수도 있으니 세상 사람들은 마땅히 이를 경계해야 한다는 교훈을 드러낸다. 이후 청대에 접어들어 주소신이 <십오관>을 '인생무

24) 천대진, <역사인물 당인의 서사변천과 현대적 수용 고찰-소설 중심의 중국문학교육의 일 방안으로->, 중국소설논총 제54집, 2018.

상'과 '운명론적 관념'이 농후한 작품으로 각색한 이래로 <쌍웅몽고사雙熊夢鼓詞> · <십오관탄사十五貫彈詞> · <상웅기면보권雙熊奇冤寶卷> 등의 다양한 개작들이 나왔으나, 이후 나온 곤극昆劇 <십오관>이 널리 유명하면서 다시 송대 소설의 특색을 띤 공안소설로 되돌아갔다.[25)]

곤극 〈십오관〉을 묘사한 그림

물론 이 과정에서 사건의 진상을 조사하는 판관으로 황종이 등장하고, 살인범으로 몰려 사형을 당할 뻔한 소수연蘇戍娟(전작에서는 '소낭자小娘子'으로 나옴)과 웅우란熊友蘭(전작에서는 최녕崔寧으로 나옴)은 황종의 활약으로 억울한 죽음을 면하기 때문에 이전 작품과는 다소간의 변화가 생겼다.

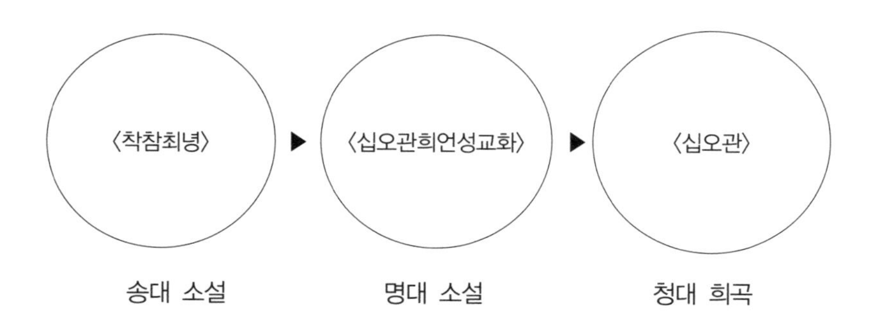


25) 呂茹, <敍事主題的轉換性:古代白話短篇小說與戲曲的雙向互動>, 咸寧學院學報 第31卷 第11期, 2011의 80-90쪽 참조.

청관이 문학 속 인물로 변화하는 과정에서 우선 포증은 '공안소설'에서 출발하여 '협의소설'의 중심인물로 점차 변해가는 과정을 거쳤고, 해서 또한 '공안소설'에서 출발하여 '정치소설' 내지는 '역사소설' 속 중심인물로 변해갔다. 이민족의 통치 아래에 있었던 원대와 청대에는 한족이 지배와 수탈의 대상이었기 때문에, 자신들이 겪고 있던 현실적 문제에 대한 정신적 해방구와 이상적 인물이 절실했고, 이 때문에 탄생한 인물이 포증이다. 같은 맥락으로 명말에는 환관과 간신의 득세가 극심하여 그들과의 정치적 투쟁을 통해 선과 정의의 승리를 갈구하는 대중의 욕구를 해소해 줄 인물이 필요했는데 이때 나타난 인물이 바로 해서다. 포증과 해서는 청관이라는 정체성에서 출발했지만, 그들의 문학 속 서사과정은 이처럼 각각 새로운 창작의 방향과 색채를 가지게 되었다. 그러나 황종의 문학 속 모습은 이들과는 차이가 있다. 황종 관련 작품에서 우리가 공통적으로 확인할 수 있는 것은 그가 실제 역사기록 속 황종과 크게 다르지 않은 전형적인 청관의 이미지라는 점이다. 이민족의 통치라는 특수성도 없고, 환관과 간신과의 갈등 구조도 없이 황종은 그야말로 청관 본연의 모습 그대로인 것이다.

### 3) 현대의 문화콘텐츠

포증과 황종이 소설과 희곡과 같은 문학 속 인물로 탄생한 과정도 약간의 차이를 보였지만, 현대에 이르러 청관의 형상으로 정착되는 과정 또한 인물 간에 차이가 있다. 포증은 '청'에 '의'와 '협'과 같은 요소가 점진적으로 결합하는 양상을 보인 것과 달리, 황종은 명 · 청 · 현대에 이르기까지 '청'의 이미지만 착종되어 있고 어떠한 새로운 결합이나 변화도 일어나지 않았다. 이는 포도 주스가 가진 본연의 맛과 풍미가 현대까지 전해지는 느낌처럼 그의 청관 본연의 이미지가 오늘날에도 고스란히 전해지고 있는 것이다.

현대에 이르러 황종을 소재로 한 문화콘텐츠로는 영화 · 드라마 · 연극과 같은 장르가 주를 이룬다. 영화와 드라마의 경우에는 전대의 소설을 어떤 방식으로 재창작하였는지에 초점을 맞춰 살펴보고, 연극의 경우 주로 어떤 소재가 어떤 지방극에서 상연되고 있는지에 대한 개괄적 면모를 살펴보자.

### (1) 영화

현재까지 황종을 소재로 한 영화는 2008년에 2편의 영화가 제작된 것으로 보아 비교적 최근 들어 황종에 관한 재조명이 일어났던 것으로 확인된다.[26] 그럼 황종 관련 영화의 주요 특징에 대해 살펴보자.

[표 20]

| 작품명 | 제작 연도 | 제작 지역 | 감독 | 작품의 주요 특징 |
|---|---|---|---|---|
| <황종전기지 차한무절 况鐘傳奇之 此恨無絕> | 2008 2012 | 대륙 | 유원동 劉遠東 | • 대륙감독 유원동이 연출하고 유건柳健 · 조홍趙虹 등이 주연함. • 영화에 대한 평점 등 기타 내용이 상세하지 않음. • 명대의 청관 황종이 관직 생활을 하면서 부패와 범죄를 심판하는 것을 주제로 삼음. |
| <황종전기지 명월기시 况鐘傳奇之 | 2008 2012 2018 | 대륙 | 전소파 田少波 | • 대륙감독 전소파가 연출하고 진진광陳晨光 · 유원동劉遠東이 편극 하였으며, 유건柳健 · 장정동張靜東 등이 주연. |

26) 위의 영화는 중국 '전영망(www.1905.com)'의 자료를 근거로 조사한 것이며, 그 범위 밖에 있는 일부 작품들은 '바이두(www.baidu.com)'를 통해 보강하였다.

| 작품명 | 제작 연도 | 제작 지역 | 감독 | 작품의 주요 특징 |
|---|---|---|---|---|
| 明月幾時> | | | | • 한 지역의 현령, 그의 부인 막우춘莫遇春, 막우춘의 정부인 상인과 얽힌 치정과 살인모의 사건을 황종이 조사하여 해결함. |

황종을 소재로 한 영화의 특징은 포증의 경우와 마찬가지로 공안소설을 영화화했다는 점에서 두 가지 측면이 작용하고 있다.

첫째는 공안사건을 다룬 영화로서의 흡인력 부족이다. 청관 혹은 판관을 소재로 한 작품들은 대개 단편의 사건을 다룬 공안소설을 소재로 한 작품이기 때문에 드라마 제작에 비해 상대적으로 높은 흡인력을 가지지 못한 것으로 나타났다. 이는 현대에 방영되는 다수의 범죄수사극이 다양한 소재의 사건을 사건별로 다작하는 방식으로 상당한 인기를 누리는 것과 관계가 있다. 그러나 영화로 제작하는 경우라도 TV드라마와는 차별화된 영화만의 특색을 가질 수 있어야 하는데, 위의 두 작품은 포증 관련 영화와 마찬가지로 아쉬움을 남긴 작품이다.

둘째는 영화 제작에 맞는 사건의 규모, 탄탄한 줄거리와 짜임새, 영화에서 활용될 수 있는 특수 촬영기법, 규모의 경제와 같은 요소들을 이끌어내지 못한 한계가 있다. 황종의 경우도 포증과 마찬가지로 1970년대 중반부터 대중적인 인기를 누린 판관 소재 드라마의 인기에 힘입어 영화로 제작된 것이나, 이 두 작품의 경우에는 이러한 드라마와의 차별성을 갖추지 못했다. 즉, 영화로 리메이크된 작품들의 완성도가 드라마와 큰 차이가 없고, 일부 작품은 TV드라마보다 질이 높다고 할 수 없는 수준이다. 그러므로 향후 판관 소재의 영화가 제작되기 위해서는 TV드라마와 차별된 영화만의 장점을 발휘해야 할 필요성이 요구된다.

(2) 드라마

황종 관련 드라마도 영화와 유사한 수준으로 2종의 드라마가 제작된 바 있다. 각각 2012년과 2015년에 제작된 것으로 볼 때, 비교적 최근 들어 청관 황종을 부각하려는 움직임이 있었음을 시사한다.

[표 21][27]

| 작품명 | 제작 연도 | 제작 지역 | 감독 | 작품의 주요 특징 |
|---|---|---|---|---|
| <강남전기 지십오관 江南傳奇之 十五貫> | 2012 | 대륙 | 유가정 劉嘉靖 | • 대륙에서 제작되었으나, 대륙 · 대만 · 홍콩에서 모두 방영됨.<br>• 소제목이 없이 총 32편으로 제작됨.<br>• 양관화梁冠華 · 이일랑李逸朗 · 조량趙亮 등이 주연.<br>• ≪성세항언≫<십오관희언성교화>를 개편한 작품이며, 곤곡昆曲에도 동일 제목의 작품이 있음. |
| <황종명단 십오관 況鐘明斷 十五貫> | 2015 | 대륙 | 서정호 徐正浩 | • 고안채다희高安采茶戲[28] 형식으로 제작되었고, 상 · 하 2편으로 구성됨.(1 · 2 · 3편으로 재편성한 것도 있으나 동일 작품임)<br>• 유미청劉美晴 · 포극호鮑克滬 · 모건주毛建舟 등이 주연.<br>• 드라마의 형식으로 촬영되었으나 창唱(노래)과 백白(대사)을 섞은 연극의 형식을 가미한 퓨전 장르의 성격. |

27) 위의 드라마는 중국 '전영망(www.1905.com)'의 자료를 근거로 조사한 것이며, 그 범위 밖에 있는 일부 작품들은 '바이두(www.baidu.com)'를 통해 보강하였다.

28) 고안채다희高安采茶戲 : 오랜 문화적 색채를 지닌 고안高安의 연극인 '고안채다희'는 농민들이 밭을 경작하거나 수확의 기쁨을 누릴 때 서로 화창하고 악기를 연주하며 한바탕 즐기던 것이 우연하게 연극의 형식으로 탄생한 것이다. 고안채다희는 언어가 통속적이고 질박하며, 노래는 맑고 은은하며, 연극

황종 관련 드라마는 위와 같이 <강남전기지십오관>(32편)과 <황종명단십오관>(2편)의 두 작품이 있으며, 두 작품은 황종과 <십오관> 일화를 접목시켰다는 공통점이 있다. 두 작품은 공히 명대 단편소설집 '삼언'의 <십오관희언성교화>(성22)를 개편한 작품임을 표방하고 있다. 앞서 언급한 바와 같이 원래 <십오관희언성교화>(성22)는 <착참최녕>이라는 제목으로 ≪경본통속소설≫에 수록된 바 있고, 이후 ≪성세항언≫에 제목만 달리하여 수록된 작품이다. 그리고 명대까지의 작품 속 판관은 황종과는 다른 인물이 등장하나, 청대부터 현대까지 <십오관>이라는 제목으로 창작된 영화 · 드라마 · 희곡은 모두 황종을 중심인물로 삼고 있다.

이중 <황종명단십오관>(2015)은 작품의 변천 과정보다는 드라마의 창작방식에 주목할 만하다. 이 작품은 연극의 대사를 사용함은 물론 적지 않은 분량의 노래를 병행하고 있어서, 이는 마치 영화인지 연극인지 분간하기 힘든 형식이라는 느낌을 준다. 즉 촬영 기반은 드라마의 형식으로 취하고 제작방식은 연극과 같은 전개 방식을 취한다는 점에서, 이 드라마는

드라마 〈황종명단십오관〉(2015)

의 표현적 풍격은 장중한 것으로 평가된다. 이전에는 토속적인 음악 정도로 여겨지다가 그 예술적 경지를 인정받아서 상당히 영향력 있는 '강서사대지방극江西四大地方劇' 중 하나가 되었다. 고안채다희 속에는 황종과 포증을 소재로 한 작품이 모두 존재한다.

기존의 작품과는 색다른 형식이다. 이러한 창작 패턴은 중국 대중문화 예술에서 나타나는 독특한 접근법이라 할 수 있을 것이다. 물론 헐리우드 영화에서도 뮤지컬 방식의 영화를 제작하고, 인도 영화도 서사적 줄거리와 함께 다수의 춤과 노래를 결합하는 방식을 보편적으로 사용하고 있다는 점을 감안할 때, 이는 각각의 문화 환경에 따라 자생한 새로운 문화콘텐츠로 볼 수 있다. 또한 이러한 시도는 중국 대중문화의 다양성을 담보할 수 있는 새로운 자양분으로 이해할 필요가 있다.

(3) 연극

황종 관련 연극은 현대에 다수 창작되고 있는데, 포증의 경우와 비교하면 단일 작품에 대한 다양한 지방극이 있다는 점이 특색있다. 즉, 황종 관련 연극은 독특하게도 <십오관>이라는 단일 소재에 한정되어 있고, 곤극을 비롯한 19종의 지방극에서 폭넓게 상연되고 있다.

[표 22]

| 작품명 | <십오관十五官> 1편. |
|---|---|
| 지역극의 종류 | 곤극昆劇 · 진강秦腔 · 곡극曲劇 · 경극京劇 · 월극越劇 · 포극蒲劇 · 월극粵劇 · 예극豫劇 · 천극川劇 · 석극錫劇 · 진극晉劇 · 민극閩劇 · 평극評劇 · 조극潮劇 · 한극漢劇 · 방자梆子 · 이인전二人轉 · 회극淮劇 · 채다희采茶戲 |

이중 곤극과 진강의 상연이 다른 지역극에 비해 활발한 것으로 나타나며, 특히 곤극은 예술성이 뛰어난 것으로 평가된다. 이로 볼 때 청대 희곡부터 결합되어 고착된 황종과 <십오관>의 조합은 이후 현대까지 쭉 이어져 왔고, 폭넓은 지역에서 대중적 인기를 누리는 작품으로 정착하게 되었다.

이상과 같이 황종과 관련된 현대 문화콘텐츠는 포증에 비해 많은 창작이 있었다고 할 만한 분량은 아니지만, 영화·TV드라마·연극과 같은 주요 매체에서 고른 창작이 이루어졌다. 황종에 대한 현대적 해석에서 주목할 것은 현대 문화콘텐츠에서도 역사기록과 문학에서 관철되어 온 전통적 황종의 이미지가 크게 변하지 않았다는 점이다. 황종은 명대를 대표하는 명판관이자 청렴한 관리였다는 역사적 인식이 지금까지 고착되어왔고, 역사적 재해석이나 새로운 현대적 재창작의 소재로 활용되지는 않았다.

## 3. 황제도 꾸짖은 충신 - 해청천海青天 해서海瑞

송대를 대표하는 청관 포증과 명대에 이름났던 청관 황종과 더불어, 명대에 탄생한 또 한 명의 청관이 있었으니 그가 바로 '해서'다.

해서는 자가 여현汝賢이고, 해남海南 경산瓊山(지금의 해구시海口市) 사람이다. 명대의 유명한 청관이며, 평생 네 황제의 시대를 살았다. 그는 가정 28년(1549)에 향시에 참가하여 합격하였고, 첫 관직은 복건남평교유福建南平教諭였다. 후에 절강浙江 순안淳安과 강서江西 흥국興國의 지현으로 승진하여 탐관오리를 없애면서 민심을 크게 얻었다. 만력 15년(1587)에 남경에서 사망하였고, 태자태보太子太保를 하사받았고, 시호는 충개忠介를 받았다. 해서 사후에 그에 관한 이야기는 민간에 널리 전해졌다.

해서가 살았던 명대에는 관료 사회의 풍토상 신임 관리가 부임하면 그곳에 속한 이해관계자들이 늘 선물이나 금전을 예물로 보내는 것이 관례였으나, 해서는 관리가 된 이후에 그 금액의 많고 적음을 따지지 않고 일체 사적인 예물을 받지 않았다고 한다. 또한 관청의 재산도 한 치의 오차 없이 관리한 것으로 명성이 자자한데, 한번은 병부에서 보내온 자금이 원금보다 은자 7전이 더 많자 그 남는 금액을 모두 돌려보냈다는 일화도 전한다. 그러나 역으로 생각해 보면 당시는 말할 것도 없고 예부터 관료 사회에 만연한 청탁과 뇌물이 얼마나 지속적이고도 큰 문제였는지를 생각하게 한다. 청렴한 관직 생활을 다짐하는 관리들은 늘 이를 경계하기 위해 무척 애를 썼는데, 예를 들어 송대의 유명한 정치가 사마광司馬光도 재상이 된 날에 그의 사저에 다음과 같은 방을 내걸었을 정도였다.

> 방문 오시는 분께 -
> 만약 정책의 소홀함이나 실수, 민생고에 대해 의견을 말씀하시고자 한다면 상소문을 써서 조정에 올려주십시오. 제가 동료들과 상의해서 실행할 수 있는 것을 선별해 황제께 아뢰고 윤허를 얻어 시행하도록 하겠습니다. 만약 저 개인에게만 알려주신다면 효과가 없습니다. 만약 저 자신에게 잘못이 있어 바로잡아 주시고자 한다면 서한을 넣은 봉투를 잘 봉해 저의 수하에게 주셔서 전달해주시면 제가 보고서 스스로 반성하고 겸허히 받아들여 바로잡도록 하겠습니다. 관직의 이동, 죄명의 억울함 등 개인적 일과 관련된 것은 모두 직접 조정에 문건을 올려주십시오. 제가 조정의 관료들과 공개적인 논의를 거쳐 시행하도록 하겠습니다. 개인적으로 제 집을 방문하신 분들은 이상의 일에 대해서는 말씀을 말아주실 것을 부탁드립니다.[29]

사마광은 이렇게라도 하지 않으면 재상이 된 자신에게 몰려들 온갖 청탁이 수도 없이 많을 것이라는 것을 미리 간파하고 방을 붙였으니 당시 관료 사회의 풍토를 미루어 짐작할 수 있다.

청관 해서에 대해서는 한·중 모두 상당한 연구가 지속될 정도로 역사와 문학을 막론하고 빈번하게 언급되며, 특히 후대에 소설과 희곡 분야의 창작이 활발했다. 해서와 관련된 자료의 전체적인 목록을 살펴보면 다음과 같다.

[표 23]

<table>
<tr><th>종류</th><th colspan="2">자료명</th></tr>
<tr><td>사서</td><td colspan="2">≪명사明史≫<해서전海瑞傳></td></tr>
<tr><td>소설</td><td colspan="2">≪해강봉선생거관공안海剛峰先生居官公案≫·≪해공대홍포전전海公大紅袍全傳≫·≪해공소홍포전전海公小紅袍全傳≫</td></tr>
<tr><td>희곡</td><td colspan="2"><조양봉朝陽鳳>·<생사패生死牌>·<해서파관海瑞罷官></td></tr>
<tr><td rowspan="3">현대의 문화 컨텐츠</td><td>영화</td><td><생사패生死牌>(1959)·<대홍포大紅袍>(1965)·<해서매황제海瑞罵皇帝>(1985)·<해서파관海瑞罷官>(2001)·<해서순호海瑞馴虎>(2012)</td></tr>
<tr><td>드라마</td><td><해청천海青天>(1986, 일명 <해서전기海瑞傳奇>)·<해서투엄숭海瑞鬪嚴嵩><br>(1999)·<해서파관海瑞罷官>(1999)·<대명왕조1566가정여해서大明王朝1566嘉靖與海瑞>(2007)</td></tr>
<tr><td>연극</td><td><생사패生死牌>(일명 <심녀창판三女搶板>)·<해서순호海瑞馴虎>·<해서파관海瑞罷官>·<해서상소海瑞上疏>·<해서배섬海瑞背縴>·<해서매상海瑞罵相>·<해서하사천海瑞下四川>·<소홍포小紅袍>·<해서참자海瑞斬子>·<해서평원海瑞平冤></td></tr>
</table>

29) 洪邁 著, 안예선 역, ≪容齋隨筆≫, 지만지, 2012 참조.

### 1) 역사인물 해서

해서는 송대의 포증이 '포청천'으로 불린 것에 비유하여 명대를 대표하는 청관으로 '해청천'이라 불린다. 또한 관직 생활이 비교적 순탄한 편에 속했던 포증과는 달리, 해서는 여러 차례 관직에서 해직되는 우여곡절을 겪었기 때문에 역설적으로 그로 인해 그의 명성이 더해진 인물이기도 하다. 해서의 강직한 성격의 바탕에는 그의 어머니가 자리하고 있다고 보는 시각이 있지만, 그를 키우고 성장하게 한 어머니가 정작 아들의 가정사를 불행으로 몰고 간 원인인 것으로 말하기도 한다. 해서는 세 번 결혼하고 두 명의 첩을 두었지만, 첫 번째와 두 번째 부인은 모두 어머니와 불화를 일으켜서 쫓겨나고 말았고, 세 번째 부인은 원인도 알려지지 않은 채 죽고 말았다. 또한 세 번째 부인과 첩들로부터 세 명의 아들을 낳았지만, 안타깝게도 이들은 모두 요절했다. 이러한 박복하고 불우한 가정사로 인해 가정 안에서 큰 행복을 얻지 못한 해서의 삶이 전통적인 유가 사상의 영향과 명말의 부패한 정치적 상황과 함께 맞물리면서, 그가 청관의 삶을 살아가는 외적 발현에 어느 정도 영향을 끼친 것은 아닌지 모를 일이다.

해서

역사에서 전하는 해서의 인물됨은 강직한 청관의 모습과 백성을 아끼고 사랑한 애민관의 두 가지 모습을 살펴볼 수 있다.

첫째, 권력에 아첨하지 않는 청관 해서의 강직한 성격은 많은 일화에서 전한다. 한 번은 해서가 남평교유로 재직하고 있을 때, 학교를 방문한 어사에게 모든 관리들은 엎드려서 예를 갖췄지만 해서는 그저 읍만 하며, "어사대에서 아뢸 때는 마땅히 아랫사람의 예를 갖춰야 하겠지만, 이곳은 선생이 학생을 가르치는 곳이므로 무릎을 꿇어서는 안 됩니다."라고 말한 일화는 관직의 고하보다는 직분에 맞는 처신의 중요성을 역설한 그의 성격이 잘 나타난다.[30] 또 한번은 그가 순안지현淳安知縣으로 부임했을 때 권세가의 아들이 아버지를 등에 업고 관리를 능욕하는 것을 보자 그를 잡아들이는 일도 서슴지 않았다. 그러나 해서의 강직한 성격은 무엇보다도 가정 황제에게 올린 상소에서 가장 잘 나타난다. 당시 가정 황제는 도교에 심취하여 정사를 돌보지 않았으며 도교에만 빠져있었는데, 조정 대신 중에는 아무도 이를 간언하는 자가 없었다. 해서는 고심 끝에 황제에게 상소를 올려서 도가의 뜬구름 잡는 허망한 것에서 다시 떨쳐 일어나기를 바라는 간절한 마음을 전하였다. 목숨을 내놓고 황제에게 간언한 그의 상소는 지금도 명문으로 널리 전한다.

> …… 폐하는 타고난 자질이 용감하고 과단성이 있어 한 문제를 훨씬 능가하오나, 한 문제는 인자하고 어진 성정을 널리 펴서 절용하고 백성을 사랑하였으니 온 땅에서 돈을 꿰는 줄이 썩고 묵은 양식이 쌓여 천하를 부유케 하였으며 형벌도 거의 그쳤나이다. 그러나 폐하께서는 마음을 단단히 먹은 지 오래되지 않았사오며 허황된 생각에 이끌려 오히려 곧은 성정과 명석한 두뇌를 잘못 사용하고 계십니다. 신선이 될 수 있다고 말하기에 이르렀으며 일심으로 수련하느라 백성의 피와 땀이 모두 마르도

30) ≪명사≫<해서전> 참조.

록 하였으며 토목공사를 지나치게 일으키고 20여 년간 조정을 돌보지 않아 기강이 느슨해졌나이다. 수년간 이러한 사례가 계속되면서 명칭과 예기가 혼란스러워졌나이다. 두 태자를 보지 않으니, 사람들은 부자의 정이 옅어졌다고 여기며, 대신을 의심하고 비방하며 도륙하고 모욕하니 사람들은 군신 간의 정이 옅어졌다고 하나이다. 서원에 머물기만을 좋아하면서 황궁으로 돌아오지 않으니 사람들은 부부의 정이 멀어졌다고 하나이다. 벼슬아치들이 횡령하고 관리들이 횡포하니 백성들은 살아갈 수가 없으며 수재와 한재가 때를 가리지 않고 도적들이 빈번하게 일어나니 폐하께서는 지금의 천하가 왜 이렇게 되었는지 생각해 보시옵소서. ……폐하의 과오는 아주 많습니다. 그중에서 제일 큰 과오가 바로 재초입니다. 재초는 오래 사는 것을 구하는 것이옵니다. 예로부터 성현들이 훈계를 하여 내려왔으며 수신입명에서도 이르기를 "바른 것에 순응하며 수용해야 한다."고 하였으니, 소위 불로장생이라는 말을 들어본 적이 없나이다. 요·순·우·탕·문·무 모두 으뜸가는 성현들이나 세상에서 오래도록 장수하지는 못했으며 아래로는 한, 당, 송으로부터 지금까지 살아있는 방사들을 본 적이 없나이다. 폐하께서는 도중문의 방술을 받아들여 그를 스승이라 부르나, 도중문도 이미 죽었나이다. 그도 장수하지 못하거늘 어찌하여 폐하께서 홀로 장수를 구하나이까? 선도와 하늘이 내린 약은 더욱 해괴망측한 것이옵니다. 옛날에 송 진종이 건우산에서 천서를 얻었을 때 손석이 말하기를 "하늘이 어찌 말을 하겠나이까? 어찌 책이 있을 수 있겠나이까?" 복숭아는 반드시 따야만 얻을 수 있고, 약은 반드시 제조해야만 만들어집니다. 오늘날 아무 연고 없이 이 두 물건을 얻었다고 하니 발이 있어서 걷는 것이옵니까? 하늘이 내렸다고 말하는데 손이 있어서 집어서 주더이까? 이것은 좌우의 간사한 자들이 허망한 말을 만들어내어 폐하를 속이는 것인데 폐하께서는 그릇되게 믿어서 정말 그러한 것으로 여기시나, 사실은 잘못된 것입니다.……[31]

상소를 읽고 난 황제는 당장 해서를 잡아들이라고 명했다. 그러나 옆에 있던 환관은 해서가 이미 죽을 것을 알고 관을 마련해놓았고 하인들도 모두 뿔뿔이 흩어졌다고 아뢰었다. 가정 황제는 탄식하며 상소를 다시 주워 몇 번이고 읽어 보고는, “그는 비간比干과 비길만하구나. 그러나 나는 주왕紂王이 아니다.”라고 말하였다.[32] 이 일화는 해서가 죽음을 무릅쓰고 황제에게 간언한 충신임이 잘 나타난 일화이면서 후대에 그의 강직한 성격이 길이 전해져서 문학작품과 다양한 현대 문화콘텐츠로 재창작되는

가정 황제

31) ≪명사≫<해서전> : ……陛下天資英斷 , 過漢文遠甚。然文帝能充其仁恕之性 , 節用愛人 , 使天下貫朽粟陳 , 幾致刑措。陛下則銳精未久 , 妄念牽之而去 , 反剛明之質而誤用之。至謂遐舉可得 , 一意修眞 , 竭民脂膏 , 濫興土木 , 二十餘年不視朝 , 法紀弛矣。數年推廣事例 , 名器濫矣。二王不相見 , 人以爲薄於父子。以猜疑誹謗戮辱臣下 , 人以爲薄於君臣。樂西苑而不返 , 人以爲薄於夫婦。吏貪官横 , 民不聊生 , 水旱無時 , 盜賊滋熾。陛下試思今日天下 , 爲何如乎? ……且陛下之誤多矣 , 其大端在於齋醮。齋醮所以求長生也。自古聖賢垂訓 , 修身立命曰“順受其正”矣 , 未聞有所謂長生之說。堯、舜、禹、湯、文、武聖之盛也 , 未能久世 , 下之亦未見方外士自漢、唐、宋至今存者。陛下受術於陶仲文 , 以師稱之。仲文則既死矣 , 彼不長生 , 而陛下何獨求之? 至於仙桃天藥 , 怪妄尤甚。昔宋眞宗得天書於乾祐山 , 孫奭曰 : “天何言哉? 豈有書也!”桃必採而後得 , 藥必制而後成。今無故獲此二物 , 是有足而行耶? 曰天賜者 , 有手執而付之耶? 此左右奸人 , 造爲妄誕以欺陛下 , 而陛下誤信之 , 以爲實然 , 過矣。……

32) ≪명사≫<해서전> 참조.

원천이 되었다.

둘째, 해서는 백성들을 아끼고 사랑하는 애민관이었다. 해서가 우첨도어사右僉都御史에 재직하고 있을 당시 그는 청렴하게 관리들을 다스렸고, 백성을 위해 최선을 다해 선정을 베풀었다는 기록이 전한다.

> (융경) 3년 여름, 우첨도어사의 신분으로 응천의 10부를 순찰하였다. 하속 관리들은 그의 위엄을 두려워하여 잘못이 있는 자는 스스로 관직을 내놓는 자가 많았다. 권세 있는 집들은 붉은색으로 대문을 칠했는데 해서가 온다는 말을 듣고 모두 검은색으로 고쳐 칠했다. 중인 가운데 직조를 감시하는 자들은 시종들을 많이 줄였다. 해서는 굳은 의지로 새로운 것을 일으키고 낡은 것을 개혁하였으며, 상소를 올려 오송과 백묘를 바다로 흘러들게 트이게 하여 백성들이 득을 보게 하였다. 그는 평소에 부자들이 토지를 겸병하는 것을 미워하여 횡포를 부리는 자들을 억제하고 가난한 자들을 위로하였다. 가난한 자의 땅이 부자에게 겸병되었을 때는 그들을 대신해 빼앗아서 돌려주었다. 서계가 재상을 그만두고 향리에 거주할 때에도 해서는 그 집안에 대한 조사에 조금도 느슨함이 없었다. 명령은 바람이 이는 것처럼 날이 섰으니 관리들은 두려워하며 받들었으며, 세력가들은 다른 군으로 도피하였다.[33]

해서는 가난하고 힘없는 백성의 편에 섰으며, 가진 자에게는 오히려

33) ≪명사≫<해서전> ：三年夏，以右僉都御史巡撫應天十府。屬吏憚其威，墨者多自免去。有勢家朱丹其門，聞瑞至，黝之。中人監織造者，爲減輿從。瑞銳意興革，請濬吳淞、白茆，通流入海，民賴其利。素疾大戶兼幷，力摧豪强，撫窮弱。貧民田入於富室者，率奪還之。徐階罷相里居，按問其家無少貸。下令飈發淩厲，所司惴惴奉行，豪有力者至竄他郡以避。

엄격하게 대했다. 임기를 마친 해서가 관직을 옮겨 갈 때 백성들은 해서가 부디 남아주기를 간청하며 길을 막았고, 또한 그가 세상을 떠났을 때 백성들이 생업을 접어두고 그를 위해 장례를 치렀으며, 그의 죽음을 애도하는 사람들이 백 리나 끊이지 않았다고 한다. 심지어 해서가 죽은 후에도 백성들은 그의 초상을 그려서 명절 때마다 조상을 모시듯 제사를 지냈다고 하니, 백성들의 그에 대한 사랑과 존경이 어느 정도인지 짐작할 수 있다.

이처럼 관리로서 국가에 충성하고 백성을 사랑하는 그였지만 정작 자신의 생활은 검소함 그 자체였다. 순안지현으로 있을 때에는 베옷을 입고 거친 곡식을 먹었으며, 하인에게는 채소를 심어 자급자족하게 하였다. 심지어는 그의 어머니 생신날에도 고기 두 근만 장만할 정도였다고 하니 그 검소함이 실로 남다르다. 장거정張居正이 국사를 주관할 때 해서의 근무지로 어사를 파견해서 청렴도를 조사하게 했을 때, 조사하러 간 어사가 그의 초라한 방을 보고 탄식하며 돌아갔다는 일화도 전한다. 또한 해서가 죽었을 때 첨도어사 왕용급王用汲이 와서 보니 베로 만든 휘장과 낡은 대나무 상자를 관으로 쓴 것을 보고 울면서 돈을 모아 그의 장례를 치러주었다는 일화도 전한다.[34)]

해서에 대한 역사적 평가는 이처럼 그의 청렴함과 강직함으로 인해 청관으로 평가되고 있으나, 현대에 이르러 일각에서는 해서가 어느 관직에서든 항상 나라를 걱정하면서 당시 관리들에게 만연해있던 폐해를 없애고 권력에 대항하며 백성을 위해 일한 점을 들어 그를 개혁가로 평가하기도 한다. 이러한 시각은 주로 그의 관리로서의 정치적 행적에 초점이 맞춰져 있다.

34) ≪명사≫<해서전> 참조.

이 변혁의 시대에 해서는 시대의 요구에 부응하여 여러 다른 직책에서 온 힘을 다하여 '이로운 사업을 일으키고 폐해를 없앴으며', 혁신과 스스로의 모범된 행실을 통해 '관리가 백성을 핍박하지 않고, 백성이 관리를 질책하지 않으며', '방치되었던 것을 다시 일으키고 갖가지 폐단을 없앤' 사회를 세우고자 시도했다. (그는) 일생의 정력을 가정 · 융경 · 만력의 개혁을 위해서 밝은 빛을 더했다.[35)]

역사기록으로부터 현재까지의 그에 대한 다양한 평가를 종합해 볼 때, 해서는 청렴한 관리로서 백성들에게는 가뭄의 단비와 같이 사랑과 존경을 받았지만, 같은 지배층인 관리들에게는 눈엣가시와 같은 존재였다는 점은 그가 가진 동전의 양면과 같은 모습이다. 그러나 분명한 것은 해서는 지배자나 권력에 편승하기보다는 자신이 맡은 바 책임을 다하는 청관이었고, 스스로 검소한 삶의 자세를 잃지 않는 절제된 인간이었으며, 백성을 자식처럼 아끼고 사랑하는 애민관이었다는 것은 역사기록에서 객관적 사실로 전한다.

### 2) 문학 속으로

역사인물 해서는 오늘날까지 이야기되고 칭송되는 청관이기에 그저 그의 죽음과 함께 사라지지는 않았다. 그의 관리로서의 업적과 청렴한 정신은 후대 사람들에게 훌륭한 이야깃거리가 되었고, 이것이 문학작품 속 인물로 탄생하는 결과를 낳았다. 특히 그의 관리로서의 모범적 행적과 사례는 후대에 '소설'과 '청관희'와 같은 문학 장르의 소재가

35) 田澍, <嘉隆萬改革視野下的海瑞>, 西北大學學報 第51卷 第1期, 2014의 58쪽 원문 참조.

되기에 부족함이 없었다.

(1) 소설류

해서를 모티브로 한 문학작품 중에서 먼저 소설 분야를 살펴보면 ≪해강봉선생거관공안海剛峰先生居官公案(이하 ≪해강봉공안≫으로 칭함)≫·≪해공대홍포전전海公大紅袍全傳(이하 ≪대홍포≫로 칭함)≫·≪해공소홍포전전海公小紅袍全傳(이하 ≪소홍포≫로 칭함)≫이 대표적이다. 이외에도 '삼언'과 같은 단편소설에도 해서를 모티브로 창작된 것이 일부 있으나, 해당 작품들은 해서를 중심인물로 내세운 것이 아니라 다른 인물의 사건으로 개작한 것이어서, 이에 대해서는 관련 작품과의 연관성을 중심으로 간략하게 살펴보기로 한다. 또한 세 작품 중 ≪해강봉공안≫에 대해서는 한·중 공히 관련 연구가 거의 없는 관계로 작품의 구성과 내용에 대해 좀 더 상세하게 들여다보자.

가. ≪해강봉공안≫

먼저 ≪해강봉공안≫은 명 만력 34년(1606)에 만권루萬卷樓에서 처음 간행된 공안소설집으로서, 4권 71회로 구성되어 있다.[36] 71회에 해당하는 사건과 판결문은 각 권과 회에 따라 다소 구성과 분량이 다르게 나타나는데 이를 살펴보면 다음과 같다.

[표 24]

| 권별 | 회별 | 편폭 | 구 성 |
|---|---|---|---|
| 권1 | 1회- | 400여 자- | 4단계: 사건 내용 ▶ 고소 내용 ▶ 피고인 ▶ 해공의 판결 |

36) 李春芳 編次, ≪海剛峰先生居官公案≫, 群衆出版社, 北京, 1999. 참조.

| 권별 | 회별 | 편폭 | 구 성 |
|---|---|---|---|
| | 29회 | 500여 자 | (단 제18회, 제19회는 고소내용과 피고인이 없음) |
| 권2 | 30회-45회 | 500여 자-2000여 자 | 4단계: 사건 내용 ▶ 고소 내용 ▶ 피고인 ▶ 해공의 판결<br>3단계: 사건 내용 ▶ 고소 내용 ▶ 해공의 판결<br>(4단계와 3단계 구성이 섞여 있고 일정하지 않음) |
| 권3 | 46회-55회 | 1100여 자-2000여 자 | 4단계: 사건 내용 ▶ 고소 내용 ▶ 피고인 ▶ 해공의 판결<br>3단계: 사건 내용 ▶ 고소 내용 ▶ 해공의 판결<br>2단계: 사건 내용 ▶ 해공의 판결<br>(4단계와 3단계와 2단계의 구성이 섞여 있고 일정하지 않으나, 4단계의 구성이 다수임) |
| 권4 | 56회-71회 | 500여 자-2100여 자 | 4단계: 사건 내용 ▶ 고소 내용 ▶ 피고인 ▶ 해공의 판결<br>3단계: 사건 내용 ▶ 고소 내용 ▶ 해공의 판결<br>2단계: 사건 내용 ▶ 해공의 판결<br>(4단계보다는 3단계와 2단계의 구성이 다수를 차지함) |

4권의 책에 실려 있는 작품의 회별 수치를 먼저 살펴보면, 제1권에 29회로 가장 많은 작품이 실려 있고, 제2권과 제4권에 각각 16회가 실려 있으며, 제3권에 10회의 작품이 실려 있다. 이는 각 작품이 가지고 있는 분량과 관련이 있는데, 상기 표와 같이 제1권의 경우에는 대체로 500자를 넘기지 않는 짧은 '사건 내용'과 '고소 내용', '피고인에 대한 신상', '해공의 판결'로 요약되어 있어서 사실상 소설적 구성이라기보다는 법정 사건에 대한 판례의 기록에 가깝다. 그러나 제2권부터 제4권까지는 1,000여 자에서 2,000여 자에 이르는 비교적 긴 분량을 가진 작품이 늘어나는데, 특히 2 · 3 · 4권에 집중된 2,000자 안팎의 작품들은 공안소설이라고 할 만한 구성과 분량을 갖추었다.

먼저 구성에 대해 살펴보면 ≪해강봉공안≫은 다른 공안소설에서 찾아보기 힘든 형식을 가지고 있다. 필자는 이를 2단계 · 3단계 · 4단계로 지칭하였는데, 원문에서 가장 많은 비중을 차지하고 있는 4단계에 맞춰 그 구성을 살펴보면 다음과 같다.

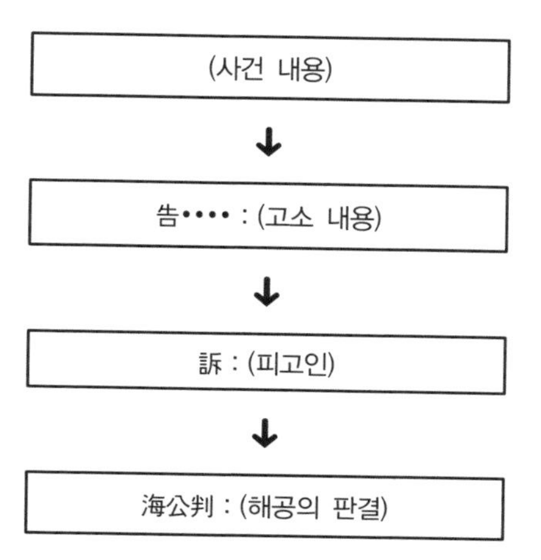


그러나 71편의 작품이 모두 동일한 구성을 띠고 있지는 않으며, 세 가지 구성이 뒤섞인 형식이다. 대체로 제1권은 4단계의 구성을 엄격히 지킨 형식을 띠고 있지만, 제4권에 이르러서는 '사건 내용'과 '해공의 판결'만 있는 2단계가 더 비중이 높은 것이 특징이다. 무엇보다도 공안소설로서의 작품성을 고려하면 4단계나 3단계보다는 오히려 2단계로 설정된 작품이 작품의 길이도 길면서 서사적 줄거리가 풍부해서 더 소설에 근접해 있다고 볼 수 있다.

전체적으로 볼 때 ≪해강봉공안≫은 공안소설이 본격적으로 탄생하기 시작한 명말 초기의 작품이기 때문에 아직 탄탄한 구성과 줄거리를 담보하고

있지 못한 것으로 평가할 수 있다.

작품의 내용에 있어서는 71편에 이르는 대부분의 작품이 간통·불륜·강간·살인과 같은 민간의 보편적 사건을 중심으로 다루고 있어서 표면적으로는 윤리적 교화성을 강조한 것 같지만, 실상 통속적 재미 또한 고려한 작품이라 할 수 있다.

내용에 있어서 한 가지 주목할 점은 판관 해서에 대한 작가의 기술 태도다. 각 작품은 해서의 판관으로서의 능력이 잘 나타나 있지만, 때때로 그의 신통한 능력이 사건 해결의 결정적 역할을 하는 경우가 다수 나타난다. 이와 같은 작품들은 해서를 '인간계'의 인물에서 한층 더 나아간 '천상계'에 이른 인물로 묘사하고 있는데, 이러한 설정은 해서가 소설 속 허구의 인물로 변이되어 가는 과정으로 이해할 수 있다. 예를 들어 제19회의 '풍흔교정風掀轎頂'의 줄거리를 요약해보면 다음과 같다.

> 해공이 부임하러 가는 길에 바람이 불어 가마의 뚜껑을 날려버렸다. 해공이 무슨 바람이냐고 묻자 '동풍'이라고 하였다. 그러자 해공이 아랫사람에게 동쪽으로 가면서 '동풍'이라고 부르면 대답하는 사람이 있는지 알아보라고 하였다. 한 마을에 이르렀을 때 어떤 사람이 문에 기대어 있었는데 '동풍'이라고 부르자 대답하는 것이었다. 아랫사람이 패를 꺼내 들었는데 갑자기 바람이 불어오더니 패가 연못으로 날아가 떨어졌다. 이를 해공에게 알리니 해공이 연못에 원혼이 있을 것이라고 하였다. 과연 그곳에는 시체가 있었고, 알고 보니 이 남자의 호號가 '동봉東峰'으로 '동풍東風'과 발음이 같았으며 바로 이 사건의 범인이었던 것이었다.[37)]

37) 李春芳 編次, ≪海剛峰先生居官公案≫, 群衆出版社, 北京, 1999의 171쪽 원문 참조.

보통의 인간이 가질 수 없는 신비한 예지력을 드러내는 이와 같은 인물의 신격화는 포증 관련 작품에서도 공통적으로 나타나는 현상이다. 공안소설의 창작 초기에는 백성들에게 공명정대하게 판결해주는 판관의 등장만으로도 독자들을 매료시키기에 충분했겠지만, 작가는 점차 어떤 문제든 다 해결할 수 있는 전지전능한 능력자의 등장이 소설적 재미를 한층 풍부하게 할 수 있다고 생각했을 것이다. 독자 또한 그러한 설정이 진실과는 상당한 거리가 있음을 알고 있지만, 이미 독서본 속으로 들어온 해서의 과장된 능력은 큰 거부감 없이 받아들여지게 된다. 이는 문학이라는 공간이 제공할 수 있는 설정과 용인의 조화인 것이다.

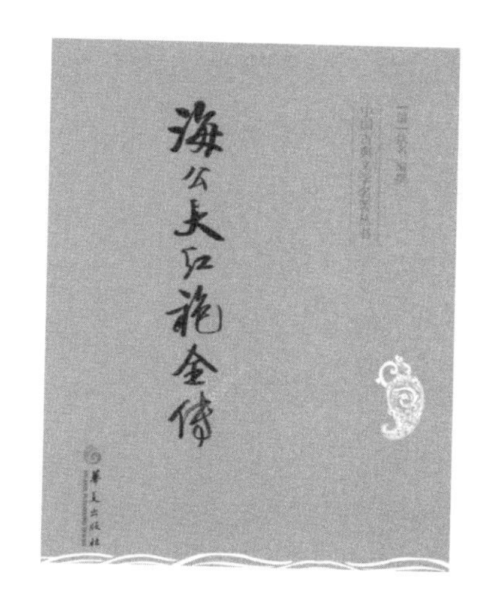

≪해강봉공안≫은 같은 명말에 나왔지만 다른 소설류들보다 출판 시기가 빨라서 이후 출간된 단편소설류에도 영향을 끼쳤다. 특히 명말의 대표적인 단편소설집 '삼언'의 경우만 보더라도 ≪해강봉공안≫ 속 이야기를 소설의 재재로 삼은 작품이 나타난다. 그중 가장 대표적인 작품으로 <황태수단사해아>(경35)를 들 수 있는데, 이 작품은 ≪해강봉공안≫의 <판모함과부判謀陷寡婦>를 개작한 것이다. <황태수단사해아>(경35)는 ≪해강봉공안≫<판모함과부>의 이야기를 풍부한 대화체의 활용, 사건 묘사의 구체화, 주제 부각, 새로운 줄거리의 결합과 같은 다양한 장치를 활용하여 개작하였다.[38] 중심인물을 해서에서 황종으로 변화시킨

38) 천대진, <청관의 문학 속 서사변천과 현대적 수용고찰 -삼언 역사인물 포증

이유에 대해서는 해서가 한족漢族이 아닌 회족回族이라는 민족적 정서가 작용하였고, 황종이 소주지부로 재직한 13년 동안 소주 사람들의 추앙을 받았던 인물이며, 작가 풍몽룡이 광동 출신의 해서보다는 같은 소주 지역 출신의 황종에게 더 친밀감을 느꼈을 것이라는 분석은 필자가 보기에도 설득력이 있어 보인다.[39] <황태수단사해아>(경35)의 내용은 앞서 이야기한 황종에서 다루었기 때문에 여기서는 소략하기로 한다.

나. ≪해공대홍포전전≫과 ≪해공소홍포전전≫

≪해강봉공안≫보다 대략 200여 년 뒤에 탄생한 ≪대홍포≫는 청 가경 18년(1813)에 이경당二經堂에서 간행된 이래로 100여 년에 걸쳐서 약 10여 개의 판본이 각 시기별로 출간되었다. 이 작품은 이후 아편전쟁이 있었던 시기에 이르러 가장 인기를 누리며 전성기를 구가한 작품이다. ≪대홍포≫는 전체 42회로 구성되어 있고 각 회별로 제목이 있는 전형적인 장회체章回體의 장편소설이며, 해서를 소재로 한 역사소설이자, 명말에 충신과 간신 간의 투쟁을 그린 정치소설이기도 하다.[40]

≪대홍포≫는 앞서 나온 공안소설류의 ≪해강봉공안≫과는 달리 공안소설의 성격을 일부 담고 있기는 하나, 해서와 엄숭嚴嵩의 정치적 대립을 주 소재로 한 정치소설이라는 점에서 해서의 이야기가 새로운 창작의 패턴으로 나아간 것으로 볼 수 있다. 즉, 포증의 경우에는 관련 문학이 '공안소설'에서 출발해서 '협의소설'로 점차 변이과정을 거친

과 황종을 중심으로>, 중국소설논총 제56집, 2018의 76-78쪽 참조.

39) 최형섭, <풍몽룡의 '다시 쓰기(rewriting)'에 관하여-<황태수단사해아>을 중심으로>, 중국소설논총 제53집, 2017의 3쪽 참조.

40) 박명진, <'해공대홍포전전'의 제재유형: 인물전기와 정치소설의 결합>, 동북아문화연구 제46집, 2016. 참조.

것과 달리, 해서는 '공안소설'에서 '정치소설' 내지는 '역사소설'로 변화해 나간 것이다. 해서와 포증은 청관이라는 공통된 성격을 가진 인물이자 소재이지만, 두 인물의 문학 속 서사 과정은 이처럼 다르게 나타난다.

≪소홍포≫는 ≪대홍포≫에 이어 나온 속서로서, 청 도광道光 연간부터 판본이 확인되며 20세기 초까지 네 종류의 판본이 전한다.[41] ≪소홍포≫ 또한 ≪대홍포≫와 마찬가지로 장회체의 소설이며, ≪해강봉공안≫과는 역시 차이를 보이는 역사소설 또는 정치소설의 성격을 띠는 작품이다. 내용적 측면에 있어서도 ≪대홍포≫와 같이 충신과 간신 간의 투쟁이 주를 이룬다. 대립구조에 있어서 ≪대홍포≫는 역사적으로 이미 간신으로 악명높았던 엄숭과 해서의 대립을 다룬 반면에, ≪소홍포≫는 무능했던 만력제를 대신해서 권력을 쥔 장거정과 해서 간의 정치적 대립에 초점을 맞췄다는 점에서 차이가 있다.

장거정이 간신으로 분류되어 해서와 대척점에 있게 된 것에 대해서는 옳고 그름에 대한 논란이 있을 수 있다. 그는 만력제 때 재상이 되어 국정을 정상화하였으며, 무능한 황제를 대신해서 국가의 기강과 법도를 바로 세운 공이 크다는 평가가 ≪명사≫에도 전하기 때문이다. 다만, 그의 사후에 그가 많은 재산을 축적하고 권력을 남용하였으며, 매관매직하고 뇌물을 받았다는 이유를 들어 간신으로 치부한 일련의 사건들이 이후의 문학작품에도 상당한 영향을 미친 것으로 보인다. ≪소홍포≫에서는 장거정이 국정을 농단하고 사리사욕을 채우는 간신으로 묘사되었고, 해서는 그의 죄악을 밝히는 상소를 올린 충신으로 그려졌다.

41) 孫楷第, ≪中國通俗小說書目≫, 人民文學出版社, 北京, 1982의 73쪽 참조.

(2) 청관희

청관희의 성격에 대해서는 앞서 소개한 바 있기 때문에 원대에 대한 설명은 생략하기로 하며, 명대에 접어들어서는 간신과 대척점에 있는 인물이 청관의 이미지로 나타나면서 '충'과 '청'이 결합된 형태의 청관이 나타났다.42) 이후 청대에 이르러서는 협객과 청관의 이야기가 결합된 '협의희'가 유행하면서 청관희의 내용은 약간의 분화가 일어나기도 하였다.

해서를 소재로 한 청관희는 그 편수가 많지는 않으나, 청대에 나온 주소신朱素臣의 <조양봉朝陽鳳>과 작자 미상의 <생사패生死牌>, 오함吳晗의 <해서파관海瑞罷官>이 대표적이다.

주소신의 <조양봉>은 창작 연대는 미상이지만 주소신이 창작한 현존하는 9편 중 대표작으로 손꼽힌다. 극 중 중심인물로는 해서가 등장하나 실상 그 내용은 역사 사실과는 부합하지 않는다. 극의 주된 내용은 해서와 권신 장거정 간의 권력투쟁이 주를 이루며, 해서가 저잣거리에서 거의 효시 될 뻔한 위기를 맞았다가 정국공의 도움으로 위기를 넘긴 후 결국 권신을 뿌리 뽑는다는 줄거리다. 극명 <조양봉>은 봉건 왕조시대에 목숨을 걸고 직언을 아끼지 않는 신하를 '봉명조양鳳鳴朝陽' 혹은 '조양봉朝陽鳳'이라고 일컬었던 것에서 따온 것으로서, 해서의 성격이 강직하여 직언을 아끼지 않고 불의한 세력과 싸우기를 두려워하지 않는 인물임을 상징적으로 나타내고 있다.43) <조양봉>은 중심인물의 설

42) 郭漢城·蘇國榮, <論淸官和淸官戱>, 文學評論, 中國社會科學院文學硏究所, 1979年 3期의 80쪽 참조.

43) ≪新唐書≫<韓瑗傳>에 '봉명조양'에 대한 내용이 나온다. 敖其爾, <用歷史的觀點看淸官戱>, 內蒙古民族大學學報, 1982年 2期의 1쪽 참조.

정과 내용에 있어서 ≪소홍포≫의 줄거리와 거의 흡사하여 영향 관계에 있는 작품이라 할 수 있다.

월극 〈생사패〉

<생사패>는 ≪대홍포≫에서 제재를 따온 작품으로서 일명 <삼녀창판三女搶板>이라고도 하나, 연극으로 창작된 연대는 정확하지 않다. 한 쌍의 연인이었던 장금생과 왕옥환은 어느 날 가총병의 아들 가삼랑을 만났는데, 옥환을 희롱한 가삼랑을 밀쳐내다가 그만 계곡에 떨어져 죽게 하고 말았다. 가총병은 옥환의 죄를 묻도록 황백현에게 압력을 가했으나, 황백현은 그녀가 은인의 딸이었기 때문에 석방하였고, 이 일 때문에 곤란을 겪게 되었다. 그러자 황백현의 딸 수란과 수양딸 구평, 그리고 옥환 세 사람은 신상 앞에 가서 누가 목숨을 내걸고 이 문제를 해결하기 위해 희생할 것인지 생사패를 뽑기로 했고, 결국 수란이 '사패死牌'를 뽑고 말았다. 법정에서 이 일마저 들통나는 바람에 황백현은 결국 감옥에 갇혀서 형 집행일만 기다렸는데, 호광순무湖廣巡撫 해서가 나타나서 그들의 억울함을 풀어주었다. 물론 이 극은 사실이 아닌 허구의 이야기이나, 사건을 해결하는 판관으로 해서가 등장한다. 이후 <생사패>는 현대에 이르러서도 대중의 사랑을 받으면서 다수의 영화와 연극으로 창작이 이어졌다.

오함의 <해서파관>은 20세기 중국문학사에서 가장 논란이 되는 작품 중 하나라고 할 수 있다. 오함은 저명한 역사학자이자 중국에서 명사明史 연구의 개척자로 잘 알려져 있다. 1959년 4월 모택동이 간부들

에게 해서의 정신을 본받을 것을 촉구하자, 오함은 <해서매황제海瑞罵皇帝>와 <논해서論海瑞> 등 해서와 관련된 여러 편의 글을 저술하고 1961년에는 경극 극본 <해서파관>을 저술했는데, 이 극본의 대략적인 줄거리는 다음과 같다.

〈해서파관〉을 그림으로 표현한 작품
ⓒauction.artron.net

명나라 재상이었던 서계의 아들 서영은 아버지의 권세를 믿고 백성의 땅을 빼앗고 조옥산의 아들을 죽게 했으며, 조씨의 손녀 조소란마저 납치해갔다. 조소란의 어머니 홍씨는 관아에 서영을 고발했지만, 현령은 뇌물을 받고 먹고 도리어 조옥산을 때려죽이고 홍씨를 쫓아내기까지 했다. 이때 마침 해서가 응천순무應天巡撫로 부임해오면서 이 사건을 다시 조사하게 되지만, 서영의 아버지 서계는 이전에 해서에게 도움을 준 적이 있는 일을 빌미 삼아 아들을 봐달라고 청탁하면서 빼앗은 땅도 돌려주고 속죄하겠다고 하였다. 하지만 해서는 빼앗은 땅을 돌려주는 것은 당연한 일이고, 중죄를 지은 서영을 참해야 한다고 하였다. 분노한 서계는 조정 대신들을 부추겨서 해서를 탄핵하게 하였고 결국 신임 순무가 직접 관인을 가지러 오게 되었다. 그러나 해서는 관인을 건네주기 전에 서영과 현령을 참수해 버리고 떠났다.

<해서파관>이 처음 발표되자 언론은 칭찬 일색이었으나, 1965년 11월 모택동의 부인 강청을 중심으로 하는 4인방의 일원이었던 요원문이 상해의 ≪문회보文匯報≫에 <평신편역사극評新編歷史劇<해서파관海瑞罷

官>>이란 문장을 발표하게 되면서 전국적인 대토론이 시작되었다. 이를 계기로 4인방은 <해서파관>에 등장하는 해서를 팽덕회로, 모택동을 명 황제로 비유하고 있다고 공격하면서 이 작품을 반사회주의 작품으로 규정하였고, 오함에게 '간첩' 등의 여러 죄명을 덮어씌웠다. 이 사건을 계기로 모택동은 자신의 정치적 입지를 회복하고자 <해서파관>에 대한 요문원의 비판에 동참하게 되었고, <해서파관>은 '문화대혁명'의 도화선이 되었다.

이후 <해서파관>에 대한 연구와 비평은 청관에 대한 의미 분석에 있어서 회의적 입장과 긍정적 입장으로 양분되었다. 이러한 글들은 청관 또한 결국은 통치자를 대변하는 지배계층이라는 점에서 정치적 · 계급적 한계성을 가지고 있으며, 역사극의 현실성 또한 결국 통치자의 요구와 허가에 의해서만 가능한 것이라는 사회주의적 시각에 대한 담론이다.[44]

청관 해서에 대한 이러한 일련의 인식 과정을 종합해볼 때 중국은 현 · 당대를 거치면서 자신들의 정치적 입장에 따라 일정 기간 청관을 비판적 카테고리로 내몬 바 있으나, 이제는 역사와 역사인물, 그리고 문학 자체의 본질적 의미와 가치를 궁구하는 연구 방향으로 선회하면서 청관 해서와 <해서파관>을 창작한 오함에 대한 시각과 평가도 객관성을 되찾아가고 있다.

44) 敖其爾, <用歷史的觀點看淸官戲>, 內蒙古民族大學學報, 1982年 2期의 3쪽 참조.

### 3) 현대의 문화콘텐츠

역사인물이 현대의 콘텐츠로 재창작되는 몇 가지 패턴들 중에서 해서와 관련된 콘텐츠들은 대체로 그의 청관으로서의 고고한 기품을 부각하는 것에 방점을 둔 듯하다. 이는 청관이라는 이미지가 가지고 있는 재창작의 방향이 다소 한 가지 방향으로 경직되게 나타날 수밖에 없는 전형성과도 무관하지 않다. 현재까지 해서와 관련된 콘텐츠는 영화 · 연극 · 드라마와 같은 주요 매체에서 주로 창작되고 있으며, 대체로 이 세 분야의 창작은 고르게 나타난다.

#### (1) 영화

해서와 관련해서 창작된 영화는 모두 5편이 있는데, 중국 매체의 특징상 연극의 형식으로 무대에 오른 작품을 영상으로 남긴 것은 영화에 포함하지 않았고, 연극과 유사한 형식을 취하지만 실제 현실 공간에서 촬영된 것은 영화에 포함하였다. 다섯 편의 작품은 각각 1959년 · 1965년 · 1985년 · 2001년 · 2012년에 창작되었기 때문에 특정한 시기의 특정한 문화적 현상에 부합하여 집중적으로 창작된 방식은 아니었다.

[표 25][45)]

| 작품명 | 제작 연도 | 제작 지역 | 감독 | 작품의 주요 특징 |
|---|---|---|---|---|
| <생사패 生死牌> | 1959 | 대륙 | 장천사 張天賜 | • 해서와 관련된 가장 초기에 창작된 흑백영화이고, 연극 <생사패>를 영화화한 작품이며, 대사는 연극의 방식을 취함. |

45) 위의 영화는 중국 '전영망(www.1905.com)'의 자료를 근거로 조사한 것이며, 그 범위 밖에 있는 일부 작품들은 '바이두(www.baidu.com)'를 통해 보강하였다.

| 작품명 | 제작 연도 | 제작 지역 | 감독 | 작품의 주요 특징 |
|---|---|---|---|---|
| | | | | • 주연 : 왕초지王肖芝 · 장려군莊麗君 · 장복매張福梅 등.<br>• 내용 : 해서가 세 여인 왕옥환王玉環 · 황수란黃秀蘭 · 황구평黃丘萍의 억울한 사건을 해결해줌. |
| <대홍포 大紅袍> | 1965 | 홍콩 | 황학성 黃鶴聲 | • 월극粵劇의 '강호십팔본江湖十八本' 중 <십주엄숭十奏嚴嵩>을 개편하여 영화화한 흑백영화며, 소설 ≪대홍포≫가 원작.<br>• 주연 : 임검휘任劍輝 · 나염경羅豔卿 · 정차백靚次伯 등.<br>• 내용 : 명 가정 연간에 간신 엄숭의 전횡을 막기 위해 해서가 죄를 밝히는 상소를 올렸고, 간신 무리를 모두 처벌하는 이야기가 주를 이룸. |
| <해서매황제 海瑞罵皇帝> | 1985 | 대륙 | 허강 許強 | • 소설이나 희곡과 같은 원작이 없이 해서와 관련된 역사적 사건을 영화화함.<br>• 주연 : 도금陶金 · 두웅문杜熊文 · 이연연李娟娟 등.<br>• 내용 : 명 가정 황제가 도교에 빠져서 해서가 죽음을 각오하고 상소 올린 이야기가 주를 이룸. |
| <해서파관 海瑞罢官> | 2001 | 대륙 | 정음남 丁蔭楠 | • ≪대홍포≫의 줄거리와 가정황제에게 상소를 올린 이야기가 결합된 구조이며, 1999년에 제작된 동명 드라마를 영화화한 작품임.<br>• 주연 : 양립신楊立新 · 채국경蔡國慶 · 호경수胡慶樹 등.<br>• 내용 : 가정 연간에 권력 남용이 극에 달한 간신 엄숭을 탄핵하고, 도교의 미신에 빠져있는 가정 황제에게 목숨을 걸고 상소를 올린 이야기가 주를 이룸. |
| <해서순호 海瑞馴虎> | 2012 | 대륙 | 설령 雪伶 | • 진강秦腔 연극의 동명 극본을 영화화한 작품.<br>• 주연 : 변초邊肖 · 번건우樊建宇 · 방해연方海燕 등.<br>• 내용 : 명 가정 연간에 권세를 등에 업고 갖은 나쁜 짓을 한 절민총독浙閩总督의 아들 호공자胡公子와 호공자로 위장해서 민가의 여인을 취한 가무춘賈茂春의 악행을 해서가 나서서 모두 해결함. |

상기 표와 같이 다섯 작품은 일정한 간격을 두고 창작되었는데, 창작 과정을 살펴보면 <생사패>(1959) · <대홍포>(1965) · <해서순호>(2012)

의 세 작품은 모두 연극으로 상연되던 것을 영화화한 경우에 해당하고, <해서파관>(2001)은 원작 극본 <해서파관>을 드라마로 제작한 것을 다시 영화화한 경우에 해당하며, <해서매황제>(1985)는 다른 창작을 거치지 않고 극본 <해서파관>을 바탕으로 영화화한 작품에 해당한다.

영화 〈해서순호〉(2012)

이중 <생사패>(1959)는 앞서 살펴본 바와 같이 연극극본으로서 상당한 인기를 누리던 작품이기 때문에 그 인기에 편승하여 영화화한 작품이다. 이 작품은 흑백영화로 나온 최초의 작품이면서 일상적인 대화체가 아닌 연극 방식의 대화체를 활용하고 있다는 점에서 초기 영화 제작의 특징을 담고 있다. <대홍포>(1965)는 소설 ≪대홍포≫가 원작이나, ≪대홍포≫를 줄거리로 한 여러 지방극 중에서 월극粵劇 <십주엄숭十奏嚴嵩>의 극본을 영화 대본으로 각색한 작품이다. 비교적 최근에 창작된 <해서순호>(2012) 또한 진강秦腔과 조극潮劇에서 대중들에게 익숙한 동명의 연극을 영화화한 작품이다.

이에 반해 <해서파관>(2001)은 1999년에 먼저 만들어진 드라마 <해서파관>(1999)의 인기에 편승하여 2년 후 영화로 제작된 작품이며, <해서매황제>(1985)는 먼저 제작된 여타 장르와의 연관성 없이 극본 <해서파관>을 바탕으로 제작된 작품이라는 점에서 차이가 있다.

### (2) 드라마

해서 관련 드라마는 총 4편의 작품이 있는데, 각각 1986년 · 1999년 · 1999년 · 2007년에 창작되어 80년대 후반부터 2000년대 초반에 걸친 범위에 있었으나, 어느 시기에 집중적으로 나타난 창작 경향이라고 하기에는 다소 무리가 있다. 다만, 1970년대부터 2000년대에 이르기까지 지속적이고 폭발적인 창작이 일어났던 '포증' 관련 드라마의 인기를 고려할 때, 청관 해서에 대한 관심과 창작이 자연스럽게 함께 고조된 것으로 평가해볼 수 있다.

[표 26][46]

| 작품명 | 제작 연도 | 제작 지역 | 감독 | 작품의 주요특징 |
|---|---|---|---|---|
| <해청천 海青天> (<해서전기 海瑞傳奇> 로도 불림) | 1986 | 대륙 | 오증염 吳增炎 | • ≪대홍포≫의 줄거리와 해서가 가정 황제에게 상소를 올린 이야기가 결합된 구조임.<br>• 총 편수 : 20집.<br>• 주연 : 허승선許承先 · 은사금殷士琴 · 장성걸張成杰 등.<br>• 내용 : 가정 연간에 권력 남용이 극에 달한 간신 엄숭을 탄핵하고, 도교의 미신에 빠져있는 가정 황제에게 목숨을 걸고 상소를 올린 이야기가 주를 이룸. |
| <해서투엄숭海瑞鬪嚴嵩> | 1999 | 홍콩 | 이조화 李兆華 | • ≪대홍포≫의 줄거리와 거의 유사함.<br>• 총 편수 : 25집.<br>• 주연 : 진정위陳庭威 · 진위陳煒 · 유영劉永 · 하보생何寶生 등.<br>• 내용 : 청관 해서와 간신 엄숭의 정치적 투쟁이 주를 이룸. 세부적으로는 해서가 엄숭의 아들 엄세번을 심판한 일, 해서가 엄숭과 국정에서 서로 논쟁하고 대립한 일, 해서가 조정에 상소를 올려서 엄숭을 탄핵한 일의 세 가지 사건으로 구성됨. |
| <해서파관 海瑞罢官> | 1999 | 대륙 | 주자화 周子和/ | • ≪대홍포≫의 줄거리와 해서가 가정황제에게 상소를 올린 이야기가 결합된 구조임. |

46) 위의 드라마는 중국 '전영망(www.1905.com)'의 자료를 근거로 조사한 것이며, 그 범위 밖에 있는 일부 작품들은 '바이두(www.baidu.com)'를 통해 보강하였다.

| 작품명 | 제작 연도 | 제작 지역 | 감독 | 작품의 주요특징 |
|---|---|---|---|---|
| | | | 왕신려 王新麗 | • 총 편수 : 20집.<br>• 주연 : 양립신楊立新 · 채국경蔡國慶 · 호경수胡慶樹 등.<br>• 내용 : 가정 연간에 권력 남용이 극에 달한 간신 엄숭을 탄핵하고, 도교의 미신에 빠져있는 가정 황제에게 목숨을 걸고 상소를 올린 이야기가 주를 이룸. |
| <대명왕조1566가정여해서大明王朝1566嘉靖與海瑞> | 2007 | 대륙 | 장려 張黎 | • ≪대홍포≫와 유사한 갈등 구조를 가지고 있으나, 가정 황제와 해서를 비슷한 비중으로 다루어서 가정 황제에 대한 재조명이 많이 이루어진 작품임.<br>• 총 편수 : 46집.<br>• 주연 : 진보국陳寶國 · 황지충黃志忠 · 왕경상王慶祥 등.<br>• 내용 : 가정 39년 간신 엄숭 일당이 정권을 잡고 사회가 혼란스러웠을 때, 해서가 그들에게 맞서 싸운 정치투쟁 및 가정 황제에 대한 내용이 주를 이룸. 당시 시대상을 사실적으로 투영하여 호평을 받은 작품임. |

네 작품은 크게 세 가지 창작 방향을 가지고 있다. 첫째 <해청천>(1986)과 <해서파관>(1999)은 해서가 간신 엄숭과 정치투쟁을 벌이는 일화와 해서가 가정 황제에게 목숨을 내걸고 상소를 올린 일화 두 가지를 결합한 구조로 되어 있다. 둘째 <해서투엄숭>(1999)은 대체로 ≪대홍포≫의 내용과 유사한 구조를 가지고 있으면서 해서와 엄숭 간의 정치투쟁에 보다 초점을 맞춘 작품이다. 셋째 <대명왕조1566가정여해서>(2007)는 가정 황제를 둘러싼 정치적 상황에서 해서와 엄숭의 정치투쟁이 중심 줄거리이기는 하나, 실상 드라마의 중심인물을 가정 황제와 해서를 비슷한 비중으로 다루고 있다는 점에서 해서를 전면에 내세운 여타의 작품과는 차이가 있다. 그러나 당시의 정치적 상황에서 해서는 간신 엄숭에 맞서 싸운 충신이었고, 가정 황제에게 절대적 영향을 끼친 인물임이 잘 투영되어 있기 때문에 해서 관련 드라마로 분류할 만한 충분한 이유가

있는 작품이기도 하다. 가정 연간의 정치 상황에 대한 창작은 다수가 해서를 중심인물로 다루어졌던 기존의 작품들과 달리 이 드라마는 가정 황제의 시선에 맞춰 충신과 간신을 바라보는 새로운 관점을 시도했다는 점에서 기존의 드라마와 차별성을 띤다.

드라마
〈대명왕조1566가정여해서〉(2007)

(3) 연극

해서 관련 연극은 작품별 · 지역별로 다양하게 나타난다. 특히 해서를 소재로 한 연극은 한두 가지의 특정한 소재에 국한되지 않고 10여 개의 다양한 작품이 있고, 지역별 분포 또한 10여 개의 지역에서 상연되고 있어서 다른 어떤 콘텐츠보다 고른 창작이 일어나고 있다고 평가할 수 있다. 해서를 주제로 한 작품과 지방극의 종류는 다음과 같다.

[표 27][47]

| | |
|---|---|
| 작품명 | <생사패生死牌>(일명 <삼녀창판三女搶板>) · <해서순호海瑞馴虎> · <해서파관海瑞罷官> · <해서상소海瑞上疏> · <해서배섬海瑞背纖> · <해서매상海瑞罵相> · <해사하사천海瑞下四川> · <소홍포小紅袍> · <해서참자海瑞斬子> · <해서평원海瑞平冤> |
| 지방극 | 진강秦腔 · 경극京劇 · 조극潮劇 · 황매희黃梅戲 · 월극越劇 · 요극姚劇 · 전극滇劇 · 진극晉劇 · 화고희花鼓戲 · 하북방자河北梆子 · 감극贛劇 · 예극豫劇 |

47) 위의 연극과 지역극은 '중국희극망(www.xijucn.com)'의 자료를 근거로 조사한 것이며, 그 범위 밖에 있는 일부 작품들은 '바이두(www.baidu.com)'를 통해 보강하였다.

먼저 작품에 있어서는 <생사패>가 동일 제목으로 9여 종의 지방극에서 활발하게 창작된 소재인 것으로 나타나서 가장 주목받은 작품이고, 다음으로 <해서순호>가 2종의 지방극에서 창작되면서 뒤를 이었다. <해서파관> 또한 다수의 창작이 있었던 작품이기는 하나 경극을 상연하는 지역에만 한정된 창작이라는 점이 특징적이다.

지방극의 지역성을 살펴보면 '진강'과 '예극'이 해서 관련 작품의 창작에 가장 적극적인 것으로 나타났고, <해서파관>의 단일 작품의 상연이기는 하지만 '경극' 또한 활발한 창작이 있었다고 평가할 만하다. 기타 지방극의 경우에는 <생사패>의 창작에만 적극적이었다.

이상과 같이 청관 해서의 역사와 문학과 현대문화콘텐츠에 나타난 다양한 수용양상을 살펴보았다. 역사적으로 볼 때 해서는 권력에 편승하지 않고 관리된 자로서 자신이 맡은 바 책임을 다하는 청관이었고, 스스로 검소함을 잃지 않는 절제된 인간이었으며, 백성을 자식처럼 아끼고 사랑하는 애민관이었다. 이후 해서는 다양한 문학 속 허구의 인물로 등장하면서 점차 과장되고 신격화된 청관의 전형으로 굳어져 갔고, 특히 '공안소설' 분야가 보편적인 독서본으로 성장하게 되는 핵심 인물 중 하나였다.

현대에 와서 해서는 다소 정치적이고 이념적으로 비판 당하는 질곡의 역사를 견뎌낸 후, 청관으로서의 역사적 가치와 각종 현대 문화콘텐츠로의 창작 가능성이 다시 주목받으면서 하나의 문화 현상으로까지 나아가고 있다. 특히 청관이라는 경직된 인물상에도 불구하고 다양한 문화 소비 욕구를 가지고 있는 중국의 현대 대중과도 소통할 수 있는 접점을 찾은 것은 어느 시대를 불문하고 '청렴한 관리'에 대한 대중들의 염원이 그 저변에 자리하고 있는 것으로 보인다.

해서는 포증·황종과 더불어 청관으로 이름난 역사인물이었으나 문학작품 속 허구의 인물로, 그리고 다양한 현대적 창작의 소재로 꾸준하게 재생산되고 있다. 그는 비록 역사 속 인물이기는 하나 단순히 과거의 화석으로만 남아 있지 않고 그가 살았던 시대에도, 그리고 지금까지도 대중이 염원하는 청렴한 관리와 이상적 인간상의 전형을 보여주며 오늘을 살아가는 우리가 늘 함께하는 이야기 속 인물로 남아 있다.

# 간신奸臣

## 1. 임금의 눈을 가리고 국정을 농락하다 - 간신 가사도賈似道

'충신 열 명이 나라를 세우는 것보다 간신 한 명이 나라를 패망으로 몰고 가는 것이 더 쉽다.'는 말이 있다. 역사적으로 간신은 한 나라의 권력을 틀어잡고 전횡을 일삼아서 결국에는 망국의 길로 이끈 경우가 적지 않았기에 역대 왕조 중에는 간신의 기록을 정사에 남겨서 이를 경계하고자 하였다. 그렇다면 우리가 익히 알고 있는 중국 역사 속 간신은 누가 있을까? 최초의 통일 왕조 진으로부터 명에 이르기까지 역대로 악명높은 간신이 많았지만, 그래도 중국 역사의 흐름을 바꿔놓은 결정타를 날린 간신을 꼽으라면 일곱 정도는 추려볼 수 있을 것이다. 진秦의 조고趙高, 한漢의 양기梁冀, 당唐의 이임보李林甫, 송宋의 채경蔡京, 송宋의 진회秦檜, 송宋의 가사도賈似道, 명明의 엄숭嚴嵩이 바로 그들이다.

그 많은 왕조에서 간신 중에 간신을 추렸는데 송에만 무려 3명이나 악명이 높은 간신이 있었으니, 그 불명예를 이루 다 말할 수가 없다. 문치주의로 찬란한 중화 문명을 꽃피웠던 송이었지만 인재를 잘못 등용한 탓에 황제가 이국땅으로 끌려가고, 반 토막이 난 나라조차 결국 얼마 가지 못하고 멸망하고 마는 비운을 겪고 말았다. 나라가 패망하는 데에 어찌 한두 가지 원인만 있었겠는가마는, 간신이 끊임없이 국정을 장악한 패악을 막기에는 역부족이었던 것이다.

송에게 오명을 남긴 간신은 이 세 명뿐 아니라 무려 22명이나 ≪송사≫ <간신전>에 전한다. 이들은 송의 국력을 약화시키고 송이 결국 원에게 패망하기까지 그 핵심에 있었던 인물들로서, 채학蔡确 · 오처후吳處厚 · 형서邢恕 · 여혜경呂惠卿 · 장돈章敦 · 증포曾布 · 안돈安敦 · 채경蔡京 · 채변蔡卞 · 채유蔡攸 · 채소蔡翛 · 채숭蔡崇 · 조량사趙良嗣 · 장각張覺 · 곽약사郭藥師 · 황잠선黃潛善 · 왕백언汪伯彦 · 진회秦檜 · 만사설萬俟离 · 한탁주韓侂胄 · 정대전丁大全 · 가사도贾似道가 바로 그들이다.

이 22명의 인물들 중에서 작가 풍몽룡이 '삼언' 속 주인공으로 등장시킨 간신 가사도가 소설 속 인물로 탄생하게 된 서사 과정을 살펴보자. 이를 통해 간신을 소설 속 주인공으로 등장시킨 풍몽룡의 지향점은 무엇이며, 아울러 이들 간신이 현대에 어떻게 조명되고 있는지에 관해서도 관련 문화콘텐츠를 살펴보자. 가사도와 관련된 자료의 전체적인 목록을 살펴보면 다음과 같다.

[표 28]

| 종류 | 자료명 |
| --- | --- |
| 사서류 | ≪송사宋史≫<가사도전賈似道傳> |
| 필기류 및 | ≪제동야어齊東野語≫ · ≪삼조야사三朝野史≫ · ≪산방수필山房隨筆≫ |

| 종류 | 자료명 | |
|---|---|---|
| 소설류 | ·≪산거신화山居新話≫ · ≪서호유람지여西湖遊覽志餘≫ · ≪효빈집效顰集≫ | |
| 현대의 문화 컨텐츠 | 영화 | <국혼國魂>(1948) |
| | 드라마 | <마르코폴로馬可波羅>(2014) |

### 1) 역사인물 가사도

가사도

가사도는 남송 말기의 권신이자 간신이다. 단평端平 원년(1234)에 부친의 공로로 가흥사창嘉興司仓이 되었고, 가희嘉熙 2년(1238)에 진사에 급제하였다. 그의 누이가 귀비가 되면서 이종의 신임을 얻어서 관직이 지속적으로 높아졌다. 보우寶祐 2년(1254)에 남송 정권의 핵심이 되기 시작하면서 참지정사参知政事와 추밀원사樞密院事에 제수되었고, 덕우德祐 원년(1275)에 정예군 13만 명을 이끌고 출병하여 원의 군대와 맞섰으나 대패하고 양주揚州로 피신하였다. 여러 신하들이 그를 죽이기를 청하여 고주高州 단련부사團練副使의 신분으로 순주循州에 안치되도록 귀양을 갔다. 장주漳州 목면암에 이르렀을 때 호송관 정호신鄭虎臣에 의해 살해당했으며, 향년 63세였다.

가사도에 대한 역사적 평가는 그간 남송을 망하게 한 천하의 간신으로 여겨져 왔다. 그러나 금의 침공으로 인해 나라가 반토막이 난 남송의 시대적 상황과 당시 지배계층의 구조, 악주鄂州대첩에서 몽고군에게 대승한 전공, 그리고 토지개혁을 위해 공전법公田法을 시행한 그의 과

감한 정치적 결단 등을 고려해 볼 때 과연 가사도가 희대의 간신이었는지에 대해 의문을 제기하는 시각도 있다.[1] 정치적 결단과 실행과정에서는 늘 반대파가 있기 마련이고, 우리가 알고 있는 ≪송사≫라는 것도 송이 패망하고 원이 집권할 당시에 쓰인 역사서라는 점을 감안하면 다소간의 왜곡과 시각차를 완전히 배제할 수는 없기 때문이다. 다만 오늘날 우리는 정사가 그래도 가장 객관적인 문헌이라는 점을 이유로 정사를 통해 가사도를 만나고 있다.

≪송사≫<가사도전>은 가사도의 출생에서 사망에 이르는 일대기가 담겨 있다. 열전의 내용은 가사도가 입신하여 관직에 머물렀던 시기와 원과의 전쟁에서 패하고 실권하여 결국 목숨을 잃는 시기에 집중되어 있다. 반면에 그의 출생과 어린 시절의 성장 과정과 같은 가족사, 학문적 성취와 같은 내용은 비교적 간략하거나 거의 기술되어 있지 않다. 소설로 발전한 가사도의 이야기가 그의 일대기를 모두 담고 있는 점을 감안하여 ≪송사≫<가사도전>의 전체 내용을 요약해보면 다음과 같다.

- 가사도는 자가 사헌師憲, 태주臺州사람이며, 제치사制置使 가섭賈涉의 아들이다.
- 어려서부터 뜻을 잃고 방탕하였고, 놀고 싸움질을 일삼았으며 행실에 크게 신경 쓰지 않았다.
- 귀비인 누이의 도움으로 태상승太常丞 · 군기감軍器監으로 발탁되었다.
- 이후 조정에서 다음과 같은 관직을 두루 거쳤다 : 태상승 · 군기감 → 예주澧州로 부임 → 호광총령湖廣總領(순우淳祐 원년) → 호부시랑户部侍

1) 王述堯, <歷史的天孔 - 略論賈似道及其與劉克莊的關係>, 蘭州學刊, 2004年 第3期, 上海, 2004의 237쪽 참조 / 何忠禮, <實事求是是正確評價歷史人物的關鍵>, 探索與争鳴, 上海, 2004의 17쪽 참조.

郞을 겸함(순우 3년) → 연강제치부사沿江制置副使와 강주江州 겸 강서로 안무사江西路安撫使를 맡음(순우 5년) → 경호제치사京湖制置使 겸 강릉부江陵府로 옮겨감 → 보문각학사寶文閣學士와 경호안무제치대사京湖安撫制置大使를 지냄(순우 9년) → 추밀원사樞密院事와 임해군개국공臨海郡開國公을 겸함(보우寶祐 2년) → 참지정사參知政事를 겸함(보우 4년)→ 추밀원사를 겸함(보우 5년)→ 양회선무대사兩淮宣撫大使로 부임(보우 6년)

- 원元 헌종憲宗 때 원군이 공격해 오자, 우승상으로 발탁된 가사도는 군을 이끌고 나가서 원과 대적하다가 원과 화친을 맺는 역할을 하였다.
- 오잠吳潛과 그의 당파사람들을 거의 폄적시켰으나, 고달高達만은 이종理宗 황제의 반대로 뜻대로 되지 않았다.
- 가사도는 공전법公田法을 시행하였으나 지주들의 반대가 많았다.
- 권력의 실세가 되어 모든 조정의 일은 가사도를 거치게 되었다.
- 도종度宗 황제 때, 자신의 뜻대로 하지 않았다는 사소한 이유로 귀비의 아버지를 파직시키고 귀비를 비구니로 만들어 버린 사건이 있었다.
- 양양襄陽을 둘러싼 전쟁 때 매번 출정을 청하는 척하면서 다른 대신들로 하여금 궁에 남아 있도록 뒤에서 조정하였고, 전세가 위태로워졌을 때에는 그간 자신을 출정시키지 않은 것에 대해 도종 황제를 질책하였다.
- 어머니 호씨胡氏가 사망하자, 황제가 대신들에게 명을 내려 극진한 예를 다하게 하였다.
- 도종이 죽자 전쟁이 크게 났고, 가사도는 송의 정예병을 이끌고 출정하여 원과 맞서 싸우나 노항에서 대패하고 양주로 들어갔다.
- 조정에서는 가사도의 죄를 물어야 한다는 상소가 이어졌고 심지어 그를 참해야 한다고 주장하자, 사태후謝太后가 고주의 단련사로 좌천시키고 순주에 안치하도록 조서를 내렸다.
- 정호신의 호송 하에 고주로 가던 도중 장주 목면암에서 가사도는 정호신에 의해 죽임을 당하였다.[2)]

열전의 내용은 크게 출생에서 재상의 지위에 오르기까지의 과정, 재상이 되어 조정의 실권을 쥐고 국정을 전횡하는 과정, '노항상사魯港喪師'로 실권하고 결국 귀양 가다가 죽임을 당하는 과정의 세 부분으로 나누어 볼 수 있다. 이중 '노항상사'란 송 공종恭宗 덕우 원년(1275)에 원의 군대가 송을 대거 침입하였을 때, 당시 재상을 맡고 있던 가사도가 주력군을 이끌고 노항에서 원의 군대와 결전을 벌였다가 송의 주력이 완전히 와해될 정도로 참패한 사건을 말한다. 열전은 가사도가 승상이 되어 조정에서 국정을 좌지우지하면서 저지른 악행과 실정을 다른 부분에 비해 비중 있게 다루고 있어서 가사도의 부정적 이미지를 한층 부각하였다. 반면에 나머지 두 부분은 비교적 간략한 편이다.

### 2) 문학 속으로

그러면 역사 기록과 달리 <목면암정호신보원>(유22)은 어떤 소설적 변형이 일어났는지 살펴보기 위해서 소설의 줄거리를 요약해보면 다음과 같다.

- 남송 영종寧宗 가정嘉定 연간에 절강성 태주에 가섭이라는 관리가 임안부에 부임하러 가는 길에 어느 민가에 들렀다가 호씨胡氏라는 여인을 만나 첩으로 맞이하고 아들 가사도를 낳았다.
- 정부인 당씨唐氏의 시기와 질투로 호씨는 결국 아이와 생이별을 한 후 어느 석공에게 시집가게 되고, 아들 가사도는 백부에게 맡겨져서 고향 태주에서 자랐다.
- 가사도가 청년이 되었을 때 아버지 가섭과 백부가 일찍 세상을 뜨자,

2) ≪송사≫<가사도전> 참조.

가진 재산을 모두 탕진하고 궁으로 들어간 누이를 만날 기대감으로 임안으로 갔다.

- 임안에서 궁색한 생활을 하던 가사도는 부친과 친분이 있었던 유팔태위劉八太尉를 만나서 그의 도움으로 귀비가 된 누이를 만났고, 황제의 배려로 많은 재산을 하사받았다.
- 귀비의 후광을 입은 가사도는 연일 주색에 빠져 방탕한 생활을 이어가다가 양회제치대사兩淮制置大使로 봉해져서 회양淮揚 일대를 다스리게 되었고, 이때 어릴 적 헤어졌던 어머니 호씨를 다시 모셔 와서 효도를 다한다.
- 이후 다시 조정으로 돌아온 가사도는 재상 오잠을 모함하여 파직시키고 자신이 재상이 되면서 조정에서 표독스러움을 드러냈다.
- 원과의 전투에서는 적을 돈으로 매수하여 돌아가게 하고는 공을 세운 것처럼 자신을 과장하는 등 온갖 거짓과 권력 남용을 일삼았다.
- 원의 세력이 커져서 남송을 침공하고 원과의 전쟁이 불가피하던 시기가 되자, 가사도는 도독제로군마都督諸路軍馬로 임명되어 노항에서 원의 군대와 맞섰으나 송의 주력군을 대부분 잃으면서 완전 참패하고 말았다.
- 조정에서는 가사도의 죄를 물어서 귀양을 보내게 되었는데, 이때 호송관으로 나선 인물이 가사도에 의해 억울하게 죽은 정륭鄭隆의 아들 정호신이었다.
- 정호신은 가사도를 귀양지까지 호송하는 과정에서 갖은 핍박을 가하다가 결국 목면암에서 가사도와 두 아들을 몽둥이로 때려죽여서 국가와 자신의 가문의 원수를 갚았다.[3)]

가사도에 대한 소설의 기술 태도 또한 열전과 마찬가지로 부정적이나, 둘 사이에는 크게 두 가지 측면에서 뚜렷한 차이를 보인다. 첫째,

3) 馮夢龍, ≪喩世明言≫, 人民文學出版社, 北京, 1991의 원문 참조.

소설은 열전에는 나오지 않으나 이야기의 전개상 시간 공백이 큰 부분에 대해서도 비교적 상세한 줄거리를 포함하고 있다. 즉, 소설은 상대적으로 입신 이후에 조정의 국정을 좌지우지하며 갖은 악행을 일삼는 내용에 집중된 열전과 달리 출생에 대한 비화와 마지막에 처참하게 죽음에 이르는 과정을 상당 부분 증편함으로써 소설이 갖춰야 할 구성상의 짜임새가 한층 완전해졌다. 둘째, 소설에서 작가는 가사도의 부정적 이미지를 부각하기 위해 여러 가지 각색의 장치를 활용하고 있다. 단, 여기서 말하는 각색이란 소설에는 나오지만 열전에는 나오지 않는 내용에 한정하며, 이를 시간순으로 나열해 보면 다음과 같다.

[표 29]

| 전개의 내용 | ≪송사≫ · <가사도전> | <목면암정호신보원>(유22) |
|---|---|---|
| 출생과 성장과정 | • 태주 사람. | • 가섭의 임지인 만년현에서 출생. |
| | • 가섭의 관직을 물려받음. | • 가섭의 사망 이후 방탕한 생활을 함. |
| 가족관계 | • 가섭은 관직에 대한 기록만 나옴. | • 부친이 관직을 옮겨 다닌 과정과 첩실 호씨를 만나 가사도를 낳게 되는 과정이 상세함. |
| | • 모친 호씨에 대해서는 죽은 날 장사지내는 과정에서만 출현. | • 모친 호씨가 가사도를 낳게 되는 과정과 이별 후 가사도가 입신하여 다시 모셔오는 과정 등의 기록이 상세함. |
| | • 누이는 이종理宗의 총애를 받아 귀비가 되었고, 가사도가 출세하는 데 일조하였다는 짧은 언급만 있음. | • 누이를 만나는 과정과 만난 이후의 일련의 과정이 한층 상세함. |
| 서호에서 주연을 벌인 일 | • 이종이 사람을 시켜서 잘못을 지적하는 훈계를 내림. | • 이종이 귀비를 시켜 상을 내려서 주연의 흥을 돋워줌. |

| | | |
|---|---|---|
| 오잠을 폄적시킨 사건 | • 오잠에 대한 상소를 올려 탄핵하고 순주循州로 폄적시킴. | • 유언비어를 퍼트리고 이종에게 참하자, 이종이 바로 귀양을 보냄. |
| 패전 후 가사도에 대한 상소 과정 | • 진의중陳宜中의 상소 → 사태후가 거절 → 가사도에 의해 폄적된 관리들이 원적에 회복되고, 고사득高斯得 · 왕윤王龠 · 왕응린王應麟 등 많은 대신들이 잇따라 상소를 올림 → 순주로 폄적시키기로 결정. | • 진이중의 상소 → 어사들이 상소에 동참함 → 공종恭宗이 바로 죄를 물음. |
| 귀양길과 죽음 | • 귀양 가는 과정의 묘사가 간단함. | • 귀양 가는 과정과 정호신이 가사도를 핍박하고 죽이는 과정이 상세함. |
| | • '오잠'의 글이 나옴. | • '오잠'의 글은 안 나옴. |
| | • 역모죄를 언급함. | • 역모에 대한 언급 없음. |

상기 [표 1]과 같이 정사의 기록과 달리 소설에서 이야기의 전개상 시간 공백이 큰 부분을 가상으로 더하여 각색한 부분으로 '가사도의 출생과 성장 과정', '귀양길과 죽음'의 두 부분을 주목할 만하다.

첫째로 가사도의 출생과 성장 과정에 대해 ≪송사≫<가사도전>에서는 다음과 같이 간략하게 전한다.

> 가사도는 자가 사헌이고 태주 사람이며, 제치사 가섭의 아들이다.[4]

여기서 말하는 '태주인'이란 가사도가 태주 태생임을 말하고 있으나, 소설에서는 가사도의 부친 가섭이 첩 호씨를 얻어 가사도를 낳은 출생지가 '태주'가 아닌 '만년현'으로 되어 있다. 소설 속에서 말하는 가사

4) ≪송사≫<가사도전>의 원문 참조.

도의 출생과정을 따라가 보면 다음과 같다.

> 절강성 태주에서 임안부로 부임해서 가는 길에 전당錢塘의 봉구리鳳口里에서 호씨를 만나서 첩으로 삼음 → 임안부에서 반년 간 호씨와 같이 지냄 → 구강九江에 있는 만년현의 보좌관으로 뽑혀서 정부인 당씨와 첩 호씨가 함께 임지로 떠남 → 임지에서 가사도를 낳음 → 정부인 당씨에게 박해를 받을 것을 걱정하여 친형 가유賈濡에게 부탁하여 가사도를 고향 태주에서 키워주기를 부탁함.[5]

즉, 소설에서는 가사도의 부친 가섭이 태주 출신의 관리였고 부임지인 만년현에서 가사도를 낳은 것으로 말하고 있고, 정사에서 결여된 가족사에 대한 이야기가 구체적이고 짜임새 있다. 그리고 가사도의 성장 과정에 대해서도 열전은 '어려서부터 실의하여 방탕하였고 놀고 싸움질을 일삼았으며, 행실에 크게 신경 쓰지 않았다.'는 평가로 아주 대략적인 정보만을 제시하고 있다.[6] 그러나 소설 속 가사도는 부친 가섭과 백부 가유가 모두 일찍 죽자 4 · 5년 만에 남은 가산을 모두 탕진하고, 궁에 있는 누이에게 의탁해 볼 생각으로 임안으로 유랑을 떠나는 것으로 나온다. 단지 인물됨과 품행만을 간략하게 언급한 열전과는 달리 소설은 그가 어릴 때부터 총명하기는 하였으나 방탕한 생활을 하며 학문에 매진하기는커녕, 자신이 가진 인맥과 운에만 의지하는 졸속한 인물로 묘사하고 있는 것이다. 실제로 가사도는 진사에 급제할 만큼 똑똑한 재원이었다는 긍정적 측면은 향후 역사와 소설 모두에서 매몰되었다.

---

5) 풍몽룡, ≪유세명언≫, 인민문학출판사, 북경, 1991의 원문 참조.
6) ≪송사≫<가사도전>의 원문 참조.

둘째, 가사도의 귀양길과 죽음에 이르는 과정에 관해 열전에서는 호송관 정호신이 순주까지 가사도를 호송하면서 항주를 거쳐 장주 목면암에 이르게 되자 가사도에게 자살하라고 핍박하였지만, 가사도가 말을 듣지 않자 직접 가사도를 죽였다는 것으로 내용이 간략하다.[7] 그러나 소설에서는 정호신이 출발지부터 목면암에 이르기까지 갖은 핍박을 가하는 장면이 묘사되어 있으며, 그 외에도 호송 도중에 엽이葉李라는 인물을 만나는 장면, 장주태수漳州太守를 만나는 장면, 그리고 목면암에 도착해서 독을 삼키고 쉽게 빨리 죽으려는 가사도에게 정호신이 호되게 매질을 가하는 장면에 이르기까지 그 핍박의 장면이 생동감 있다. 그리고 결국에는 정호신이 가사도와 그의 아들 둘을 몽둥이로 때려죽이는 장면에서 이야기는 절정으로 치닫는다. 이외에도 가사도가 폄적시킨 오잠이 남으로 귀양 가면서 쓴 글은 다른 인물로 변형하고, 가사도가 역모에 가담한 사실을 소설에서는 차용하지 않은 차이는 있으나, 가사도의 귀양길과 죽음에 대한 내용은 도입부의 성장 과정과 마찬가지로 작가의 상당한 상상력이 가미되었음을 알 수 있다.

위의 두 가지 이외에도 가사도의 가족관계, 서호에서 방탕하게 주연을 벌인 일, 오잠을 폄적시킨 일, 패전 후 가사도에 대한 대신들의 상소

7) 호송관 '정호신'이라는 인물은 열전에서 가사도와 어떠한 원한 관계가 드러나지 않은 인물이고, 단지 가사도를 순주까지 호송하기로 나선 인물로만 나와 있다. 그러나 실제로 정호신의 아버지 정훈鄭壎은 남송 이종 때 월주동지越州同知를 지낸 인물이고, 가사도에게 모함을 당하여 귀양을 가서 죽었다는 기록이 있다. 따라서 정호신은 가사도와 원한 관계에 있었기 때문에 그 누구도 나서기 꺼리는 호송관을 자진해서 맡아 나선 것이다. 소설은 이와 달리 정호신의 아버지 정훈을 정륭鄭隆으로 개명하여 등장시켰고, 가사도가 정륭을 묵형에 처하여 죽게 한 것으로 각색되었다. 따라서 열전에는 드러나지 않은 정호신과 가사도의 원한 관계가 소설에서는 표면화된 것이다.

가 빗발친 일 등의 소설적 각색 또한 가사도의 부정적 이미지를 부각하는 장치로 활용되었다.

### 2) 문학 속으로

#### (1) 필기류와 소설의 비교

풍몽룡이 쓴 '삼언'은 작품에 따라 소설화의 과정이 다양하게 나타난다. 그중에는 <요상공음한반산당>(경4)와 같이 '삼언' 이전에 전해지던 초기 화본소설을 일부 각색하여 수록한 작품도 있고, <궁마주조제매추온>(유5)와 같이 전대의 전기소설을 확장하여 재창작한 작품도 있으며, <황태수단사해아>(경35)와 같이 풍몽룡의 순수창작으로 판단되는 작품이 있는가 하면, 전대의 여러 필기류의 기록들을 저본으로 삼아 재창작한 작품도 있어서 소설화의 유형을 어느 한 가지로 규정할 수는 없다. 이중에서 <목면암정호신보원>(유22)은 어떤 소설화의 방식을 취하였는지에 대해 간략하게 살펴보자.

앞서 정사와 소설의 비교를 통해서 가사도의 실제 행적과 소설화된 이야기의 차이점이 무엇인지 살펴보았다. 그런데 가사도에 대한 기록은 열전 이외에도 여러 야사에서 전하고, 그중에는 소설의 모태가 되었을 것으로 판단되는 다수의 일화들이 존재한다. <목면암정호신보원>(유22)과 관련 있는 문헌으로는 ≪제동야어齊東野語≫ · ≪삼조야사三朝野史≫ · ≪산방수필山房隨筆≫ · ≪산거신화山居新話≫ · ≪서호유람지여西湖遊覽志餘≫ · ≪효빈집效顰集≫ 등이 있다.[8] 이중에서 ≪제동야어≫

8) 위의 문헌과 표의 내용은 담정벽 ≪삼언양박원류고≫ 상해고적출판사 상해 2012와 호사영 ≪화본소설개론≫ 중화서국 북경 1980 및 기타 문헌을 종합적으로 고찰하여 정리한 것이다.

에는 4편, ≪삼조야사≫에는 2편, ≪산방수필≫에는 3편, ≪서호유람지여≫에는 14편의 관련 일화들이 전한다. 이러한 문헌 속 일화들은 대체로 소설의 내용과 같은 맥락이거나, 내용이 거의 일치하는 일화들이 대부분이다. 각 문헌 속에 나온 일화들의 내용을 전체적으로 정리하면 다음과 같다.

[표 30]

| 편명 | | 내용 |
|---|---|---|
| ≪제동야어 齊東野語≫ | <가상수사 賈相壽詞> | • 가사도의 생일에 요영중寥瑩中을 비롯한 여러 아첨하는 무리들이 시를 지어 가사도에게 바치고 이를 남긴 일화. |
| | <귀계이녀귀 龜溪二女貴> | • 가사도의 아버지 가섭과 어머니인 호씨가 만나서 인연을 맺는 일화. |
| | <서위예상술 徐謂禮相術> | • 가사도가 관상을 잘 보는 서위예徐謂禮와 한 도인을 만나 자신의 미래가 어떠할지를 예언해 주는 일화. |
| | <가씨전조 賈氏前兆> | • 가사도가 실권한 후 귀양을 갈 때 호송관 정호신을 만나고 결국 죽임을 당하는 일화. |
| ≪삼조야사 三朝野史≫ | 첫 번째 일화 | • 가사도가 자신의 생일 때 시를 쓴 일화. |
| | 두 번째 일화 | • 가사도가 한식날에 시를 지은 일화. |
| ≪산방수필 山房隨筆≫ | 첫 번째 일화 | • 가사도가 오잠을 재상의 자리에서 끌어내리고 자신이 재상이 되었다가 후에 실각함. 호송관 정호신에 의해 호송되다가 죽임을 당하는데 이때 가사도의 문객이었던 조개여趙介如가 가사도를 위해 변론을 하나 무위로 끝난 일화. |
| | 두 번째 일화 | • 가사도가 정씨인 인물과 인연이 좋지 않음을 알고 정호신이 급제했을 때 그를 내쳤고, 후에 실권을 하자 정호신에 의해서 귀양지로 호송되다가 죽은 일화. |
| | 세 번째 일화 | • 가사도의 노항상사로 국운이 기운 후, 어떤 사람이 쓴 시에 대한 일화. |

| 편명 | | 내용 |
|---|---|---|
| ≪산거신화山居新話≫ | | • 점술가인 부춘자富春子가 가사도를 위해 점을 쳐서 글을 쓴 후 봉해 준 것이 있는데 후에 가사도가 뜯어 보니 그의 말이 맞았음을 보고 감탄한 일화. |
| ≪서호유람지여西湖遊覽志餘≫ | <녕행반황佞倖盤荒> | • 가사도가 귀비인 누이의 후광을 업고 재상의 위치까지 가서 권세를 누리는 것에 대한 일화. |
| | | • 가사도가 부국강병책으로 공전법과 배타량지법排打量之法을 시행하였는데 민간에 끼친 폐해가 컸음을 시로 비꼰 일화. |
| | | • 가사도가 사적士籍이라는 제도를 도입하여 전에 없던 엄격한 과거제도를 시행하자 수재들이 지나치다면 비판한 일화. |
| | | • 가사도가 마정란馬廷鸞과 엽몽정葉夢鼎을 불러서 시를 논한 일화. |
| | | • 가사도가 사람을 고용해서 소금을 팔고 이익을 취하자 태학생이 시를 지어 비꼰 일화. |
| | | • 가사도가 서호에서 놀 때 한 첩이 미소년을 보고 반하자, 그녀의 목을 베어 다른 처첩들에게 본보기로 보인 일화. |
| | | • 가사도가 여러 차례 출정하지 않고 핑계를 대다가 결국 출정하여 원군과 결전을 벌이나 대패하고 양주로 피신해 간 일화. |
| | | • 가사도가 도종 황제에게 북방의 위기를 알리는 사람은 가차 없이 죽여 버리고, 자신은 집에서 방탕하게 생활한 일화. |
| | | • 가사도가 글자점을 보는 점술가를 만나 자신의 점을 본 후, 안 좋은 소문이 누설될까 두려워 점술가를 죽여 버린 일화. |
| | | • 가사도가 전쟁에 패한 후 조정에서 그를 유배시킬 것을 논의하고, 결국 정호신의 호송 하에 유배를 가다가 죽임을 당한 일화. |
| | | • 가사도의 어머니 호씨와 아버지 가섭이 만나서 가사 |

| 편명 | | 내용 |
|---|---|---|
| | | 도를 낳게 되는 과정, 호씨는 가섭과 같이 살지 못하고 석공과 살게 된 과정, 후에 가사도가 장성하여 호씨를 모셔 오고 석공을 죽여서 사실을 은폐하는 과정 등의 어머니 호씨에 관한 일화. |
| | | • 가사도의 가신인 요영중에 대한 일화. |
| | <재정아치 才情雅致> | • 엽이가 가사도의 신법 대신 '초식鈔式'으로 할 것을 주장하다가 가사도에 의해 폄적되었으나, 가사도가 전쟁에 패한 후 다시 등용되어 벼슬이 중서좌승中書左丞에 이른 일화. |
| | <유괴전의 幽怪傳疑> | • 가사도가 승려 천 명을 초청하여 식사를 대접했는데, 초대받지 못했던 한 승려가 가사도가 후에 죽을 곳을 예언하며 그릇에 적어놓고 떠난 일화. |

위의 [표 3]과 같은 다양한 필기류 속 일화 중에서 ≪제동야어≫의 <가상수사> · <귀계이녀관> · <가시전조>는 소설의 내용과 거의 일치하는 짧은 일화가 나오고, <서위예상술>의 경우에도 가사도의 미래를 예언해 주는 인물이 서위예와 한 도인으로 등장하나 소설에서는 한 도인의 예언만 나오는 차이 이외에는 대체로 일치한다. ≪삼조야사≫의 두 번째 일화는 가사도가 한식날에 시를 지은 것에 대한 이야기인데 소설에서 동일하게 활용되었다. ≪산방수필≫의 경우 첫 번째 일화는 소설의 흐름과 거의 일치하나, 두 번째 일화의 경우 가사도가 정씨 성을 가진 인물을 경계해야 함을 알고 정호신이 급제했을 때 그를 내쳐서 원한

관계를 만든 것임을 말하고 있지만, 소설에서는 가사도가 정호신의 아버지 정륭을 억울하게 귀양 보내서 죽게 하여 이에 대한 원한으로 정호신이 호송관을 자청한 것으로 되어 있는 차이가 있다. ≪산거신화≫에는 점술가인 부춘자가 가사도를 위해 점을 친 일화가 나오는데 소설에서 거의 그대로 활용되었다.

이중 가장 주목할 만한 문헌은 바로 ≪서호유람지여≫다. 이 책에는 모두 14개의 길고 짧은 가사도 관련 일화를 담고 있고 소설에서 이 14가지의 일화는 거의 동일하게 활용된 것으로 보아, 풍몽룡은 ≪서호유람지여≫를 소설 창작의 주된 저본으로 삼은 것으로 판단된다. ≪서호유람지여≫의 내용 중 가사도의 아버지 가섭과 첩실 호씨가 가사도를 낳는 과정, 가사도가 누이인 귀비의 후광을 업고 재상이 되어 권세를 누리는 과정, 노항상사로 실권하여 결국 귀양 가다가 호송관 정호신에 의해 맞아 죽는 과정 등의 전반적인 줄거리가 소설과 일치하고 있고, 소설의 곳곳에 나오는 길고 짧은 일화들이 ≪서호유람지여≫의 일화와 거의 동일하다.

이 14가지의 일화 중에서 '가사도가 서호에서 놀다가 한 희첩을 잔인하게 죽인 일화'를 비교해보면 다음과 같다.

≪서호유람지여≫<녕행반황>

가사도는 서호에 살았는데 하루는 누각에 의지하여 한가로이 놀고 있었고 여러 희첩들도 따랐다. 두 서생이 있었는데 멋진 옷차림에 깃털로 된 부채를 가지고 있었으며 작은 배를 타고 노닐다가 호숫가로 올랐다. 한 희첩이 말하였다. "아름답구나. 두 젊은이여!" 가사도가 말하였다. "네가 그를 섬기기를 바란다면 마땅히 신랑의 예물을 받아야겠구나." 희첩은 웃을 뿐 아무 말이 없었다. 얼마 후 (가사도는) 한 사람에게 함을 받쳐

들게 하고 모든 희첩들을 앞으로 불러 모아서 말하였다. "좀 전에 어떤 희첩이 함을 받았느니라." 상자를 열어서 그것을 살펴보니 바로 그 희첩의 머리였다. 모든 희첩들이 벌벌 떨었다.9)

<목면암정호신보원>(유22)
하루는 가사도가 여러 희첩들과 호수 위에서 누각에 기대어 한가로이 놀고 있는데, 두 명의 서생이 아름다운 옷에 우선을 가진 것이 풍채가 멋스러웠고 작은 배를 타고 노닐다가 호숫가로 오르는 것을 보았다. 옆에 있던 한 희첩이 소리 내어 감탄하며 말하였다. "아름답구나. 두 젊은이여!" 가사도는 그 말을 듣고서 말하였다. "네가 저 두 사람에게 시집가고 싶다면, 저들이 너에게 장가들도록 만들어 보지." 그 희첩은 황망하고 두려워 죄를 고하였다. 얼마 후 가사도는 모든 희첩들을 불러 모으고 한 희첩에게 상자를 들고 앞에 서도록 하고는 말하였다. "좀 전에 어떤 희첩이 호수 위에 있던 서생을 사모하게 되었는데 내가 이미 그 서생에게서 함을 받았느니라." 모든 희첩들이 믿지를 않자 상자를 열어 그것을 보여주는데, 바로 그 희첩의 수급이었다. 좌중의 희첩들이 벌벌 떨지 않는 이가 없었다. 희첩들을 대하는 것이 잔혹하기가 이와 같았다.10)

필기류와 소설에서 사용한 어휘와 표현을 각각 비교해보면, 같은 표현을 글자 하나 틀리지 않고 동일하게 사용한 경우도 있고, 문어체를 구어체로 각색한 것이 다수 있다. 또한 마지막에 추가된 '희첩들을 대하는 것이 잔혹하기가 이와 같았다其待姬妾慘毒，悉如此類'와 같은 작가

9) 田汝成 輯撰, ≪西湖遊覽志餘≫, 上海古籍出版社, 上海, 1980의 88쪽의 원문 참조.
10) 풍몽룡, ≪유세명언≫, 인민문학출판사, 북경, 1991의 원문 참조.

의 평론은 명대 장·단편소설에서 나타나는 대표적인 글쓰기의 패턴이다. 그러나 이러한 몇몇 차이에도 불구하고 두 문헌의 기본 줄거리는 거의 같은 내용이라 할 만하다.

풍몽룡이 '삼언'을 펴내면서 120편의 단편을 모두 위와 같은 패턴으로 각색한 것은 아니나, 역사인물을 소재로 한 30여 편의 작품들을 중심으로 살펴보면 상당수의 작품들이 이처럼 전대에 널리 전하던 필기류를 저본으로 삼아 그 내용을 확장한 것이다.[11]

(2) 작가의 지향점

작가 풍몽룡은 '삼언'을 통해 실로 다양한 인물 군상을 보여준다. 그 인물 중에는 군주·문인·장군·승려·도인·상인·천민·기녀에 이르기까지 다양해서 당 전기소설과 같이 문인 중심의 제한된 등장인물과는 확연한 차이를 보인다. 이는 시민계층의 성장과 독서 시장의 급속한 성장에 힘입은 명대의 소설 환경과 무관하지 않을 것이다. 또한 명·청대에는 역사 사건을 소재로 한 역사연의류 작품이 상당히 유행하였다. 이는 비단 장편소설에만 국한된 것은 아니어서 '삼언'과 같은 단편소설에서도 흔히 볼 수 있는 유형이나, 그간 고전소설 분야에서 이러한 주제에 그다지 주목하지 않은 것으로 보인다. '삼언' 속의 다양한 소설적 원천들은 비록 '사대기서'와 같이 장편의 줄거리를 가진 대작들로 발전할 기회를 가지지는 못했지만, 명말까지 다양한 필기류 속에서 그 명맥을 유지해오다가 풍몽룡에 의해 새롭게 탄생한 것이다. 필자가 확인한 바에 따르면 '삼언'에서 실존 역사인물을 소설의 주인공으로 삼은 작품

11) 천대진, <삼언 역사인물 서사 연구>, 경상대학교 대학원 박사학위논문, 2016. 참조.

은 모두 31편에 달한다. 가사도를 소재로 한 작품은 그 다양한 인물 군상 중에서도 '간신'을 주제로 한 작품이다.

그렇다면 풍몽룡은 가사도를 소설 속 주인공으로 탄생시키면서 그를 통해 어떤 소설적 가치를 부여하고자 하였을까? 작가가 독자들에게 전하고자 하는 바는 대개 그 작품의 주제를 통해서 드러내기 마련이지만, 명대까지 전해오던 120편에 달하는 일화들을 집록한 '삼언'의 경우에는 작가의 관념이나 사상을 특정한 한두 가지 주제에 한정하여 담아내는 것이 애당초 가능하지 않았을 것이다. 따라서 풍몽룡은 소설집을 펴내면서 소설의 효용론이나 가치에 대한 기본 논지를 서문을 통해 밝히기도 했으나, 실상 삼언 속 작품들은 다양한 주제를 담고 있다. 그중에서 역사인물을 소재로 한 30여 편의 작품들도 윤리도덕 · 발적변태 · 회재불우 · 우화등선 · 청심과욕이라는 다섯 가지 주제로 다시 세분해 볼 수 있는 것만 보아도 이를 짐작하게 한다.

이 다섯 가지 주제 중에서 특히 윤리 도덕의 경우에는 앞서 살펴본 바와 같이 '선양'과 '견책'이라는 두 가지 주제로 다시 세분할 수 있는데, 이중 견책을 주제로 한 작품이 <목면암정호신보원>(유22) · <장자휴고분성대도>(경2) · <왕안석삼난소학사>(경3) · <요상공음한반산당>(경4) · <삼현신포룡도단원>(경13) · <황태수단사해아>(경35) · <금해릉종욕망신>(성23) · <수양제일유소견>(성24) · <유풍도호모적음시>(유32)의 아홉 작품이 있다. 이러한 인물 중에는 국가를 잘못 통치하여 욕을 먹는 군주도 있고, 재주는 뛰어나나 경박하여 뭇사람들의 지탄을 받는 문인도 있다. 그리고 온갖 권모술수로 권세를 누리다가 나라를 망친 간신도 있고, 남녀 간의 정절을 배신한 여인도 있다. 따라서 견책을 주제로 한 작품은 대체로 '남녀 간의 정조관념'과 '정치적 · 도덕적 과오'를 주된 내용으로 삼고 있으며, 작품 속 인물들은 한결같이 정치

적 · 윤리적 · 도덕적으로 부정적 이미지를 띠고 있다.[12)]

이로 볼 때, 가사도와 같이 간신을 소재로 한 작품은 '견책'이라는 주제에 자연스럽게 들어맞는다. 가사도는 송이 결국 원의 지배로 넘어가는 과정에서 결정적인 원인 제공을 한 간신으로 역사에 각인되었다. 따라서 풍몽룡은 이러한 간신을 경계하고 역사의 반면교사로 삼음으로써 다시는 이러한 과오를 되풀이하지 말아야 한다는 교훈을 전하고자 하였을 것이다. 특히나 환관 정치의 폐해가 극에 달했던 명대의 정치 환경을 우회적으로 풍자하는 데 송대의 국가적 위기와 패망의 원인이었던 간신들의 이야기는 독자들의 관심을 끌기에 충분한 소재였을 것이다.

### 3) 현대의 문화콘텐츠

우리는 대개 영웅적 삶을 통해 동시대 사람에게 지대한 영향을 끼친 인물에 대해서는 널리 그리고 오랜 시간에 걸쳐 칭송하고 찬양하기를 반복해왔지만, 그 인물이 한 나라를 패망으로 이끈 희대의 간신이라면 이야기가 달라진다. 간신만을 전적으로 부각한 현대 문화콘텐츠를 제작한다는 것은 곧 그 인물의 역사적 영향과 현대 대중들의 각인이 실로 대단하다는 것을 의미하기 때문이다.

12) 천대진, <삼언 역사인물 서사 연구>, 경상대학교 대학원 박사학위논문, 2016의 18-31쪽 참조.

가사도에 대한 현대의 시각과 창작은 크게 두 가지 갈래로 나뉘어져 왔다. 그 첫째는 전통적인 역사기술이나 문학작품에서 이야기하는 것과 별반 차이가 없는 간신의 이미지를 견지한 것이고, 둘째는 가사도가 그나마 부패한 남송이 얼마간 더 지탱할 수 있었던 최후의 희망이었다는 새로운 재해석이다. 후자의 경우 가사도는 역사와 문학에서 이야기하는 그런 간신이 아닐 뿐 아니라, 오히려 쇠락해가던 송의 명맥을 유지해줄 수 있었던 몇 안 되는 걸출한 인물이었다고 보는 시각인 것이다. 실제로 남송의 민족 영웅으로 칭송되는 문천상文天祥조차도 가사도에 대해 다음과 같이 평가한 바 있다.

> 기미년 악주鄂州에서의 전쟁에서는 너무도 용맹했는데, 노항에서의 도망은 어찌 그리도 무기력했던가!

이 말은 가사도가 앞서 악주전투에서 몽고군을 크게 무찌른 것에 대해 나름 칭송한 것일 수도 있고 노항과의 대비를 통해 비꼰 것일 수도 있지만, 이후 노항에서 너무 허무하게 패한 것을 한탄하고 있다. 결국 이 한 번의 패전은 송을 다시는 일으킬 수 없는 결정타였기 때문이다. 아무튼 문천상의 언급에서도 나왔지만 기미년 악주전투에서 가사도는 몽고군을 상대로 가시적 승리를 거둔 것은 분명한 사실이다. 그런데 정사에는 이 부분이 마치 가사도가 몽고군을 회유하여 화친을 유도한 것으로 묘사하였고, 소설에서는 심지어 적을 돈으로 매수하여 군대를 물러가게 한 것으로 더욱 매도하였다. ≪송사≫가 원나라의 입장에서 기록되었다는 점을 감안할 때, 악주에서 몽고군이 패전한 사실을 숨기기 위해 적장의 공을 깎아내리는 방식으로 기술하지는 않았는지, 그리고 소설은 그러한 기술 태도를 더욱 편향적이고 악의적으로 몰고 간 것은 아닌지 살펴볼 만한 대목이다.

현대에 와서 전적으로 가사도만을 초점을 맞춘 콘텐츠가 많지는 않으나, 송말과 송원교체기, 그리고 원대를 이야기하는 역사물에서 가사도는 간간이 등장한다. 가사도 관련 콘텐츠로는 영화와 드라마를 들 수 있으며, 관련 작품은 다음과 같다.

[표 31][13)]

| 장르 | 작품명 | 제작 연도 | 제작 지역 | 감독 | 작품의 주요 특징 |
|---|---|---|---|---|---|
| 영화 | <국혼國魂> | 1948 | 홍콩 | 복만창卜萬蒼 | • 오조광吳祖光의 화극≪정기가正氣歌≫를 영화로 개편.<br>• 주연 : 유경劉瓊 · 애미운袁美雲 · 왕희춘王熙春 등.<br>• 내용 : 주로 문천상의 활약이 주가 되나 당시 정적으로 가사도가 등장함. |
| 드라마 | <마르코 폴로馬可波羅> | 2014 | 미국 | 戴維 · 彼特拉克 | • 미국에서 제작된 드라마이며, 중국 역사 판타지물로 제작됨. 넷플릭스를 통해 방영됨.<br>• 주연 : Lorenzo Richelmy · 진충陳沖 · Benedict Wong 등.<br>• 내용 : 13세기 이탈리아 탐험가 마르코폴로의 동방 여행을 소재로 하며, 극중 가사도에 대한 묘사가 비중 있게 다루어짐. |

상기 표와 같이 가사도를 주인공으로 제작된 영화는 없다. 그러나 1948년 제작된 ≪국혼≫은 송말의 영웅 문천상을 소재로 한 희극을 영화화한 작품으로서, 주로 문천상의 영웅적 전기와 송 패망의 안타까움

13) 위의 영화와 드라마는 중국 '전영망(www.1905.com)'의 자료를 근거로 조사한 것이며, 그 범위 밖에 있는 일부 작품들은 '바이두(www.baidu.com)'를 통해 보강하였다.

을 그린 작품이다. 극중에서 가사도는 문천상과 대비되는 간신으로 출현하고 있기 때문에 전통적인 기술 태도와 별반 차이가 없다. 이후 영화나 드라마 분야에서 이렇다 할 가사도 관련 영화가 없다가, 2014년 중국이 아닌 미국에서 <마르코폴로>라는 대형 드라마가 제작되었는데, 2016년에 시즌 2까지 제작되었다.

마르코폴로는 1273년경 이탈리아로부터 원의 수도인 대도大都까지 긴 여정을 거쳐 도착하였는데, 이때 당시가 바로 원과 송의 전쟁이 막바지로 치달을 시기였다. 마르코폴로는 27년 동안 중동 · 아프리카 · 아시아 등의 여러 나라를 여행한 경험을 ≪동방견문록東方見聞錄(세계 경이의 서)≫이라는 책으로 남겼고, 그중에는 당시 원과 송의 여러 도시와 문화에 대한 묘사가 비교적 상세하다.

마르코폴로 ©shutterstock.com

드라마 <마르코폴로>는 원과 송이 치열하게 충돌하던 당시 시대상이 잘 묘사되었으며, 여기에 어김없이 가사도가 출현하고 극중 비중도 높다. 그런데 드라마 속 가사도는 역사적 기술과 사뭇 다르다. 극중 가사도는 무예가 뛰어나고 영민한 인물인데다가 수십 년 동안 몽골이 송을 넘지 못하는 결정적인 걸림돌이자, 사실상 송의 핵심 인물로 묘사되었다. 게다가 노쇠한 황제가 죽고 나자 어린 황제를 등에 업고 무소불위의 권력을 휘두르는 야망가이기는 하나, 몽골과는 결사 항전의 의지로 버티는 강력한 주전파主戰派의 대표인물이기도 하다. 여기까지는 사실상 역사와 비교해도 정도의 차이는 있을지언정 개연성이 없지 않은 설정이다.

문제는 제작자가 드라마의 완성도와 더불어 오락성을 의식해서인지 선정성을 지나치게 높여놓았다. 최근 미국에서 제작되는 드라마의 제작 경향과 흥행 공식을 감안하면 그들의 제작방식을 이해할 수도 있겠으나, 중국 역사에 대한 지나친 왜곡은 중국 대중들에게 거부감을 불러일으킬 수도 있는 문제이다. 실제로 드라마 <마르코폴로>에 대한 중국 대중의 반응은 상당히 부정적이며 싸늘하기까지 했다. 이는 최근 디즈니에서 제작된 <뮬란>에 대해 중국 대중이 느끼는 감정과도 크게 다르지 않다. 이를 다른 각도에서 말하면 드라마 <세종대왕>을 미국에서 제작했는데, 세종대왕에 대한 묘사가 대단히 이질적이다 못해 낯설고, 인물 묘사에 그다지 도움이 안 되는 수위 높은 성적 표현이 곳곳에 드러나는 드라마 한 편을 한국 사람이 봐야 하는 불편한 상황이라면 이해가 빠를 것이다. 게다가 마르코폴로는 원이 송을 궤멸시킬 때 공성기를 이용하여 승리하도록 결정적 도움을 주고, 심지어 송의 마지막 어린 황제를 붙잡아오는 추포자로 나서기도 한다.

'상양'이라는 난공불락의 성벽을 가진 도시를 송에 비유하고, 패망한 송의 마지막 어린 황제를 죽여서 성문에 효시한 설정은 송과 몽골의 긴 투쟁의 역사를 상징적으로 압축하되 디테일을 줄인 것으로 볼 수도 있으나, 정작 마르코폴로는 우리가 알고 있던 상인 혹은 탐험가가 아닌 정치가이자 전사며, 원 조정의 핵심인물로 그려진다. 이쯤 되면 '삼국지'를 보는 느낌보다는 '서유기'를 보는 느낌에 더 가까울 것 같다. 그렇다 할지라도 중국 자국의 창작이 아닌 외국의 드라마를 통해 그간 텍스트로만 존재했던 가사도를 만날 수 있었다는 것만으로도 이 드라마가 시사하는 바는 적지 않다.

이상과 같이 간신 가사도를 주제로 한 역사기록과 문학작품, 그리고 현대의 문화콘텐츠를 살펴보았다. 중국 고전소설은 전대의 창작패턴을 완전히 탈피하여 전혀 새로운 순수창작으로 발전한 작품보다는 이전부터 전해오던 것에 새로운 창작의 요소를 가미하여 재창작한 작품이 다수를 차지하는데, 삼언의 경우도 예외는 아니다. 특히 역사인물을 소재로 한 소설 역시 이와 같은 현상이 두드러졌으며, 가사도를 소재로 한 작품도 이전부터 있었던 필기류로부터 그 창작의 원천들을 활용하여 각색함으로써 하나의 새로운 작품으로 탄생시킨 점에서 그 궤를 같이하고 있다.

현대에 이르러 간신 가사도는 송의 패망을 그리는 문화콘텐츠에서 그 존재를 드러내고 있다. 다만 가사도라는 인물에만 초점을 맞춘 창작물은 현재까지 없으며, 주로 같은 시대에 영웅적 삶을 살았던 인물과의 대비를 통해 등장한다. 가장 대표적인 경우가 바로 문천상과의 대비다. 문천상은 육수부陸秀夫와 장세걸張世傑과 함께 송말삼걸宋末三傑로 칭송되는 애국시인이다. 남송이 원에 패망할 때 몇몇 애국지사들은 끝까지 항전하다가 쓰러져가는 나라와 운명을 같이했다. 그중 육수부는 더이상 희망이 없어진 순간에 어린 황제를 등에 업고 바다로 뛰어들어 황제와 함께 자결했고, 장세걸은 최후까지 항전하다가 폭풍우에 배가 전복되어 죽었으며, 문천상은 포로가 되어 적의 회유를 받았지만 끝내 뜻을 굽히지 않고 저항하다가 참수당했다. 문천상이 적의 포로가 되어 끌려갈 때 지은 시 '과영정양過零丁洋'은 그의 의연한 기상과 우국청정이 잘 드러난 시로 이름이 드높다.

문천상

| | |
|---|---|
| 辛苦遭逢起一經 | 힘든 생활에서 공부하여 관리를 시작하였는데, |
| 干戈寥落四周星 | 빈약한 병력으로 원나라 군과 고전하기 4년이었네. |
| 山河破碎風飄絮 | 강산은 부서져 바람에 날리는 버들 솜 같고, |
| 身世浮沉雨打萍 | 내 일생은 잘 나가다 추락하여 비 맞은 부평초 같도다. |
| 惶恐灘頭說惶恐 | 지난해 황공탄두에서 두렵고 무서움을 말하였는데 |
| 零丁洋裏歎零丁 | 지금은 영정양 위에서 영정을 탄식하네. |
| 人生自古誰無死 | 사람이 나서 예부터 그 누가 죽지 않으리마는 |
| 留取丹心照汗青 | 붉은 마음 남겨서 청사에 비추고자 하네. |

비록 가사도는 송의 주력군을 끌어모아 마지막 대규모 항전을 벌였다가 원에게 대패한 패장의 멍에는 어쩔 수 없다 할지라도 그의 공과를 보다 객관적으로 살펴볼 겨를도 없이 시대의 간신으로 매도하고 만 점은 분명 재고의 여지가 있어 보인다. 역사는 과학이 아닌 해석학이다. 역사인물에 대한 평가도 그 시대의 정치적 · 편향적 시각에 영향을 받았을지도 모를 단편적인 기록에만 의존하지 않고 다각적인 해석과 성찰이 있어야만 우리는 객관성을 잃지 않고 진실에 가까워질 수 있다.

## 2. 금인金人의 첩자 되어 악비岳飛를 죽이다 - 간신 진회秦檜

오늘날 중국에서 가장 많은 욕을 얻어먹는 간신은 누구일까? 쟁쟁한 후보가 많지만 그중 가장 많은 욕을 얻어먹는 인물은 역시나 진회가 아닐까 한다. 진회는 송이 패망할 당시까지 생존한 인물은 아니나 남송으로 국세가 밀린 초기에 송이 다시 북녘땅을 회복할 수 있는 몇 안 되는 기회 때마다 북벌의 희망을 꺾어버린 장본인이다. 그리고 결정적

으로 송의 명장 악비를 살해함으로써 고토회복의 근간을 잘라버린 간신 중의 간신이다. 송의 백성은 악비를 살아서는 나라를 보우할 명장으로 존경했고, 죽어서는 모든 백성의 수호신이 되어 줄 것이라며 숭배의 대상으로 여겼다. 그런 그의 사당 앞에 오늘날까지 비굴하게 무릎 꿇고 있는 석상이 있으니 그가 바로 진회다. 후대의 사람들은 자신들의 수호신을 죽이고 나라를 팔아먹은 진회와 그의 아내 왕씨에게 아직도 침을 뱉고 돌을 던지는 일을 멈추지 않고 있으니 그 분노의 역사가 가히 상상을 초월할 정도다.

작가 풍몽룡이 '삼언' 속 주인공으로 등장시킨 간신 진회가 소설 속 인물로 탄생한 서사 과정을 살펴보자. 이를 통해 간신이 현대에 어떻게 조명되고 있는지에 관해서도 관련 문화콘텐츠를 살펴보자. 가사도와 관련된 자료의 전체적인 목록을 살펴보면 다음과 같다.

[표 32]

| 종류 | | 자료명 |
|---|---|---|
| 사서류 | | ≪송사宋史≫<진회전秦檜傳> |
| 필기류 및 소설류 | | ≪정사程史≫ · ≪조야유기朝野遺記≫ · ≪견호갑집堅瓠甲集≫ · ≪서호유람지여西湖遊覽志餘≫ · ≪효빈집效顰集≫ · ≪설악전전說岳全傳≫ · ≪유세명언喻世明言≫ |
| 현대의 문화 컨텐츠 | 영화 | <만강홍滿江紅>(1949) · <악비전岳飛傳>(1984) |
| | 드라마 | <결전황성決戰皇城>(1988) · <정충악비精忠岳飛> |

## 1) 역사인물 진회

진회는 남송초의 재상이자 간신이었으며, 주화파 즉 금과 화친할 것을 적극적으로 주장하는 정파의 대표인물이었다. 정강靖康 2년(1127)에 금이 수도 개봉을 함락했을 때 황제 휘종·흠종과 함께 금으로 끌려갔다가 남송의 수도 임안臨安으로 돌아왔는데, 자칭 도주했다고 해명하나 정황상 금에 적극적으로 협조하기로 하고 풀려난 것으로 보는 시각이 많다. 이후 참지정사와 재상에 제수되어 19년간 주화파의 정치적 입장을 견지하면서 장기집권하였고, 그 과정에서 자신에게 걸림돌이 되는 충신 악비에게 죄를 뒤집어씌워 살해했다. 소흥紹興 25년(1155)에 병사할 때 향년 66세였고, 신왕申王으로 추증되고 충헌忠獻의 시호를 받았다.

영화 〈정충악비〉(2013)의 진회

앞서 살펴본 가사도에 대한 역사적 평가가 일부 재고의 여지가 있는 것에 반해, 진회는 정사·소설·필기류 등의 모든 문헌에서 그의 인물됨이 부정적으로 관철되어 있다. 소설 속 인물로 탄생한 진회의 면모를 살펴보기 위해 먼저 정사의 기록을 요약해보면 다음과 같다.

- 진회는 자가 회지이고 강녕江寧 사람이다. 정화政和 5년에 진사에 급제하였고 밀주교수密州教授로 충원되었으며, 이어서 사학詞學 겸 무과茂科에 붙어서 태학학정太學學正을 맡았다.
- 금이 남하할 당시에 삼진을 떼어줌으로써 휴전할 것을 협상하기 위해

예부시랑으로 가장하여 숙왕肅王을 보좌해서 금으로 갔고, 성사되어 돌아온 후에 전중시어사殿中侍御史로 천거되었다.

- 금이 변경을 함락하고 두 황제가 끌려갈 때 진회 또한 금으로 끌려갔다. 금에 있을 때 금의 군주 오걸매吳乞買가 그의 아우인 달라撻懶에게 보내서 종군하게 했는데, 이때 군영을 탈출해서 남송의 행재로 돌아왔고, 예부상서에 제수되었다.
- '만약 천하가 무사하기를 원한다면 남쪽은 남쪽대로 북쪽은 북쪽대로 있어야 한다.'는 글을 고종에게 올려서 신임을 얻게 되었고, 이후 관직이 계속 높아졌다.
- 조정趙鼎이 실각하고 떠나자 진회는 단독으로 국정을 전담하여 금과의 화의를 추진했다.
- 전중시어사 장계張戒가 상소를 올려서 조정을 남게 할 것을 간청하고 화의가 잘못된 것임을 말해서 진회를 거슬렀고, 왕서王庶 또한 화의는 옳지 않다고 일곱 차례나 상소를 올렸다. 이후 여러 신하가 금과의 화의가 잘못되었고 진희를 책망하는 입장을 견지하였다.
- 소흥 10년에 금이 침략해 들어와서 동경 · 남경 · 서경 · 영흥군永興軍를 함락하여 하남의 모든 군들이 연이어 함락되었고, 화의를 주장하던 진회의 입지는 더욱 공고해져서 이후 18년간 재상자리를 차지하게 되었다.
- 장준張浚 · 왕승王勝 · 악비岳飛 · 한세충韓世忠이 각지에서 승리하였으나, 진회는 힘써 군대를 철수시켰다. 9월에 악비를 행재로 돌아오게 하고, 양기중은 진강鎭江으로, 유광세는 지주池州로, 유기는 태평주太平州로 돌아오도록 조서를 내렸다. 소흥 10년 12월에 악비가 진회에게 독살 당했다.
- 소흥 12년부터 소흥 25년까지 재상으로 장기 집권하면서 수많은 인물들이 진회에 의해 박해와 배척을 당하였는데, 주요인물은 다음과 같다.
  - 호순척胡舜陟이 조정을 조롱한 죄로 옥에 갇혀 죽고, 장구성張九成은 근거 없는 말을 떠벌린 이유로 폄적되었으며, 승종고僧宗杲는 변방으로 쫓겨 감.

- 장소張郃는 모함을 당해서 외사外祠로 배척당함.
- 태학생 장백린張伯麟은 자신이 쓴 글 때문에 유배당함.
- 이부상서 오표신吳表臣은 진회와 의견이 다르다는 이유로 파직당함.

• 소흥 17년 8월 조정이 길양군吉陽軍에서 죽자, 조정과 연고가 있는 관리도 모두 죄명을 꾸며댔고, 그의 죽음을 탄식만 해도 죄를 뒤집어 씌웠다.

• 소흥 18년 이현충李顯忠이 중원을 회복할 계책을 올리자 군직을 파해서 궁사宮祠의 직책으로 옮기게 했다.

• 소흥 20년 정월에 전사소교殿司小校 시전施全이 진회를 암살하려다 실패하자 시장에서 사지가 찢어지는 형벌을 받고 죽었다.

• 이광의 아들 이맹이 부친이 쓴 야사를 보다가 고발당해서 협주峽州에 발령되고, 조정 인사 중에 연좌된 자 8인은 모두 파직되고 관등도 낮아졌다.

• 소흥 22년 조정을 비난했다는 이유로 왕서王庶의 두 아들인 왕지기王之奇·왕지순王之荀 등에 대한 네 번의 큰 옥사가 일어났다.

• 소흥 23년 진사 황우룡黃友龍이 조정을 비방하여 묵형을 당하고 영남으로 보내졌고, 내시 배영裴咏이 조정을 지탄한 것 때문에 경주로 보내졌다.

• 정위程緯는 황제께 무례하고 예의가 없다는 죄목으로 축출당하였다.

• 소흥 25년 2월에 심장경沈長卿이 전에 이광李光과 함께 화의를 비아냥거린 것 때문에 고발당해서 화주化州로 보내졌다.

• 소흥 25년 진회가 병이 들어 향년 66세로 사망하였고, 사후에 황제가 신왕申王의 작위를 하사하였으며, 시호는 '충헌忠獻'이었다.

• 진회는 장기간 집권을 위한 수단을 만들어서 자신에게 부합하는 자는 승진시키고 그렇지 않은 자는 10년이 지나도록 승진이 없게 하였으며, 재상이 되어 죽기까지 집정을 28명이나 바꾸었다.

이상과 같이 진회의 열전은 그의 출신지에 대한 언급을 제외하면 모두 관직에 오른 이후의 행적에 집중되었다. 그리고 그의 관직 생활은 소흥 10년에 두 번째로 재상이 되는 시점을 기준으로 전기와 후기로 양분할 수 있다. 전기는 조정에서 자신의 입지를 공고히 하기 위해 금과의 화의를 적극적으로 추진함으로써 고종의 신임을 얻는 시기이고, 후기는 재상으로 장기 집권하면서 조정을 전횡하던 시기다. 특히 그가 재상이 된 후 저지른 여러 가지 악행은 그야말로 간신의 전형이라고 할 만하다.

그럼 소설은 진회의 일대기 중 어디부터 어디까지를 이야기로 구성하였는지 그 내용을 요약하면 다음과 같다.

- 송의 첫째가는 간신으로 말하자면 성이 진, 이름이 회, 자가 회지로 강녕 사람이다. 그는 태어날 때부터 특이한 외모를 가졌는데, 발등에 발가락이 이어져 있었다. 태학에 다닐 시기에는 모두 그를 '긴 발을 가진 수재'라고 불렀고, 후에 과거에 급제하였다.
- 정강 연간에는 관직이 어사중승에 이르렀는데, 이 시기는 금나라 군대가 변량을 함락시켜서 휘종과 흠종 황제가 모두 북쪽으로 잡혀갔을 때였다. 진회 또한 포로의 무리 속에 있었는데 금의 우두머리 중 한 명인 달라랑군撻懶郎君과 잘 아는 사이여서 그에게 금의 첩자가 되겠다고 맹세하고 임안행재臨安行在로 돌아왔다.
- 고종 황제가 진회에게 정견을 묻자, 금이 강성하니 화친하여 남북을 경계로 삼으며 모든 장수의 병권을 박탈해야 한다고 간하였다.
- 고종은 진회를 신임하며 상서복사尚書僕射로 임명하였고, 얼마 후 좌승상左丞相이 되었다. 상서 복사
- 진회는 화친을 주관하면서 조정 · 장준 · 호전 · 안돈복 등의 반대하는 무리들을 모두 폄적하여 내쫓았다.
- 악비가 변방에서 금을 상대로 승전하자, 김올술金兀術이 진회에게 밀서

를 보내서 악비를 죽여야 화친이 성사될 것이라고 종용하였다.

- 진회는 악비의 부하 왕준을 매수하여 악비의 부하 장헌張憲이 양양襄陽을 점거하여 악비에게 병권을 돌려주기 위해 음모를 꾸미고 있는 것으로 날조하였다. 이를 빌미로 악비, 악비의 아들 악운 · 장헌 · 왕귀를 모반죄로 잡아들였고, 악비를 옥중에서 목매달아 죽였다.
- 악비 사후에 금과의 화친이 정해졌고, 진회는 공으로 벼슬이 더해지고 대저택을 하사받았다.
- 진회의 아들 진희秦熺는 열여섯에 장원급제하여 한림학사에 제수되고, 손자 진훈秦塤은 갓난아이일 때 바로 한림학사의 직책이 내려졌으며, 진희의 여식은 태어나자마자 곧 숭국부인崇國夫人으로 봉해졌다.
- 숭국부인이 아끼던 고양이를 잃어버리는 사건이 일어나자, 임안부 부윤까지 나서서 조사하였으나 찾지 못해서 결국 황금으로 금고양이를 주조하여 바치고서야 잠잠해졌다.
- 만년에 진회는 제위를 찬탈할 음모를 꾀하며 조정 · 장준 · 호전 등 53명의 사람을 반역을 꾀한 것으로 모함하려 하였다.
- 어느 날 서호에서 주연을 즐기던 진회는 악비의 혼령이 나타나 호되게 꾸짖자, 이후 병이 들어서 황제에게 바칠 반역자들에 대한 보고서에 서명도 하지 못한 채 죽고 말았다.
- 진회의 사후 아내 장설부인이 진회를 기리기 위해 재단을 설치하고 방사로 하여금 기도를 하게 하였는데 방사는 진회를 만나 저승까지 따라갔다. 저승에 가보니 진회 · 만사설 · 왕준이 산발에 지저분한 얼굴을 하고서 쇠로 된 형틀을 메고 있는 것이 보였다. 온갖 귀신들이 커다란 몽둥이를 들고 그들의 걸음을 재촉하고 있었는데 그 몰골이 너무도 힘들어 보였다.
- 진회가 방사에게 지난 날 부인 왕씨와 동창同窓에서 의논했던 일이 다 들통났다는 말을 전해주기를 청하였고, 방사가 돌아와서 전하니 왕씨는 그로 인한 충격으로 병들어 죽었다.

• 진희와 진훈마저 다 죽고 나자 몇 년이 지나지 않아 진씨 가문은 쇠락하였다.

소설은 진회의 일대기를 다루고 있기는 하나 열전과 마찬가지로 진회의 관직 생활에 그 내용이 집중되어 있다는 점에서 기술범위가 거의 일치한다. 다만 소설적 각색을 시도한 것으로 보이는 몇 가지 차이점을 정리해보면 다음과 같다.

[표 33]

| 전개의 내용 | ≪송사≫<진회전> | 〈유풍도호모적음시〉(유32) |
|---|---|---|
| 출생과 외모 | • 외모에 대한 언급 없음. | • 발등에 발가락이 이어져 있는 등의 특이한 외모를 가짐.(간신의 이미지) |
| 금에서 돌아오는 과정 | • 금으로 끌려갔을 때 금의 군주 오걸매가 그의 아우인 달라에게 보내서 종군하게 함. 이때 군영을 탈출해서 남송의 행재로 돌아왔고, 예부상서에 제수됨. | • 금이 변량을 함락시켰을 때 진회 또한 포로로 잡혀감. 금의 우두머리 중 한 명인 달라랑군과 잘 아는 사이여서 그에게 금의 첩자가 되겠다고 맹세하고 임안행재로 돌아옴. |
| 악비를 살해하는 과정 | • 장준·왕승·악비·한세충이 각지에서 승리하였으나, 진회는 힘써 군대를 철수시킴. 소흥 10년 9월에 악비를 행재로 돌아오도록 조서를 내렸고, 같은 해 12월에 모반을 꾀한 것으로 뒤집어 씌워서 악비를 독살시킴. | • 악비가 변방에서 승전하자, 김올술이 진회에게 밀서를 보내서 악비를 죽여야 화친이 성사될 것이라고 종용함. 진회는 장헌이 악비에게 병권을 돌려주기 위해 음모를 꾸미고 있는 것으로 날조하여 악비를 모반죄로 잡아들이고 옥중에서 목매달아 죽임. |
| 진회의 자손들에 대한 내용 | • 소흥 12년 아들 진희는 진사에 합격하고, 소흥 14년에 비서소감秘書少監이자 영국사領國史에 제수되며, 소흥 15년에 한림학사 겸 시독侍讀으로 제수됨.<br>• 소흥 24년 손자 진훈은 정시廷試 | • 진회의 아들 진희는 열여섯에 장원급제하여 한림학사에 제수되고, 손자 진훈은 갓난아이일 때 바로 한림학사의 직책이 내려졌으며, 진회의 여식은 태어나자마자 곧 승국부인으로 봉해짐. |

| 전개의 내용 | ≪송사≫ <진회전> | 〈유풍도호모적음시〉(유32) |
|---|---|---|
| | 에서 3등으로 과거에 급제함.<br>• 진희의 딸에 대한 내용은 없음. | |
| 숭국부인의 고양이 분실사건 | • 없음. | • 숭국부인이 아끼던 고양이를 잃어버리자 임안부 부윤까지 나서서 조사하였으나 찾지 못했고, 결국 황금으로 금고양이를 주조하여 바치고서야 사건이 마무리됨. |
| 제위 찬탈 시도 | • 없음. | • 만년에 진회는 제위를 찬탈할 음모를 꾀하며 조정 · 장준 · 호전 등 53명을 반역을 꾀한 것으로 모함하려 함. |

위의 [표 33]과 같이 열전과 소설은 모두 6가지 내용상의 차이를 보인다. 그중에서 '금에서 돌아오는 과정'과 '악비를 살해하는 과정'은 작가가 이미 진회를 금의 첩자 노릇을 한 인물로 설정하고 이야기를 전개하고 있기 때문에 나타난 차이로 보인다. 그리고 '진회의 자손들에 대한 내용'과 '숭국부인의 고양이 사건'과 같은 일화는 진회 일가의 세도가 얼마나 극에 달했는가를 부각하기 위한 각색으로 볼 수 있다. 마지막으로 '제위 찬탈 시도'에 대해 열전에서는 어떠한 언급도 없었으나, 소설에서는 진회가 제위를 찬탈하기 위해 고심한 과정이 나오며, 이를 위해 조정을 비롯한 53명에 달하는 인물을 완전히 제거해야 할 필요성을 느끼고 이들을 축출하기 위한 조서를 황제에게 올리기 직전에 죽음을 맞이한 것으로 되어 있다. 이로 볼 때 소설은 진회를 나라를 배신한 첩자이자, 무소불위의 세도를 휘두른 권신이자, 제위를 찬탈하려는 음모를 꾸민 역도라는 세 가지 인물됨을 반영하고 있다.

### 2) 문학 속으로

진회 또한 가사도와 마찬가지로 후대에 많은 야사를 양산하게 한 악인이자 간신이었다. 스토리텔러들은 그의 역사적 과오를 좋은 이야깃거리로 삼았는데, 그중에는 이후 풍몽룡의 소설로 발전하는 데에 모태가 되었을 것으로 판단되는 일화들이 존재한다. <유풍도호모적음시>(유32)의 줄거리와 직 · 간접적으로 관련 있는 문헌으로는 아래 [표 34]와 같은 다양한 자료가 전한다. 이중 ≪정사≫에 1편, ≪설악전전≫에 2편의 일화가 있고, ≪서호유람지여≫<녕행반황>에는 모두 14편에 달하는 진회 관련 일화가 전하나, 이 중 소설의 내용으로 차용된 일화는 4편에 해당한다. 그리고 ≪효빈집≫<속동창사범전>과 ≪설악전전≫<호몽접취후음시유지옥> · ≪설악전전≫<김울술삼조대안재흥병>은 진회의 일대기와는 상관없이 호모적胡母迪이라는 후대의 가상인물을 통해 진회의 악행을 드러내는 소설의 후반부 내용과 거의 일치한다. 각 문헌이 전하는 일화들의 내용을 요약해보면 다음과 같다.

[표 34][14)]

| 편명 | | 내용 |
|---|---|---|
| ≪정사桯史≫ | <진회사보 秦檜死報> | 진회는 정권을 잡은 말년에 장충헌張忠憲과 호문정胡文定 등의 일족을 축출하기로 모의하였으나, 당시에 이미 병이 들어서 황제에게 올릴 글에 서명을 하지 못하고 결국 죽음. |
| ≪조야유기朝野遺記≫ | | 진회와 왕씨가 동창에서 악비를 죽여야 함을 모의함. |
| ≪견호갑집 | <동창사범 | 진회와 왕씨가 동창에서 악비를 죽일 음모를 꾸며서 죽인 후 |

14) 위의 자료와 표의 내용은 담정벽, ≪삼언양박원류고≫, 상해고적출판사, 상해, 2012와 호사영, ≪화본소설개론≫, 중화서국, 북경, 1980 및 기타 문헌의 내용을 종합하여 정리한 내용이다.

| 편명 | | 내용 | |
|---|---|---|---|
| 堅瓠甲集≫ | 東窓事犯> | 에 저승으로 간 진회가 방사를 통해 왕씨에게 지난날 동창에서 모의한 일이 탄로 났다고 전함. | |
| ≪서호유람지여西湖遊覽志餘≫ | <녕행반황佞倖盤荒> | 첫 번째 일화 | 진회가 두 황제와 함께 금으로 끌려갔다가 금의 추장 달라와 친분이 있어서 땅을 떼어주고 화친할 것을 모의함. 이후 악비 · 조정 · 장준 · 호전 등을 모두 축출함. |
| | | 두 번째 일화 | 진회의 손녀 숭국부인이 고양이를 잃어버려서 임안부 부윤까지 나서서 소동을 벌임. |
| | | 세 번째 일화 | 진회의 가문이 쇠퇴한 후 조정에서 운하를 건설하느라 진회의 집 앞에 흙을 쌓아둔 모습을 보고 어떤 이가 시를 지음. |
| | | 네 번째 일화 | 진회가 아내 왕씨와 악비를 죽일 모의를 하여 죽인 후, 악비의 혼령이 나타나 진회를 크게 꾸짖었고, 죽어서 저승으로 간 진회는 지난날 동창에서 모의한 일이 탄로 났음을 방사를 통해 왕씨에게 전함. |
| ≪효빈집效顰集≫ | <속동창사범전續東窓事犯傳> | 원대에 호적이라는 유생이 진회의 전기를 읽다가 분노하여 시를 지었는데 염라대왕의 무능을 질책하는 시여서 저승으로 끌려감. 염라대왕이 분노하여 호적에게 간신들에 대한 판결문을 써보게 하였는데 그 내용이 염라대왕을 흡족하게 함. 호적은 이후 저승에서 진회를 비롯한 여러 간신들이 큰 벌을 받고 있는 것과 충신들이 융숭한 대접을 받고 있는 것을 직접 보고 난 후에 다시 이승으로 돌아옴. | |
| ≪설악전전說岳全傳≫ | <호몽접취후음시유지옥胡夢蝶醉後吟詩游地獄> · <김울술삼조대안재흥병金兀術三曹對案再興兵> | ≪효빈집≫<속동창사범전>의 내용과 거의 동일하나, 호적이 이승으로 돌아와서 식구들에게 자신의 경험을 이야기해준다는 대목이 더 늘어나 있는 차이가 있음. | |

위와 같은 다양한 필기류 속 일화 중에서 ≪정사≫<진회사보>는 진회가 축출하려는 세력이 장충헌 · 호문정 일족으로 말하고 있으나, 소설에서는 조정 · 장준 · 호전 등의 53명으로 말하고 있는 차이를 제외하면 진회의 말년과 사망 과정에 대한 기술이 거의 일치한다.[15]

≪조야유기≫와 ≪견호갑집≫<동창사범>에 나오는 일화는 진회가 부인 왕씨와 동창에서 악비를 죽이기고 모의하여 죽인 후, 저승으로 간 진회가 이 일이 탄로 난 것을 방사를 통해 왕씨에게 전한다는 일화로써 두 문헌과 소설 속 이야기가 거의 일치한다.[16]

≪서호유람지여≫<녕행반황>에 전하는 네 가지 일화는 소설 속에서 거의 가감 없이 사용된 것으로 보아 풍몽룡은 ≪서호유람지여≫<녕행반황>을 소설로 각색하기 위한 주 저본으로 삼았다고 할 만하다. 이는 가사도의 경우 14가지에 달하는 일화를 활용한 것에 비해 다소 적은 수치일 수 있으나, 진회의 일생을 다룬 소설 속 분량이 가사도에 비해 1/6에 지나지 않는 것을 감안하면 결코 적지 않은 비중인 것이다. 이 네 가지 일화 중 네 번째 일화를 문헌 간 비교를 통해 살펴보면 다음과 같다.

> ≪서호유람지여≫<녕행반황>의 네 번째 일화
> 진회는 악비를 죽이고자 하여 동창 아래에서 처 왕씨와 그 일을 모의하였다. 왕씨가 말하였다. "호랑이를 잡기는 쉽지만 놓아주기는 어려운 일이지요!" 그 뜻이 결국 결정되었다. 후에 진회가 서호에서 놀고 있을 때, 배 위에서 몸이 안 좋았는데 한 사람이 산발을 하고 고함을 지르며 말하

15) 岳珂 撰, ≪桯史≫, 中華書局, 北京, 1981의 134-135쪽 참조.
16) 叢書集成初編, ≪朝野遺記≫, 中華書局, 北京, 1991의 13쪽 참조.

였다. "너는 나라를 그르치고 백성을 해하여서 내가 이미 하늘에 고발해서 하늘이 그 뜻을 들어 주었느니라!" 진회는 집으로 돌아가서 아무런 이유도 없이 죽었다. 얼마 후 아들 진희도 또한 죽었다. 왕씨가 재단을 설치한 후 방사가 엎드려 기도하자 진희가 쇠로 된 칼을 둘러쓰고 나타났으며, (방사가) 물었다. "태사께서는 어디에 계십니까?" 진희가 말하였다. "저승에 계십니다." 방사가 그의 말대로 가보니 진회와 만사설이 모두 쇠로 된 칼을 둘러쓰고 온갖 고통을 당하고 있는 모습을 보았다. 진회가 말하였다. "번거롭겠지만 부인에게 말 전해주시오. 동창에서의 일이 탄로 났다고."[17]

<유풍도호모적음시>(유32)

소송이 이미 끝나자 진회는 홀로 동창 아래에 앉아서 이 사건에 대해 주저하고 있었다. ……이렇게 마음을 결정하지 못하고 있었는데, 그의 아내 장설부인 왕씨가 마침 다가와서 물었다. "상공께서는 무슨 일 때문에 망설이시는지요?" 진회는 이 일을 그녀와 상의하였다. 왕씨는 소매에서 홍귤 하나를 꺼내서 두 손으로 쪼개고는 절반을 남편에게 주며 말하였다. "이 귤을 둘로 쪼개는 것이 뭐 그리 어렵겠습니까? 옛말에 호랑이를 잡기는 쉽지만 호랑이를 놓아주기는 어렵다는 말을 들어보지 못하셨습니까?" 바로 이 말은 진회를 깨닫게 했고 그의 뜻을 정하게 했다. 진회는 밀서를 써서 단단히 봉한 후 대리사의 간수에게 보냈다. 그날 밤 옥중에서 악비는 목매달아져서 죽었다. 그의 아들 악운은 장헌 · 왕귀와 함께 저잣거리로 압송되어 참수되었다. ……이날 진회는 마침 서호에서 놀면서 술과 음식을 즐기고 있던 차에 홀연히 한 사람이 산발을 하고 다가오기에 살펴보니 바로 악비였다. 악비는 호되게 꾸짖었다. "너는 충직하고 선량한 이를 해치고 백성과 나라에 재앙을 가져왔기에 내 이미 옥황상제께 고하고

17) 田汝成 輯撰, ≪西湖遊覽志餘≫, 上海古籍出版社, 上海, 1980의 원문 참조.

너의 목숨을 거두러 왔느니라!" 진회는 깜짝 놀라서 좌우에 물어보니 모두 아무것도 보이지 않는다고 말하였다. 진회는 이 때문에 병이 나서 부로 돌아갔다. ……진회가 죽은 지 얼마 지나지 않아서 진희 또한 죽었다. 장설부인이 죽은 진회를 기리기 위해 재단을 설치하고 방사가 재단에 엎드려 주문을 외우니 진희가 쇠로 된 형틀을 지고 서 있는 것이 보였다. 방사가 물었다. "태사께서는 어디 계십니까?" 진희가 답하였다. "저승에 계십니다." 방사가 저승까지 가보니 진회·만사설·왕준이 산발에 지저분한 얼굴을 하고서 쇠로 된 형틀을 메고 있는 것이 보였고, 온갖 귀신들이 커다란 몽둥이를 들고 그들을 걸으라고 재촉하고 있었는데 그 몰골이 너무도 힘들어 보였다. 진회는 방사에게 말하였다. "수고롭겠지만 그대가 부인에게 말을 전해주시오. 동창에서 의논했던 일이 다 밝혀졌다고." 방사는 그 말이 무슨 말인지 모르고 왕씨에게 알려주었는데, 왕씨는 그 말을 알아듣고 크게 놀랐다. 과연 인간 세상의 비밀스런 말도 하늘은 천둥처럼 듣고 있었던 것이고, 밀실에서 일어나는 비양심적인 일도 다 보고 있었던 것이다.[18]

위와 같이 '동창에서의 모의', '악비의 혼령 등장', '진회의 저승 이야기'의 세 가지 이야기로 구성된 ≪서호유람지여≫<녕행반황>의 네 번째 일화는 <유풍도호모적음시>(유32)로 각색되는 과정에서 하나의 줄거리로 이어져 있는 것이 아니라 다른 일화와 뒤섞여서 여러 위치에 재배치되었다. 그리고 필기류와 소설에서 사용한 어휘와 표현을 비교해보면, 문어체를 구어체로, 그리고 간략한 표현을 자연스러운 대화체의 표현으로 각색하였음을 알 수 있다. 또한 말미에는 '과연 인간 세상의 비밀스런 말도 하늘은 천둥처럼 듣고 있었던 것이고, 밀실에서 일어

18) 풍몽룡, ≪유세명언≫, 인민문학출판사, 북경, 1991의 원문 참조.

나는 비양심적인 일도 다 보고 있었던 것이다.'와 같은 필기류와는 다른 작가의 평론이 더해져 있고, 줄거리도 거의 세 배에 가까운 확장이 이뤄졌다.

두 작품의 소설화의 과정을 전체적으로 살펴볼 때, 작가 풍몽룡은 작품을 창작하는 과정에서 전대의 화본소설을 각색한 것도 아니고, 자신의 순수창작으로 쓴 것은 더더욱 아니었다. 즉, <유풍도호모적음시>(유32)는 당시까지 여러 필기류 속에 산재해 있던 길고 짧은 수많은 소설적 원천을 바탕으로 작가가 새롭게 소설적 재구성을 시도한 것이다. 이 과정에서 작가는 작품의 주인공이 가지고 있는 성격에 따라 정면인물은 더욱 더 정면인물다운 면모를 부각하고, 반면인물은 더욱 철저하게 반면인물의 면모를 부각하여 인물을 정형화했다. 대개는 이러한 인물 형상이 이미 전대의 필기류 속에 어느 정도 형성되어 있었다고 할 수도 있으나, 작가가 필기류에서 단편소설로 재창작하는 과정에서 이러한 인물의 전형을 더욱 부각하고 생생하게 만들어 낸 것이다. 또한 기존의 필기류 속에 있던 수많은 퍼즐 조각들은 적게는 2 · 3배, 많게는 4 · 5배까지 확장되면서 단편소설의 분량이라 할 만한 편폭으로 늘어났고, 소설의 완정한 구성을 위해 결핍되어 있는 부분에는 작가의 상상력이 더해졌다. 명 · 청대를 대표하는 장편소설의 경우에도 그 출발은 대개 짧은 이야기에서 시작해서 점차 그 분량과 완성도를 높여나간 적층문학의 성격을 띠는 것처럼, 풍몽룡은 한 시대의 역사인물을 소설 속 인물로 재탄생시키기 위해 확장과 재창작의 역할을 수행한 작가였던 것이다.

또한 작가는 <유풍도호모적음시>(유32)를 통해 역대로 이름난 간신부터 진회와 가사도에 이르기까지 여러 간신들을 시대별 · 인물별로 나열하면서 이들이 지옥에서 겪는 고초가 어떤 것인지를 신랄하게 보여준다. 가사도와 진회를 위시한 간신들이 '풍뇌지옥風雷之獄', '화차지옥火車之獄', '금강지옥金剛之獄', '명령지옥溟泠之獄'이라는 네 지옥문에서 겪는 고초를 묘사한 장면을 살펴보면 다음과 같다.

> 곧 진회 등을 풍뇌지옥으로 몰고 가서 구리기둥에 동여맸다. 한 사졸이 채찍으로 온몸을 때리니 곧 칼바람이 어지러이 휘몰아쳐서 그들의 몸을 휘감아 찌르자 진회 등은 채를 치는 것처럼 몸을 떨었다. 한참 후에 엄청난 천둥소리가 그들을 공격하니 몸이 가루가 되는 듯하고 피가 흘러서 땅에 엉겨 붙었다. 잠시 후 강풍이 빙 돌며 그들의 골육에 불자 다시 사람의 형상으로 돌아왔다. 간수가 호모적에게 말하였다. "이 천둥은 날벼락이고, 불어오는 것은 업보의 바람입니다." 또다시 사졸을 불러서 '금강' · '화차' · '명령' 등의 지옥으로 몰고 가서 진회 등에게 더욱 심한 형벌을 받게 했다. 배고프면 쇠구슬을 먹게 했고, 목마르면 동으로 된 쇳물을 마시게 했다. 간수가 말하였다. "이들은 모두 삼일 동안 모든 지옥을 두루 경험하면서 온갖 고초를 겪습니다. 3년 후에는 소 · 양 · 개 · 돼지로 변해서 세상에 태어나고 사람을 위해서 도살되고 가죽이 벗겨지고 고기는 먹힙니다. 그의 처 또한 암돼지가 되어서 먹는 사람들이 불결하다고 여겨서 죽을 때가 되어서는 도살되어 삶아지는 고통을 피할 수 없습니다. 지금 이 무리들은 이미 짐승류가 되어 세상에 간 것이 50여 차례나 되었습니다." 호모적이 물었다. "그 죄는 언제 벗어날 수 있습니까?" 간수가 답하였다. "천지가 다시 한번 혼돈이 일어나야 비로소 벗어날 수 있습니다."[19]

작품 속에는 호모적이라는 가상인물이 등장하는데, 그는 나라를 망친 간신들에게 하늘이 합당한 벌을 내리지 않는 것에 대해 한탄하는

19) 풍몽룡, ≪유세명언≫, 인민문학출판사, 북경, 1991의 원문 참조.

시를 썼다가 결국 염라대왕에게 끌려가게 된다. 그러나 호모적은 이내 역대 간신들이 살아생전에 백성과 선량한 이들에게 가했던 악행보다 지옥에서 백배, 천배 더 혹독한 고초를 겪고 있는 것을 목격하고서야 자신의 생각이 틀렸음을 깨달았다. 이처럼 작가가 호모적이라는 인물을 통해 간신들의 비참한 사후 세계를 보여주는 것은 독자들이 간신들에게 가지고 있는 역사적 · 감정적 분노를 해소해주기 위함일 것이다. 비록 현실은 늘 '선'보다는 '악'이 더 득세하고 판을 치는 세상일지라도, 소설에서만큼은 그래도 '악'보다는 '선'의 승리를 보여줌으로써 작가는 독자들에게 감정적 카타르시스를 안겨주는 것이다. 또한 작가는 독자들이 살아가는 이 세상에 '인과응보'라는 보편적 가치는 아직 살아 있고, 세상 만물은 늘 순리대로 흘러가고 있음을 말하고 있다.

### 3) 현대의 문화콘텐츠

현대에 이르러 간신 진회는 송의 패망과 관련된 다양한 문화콘텐츠에서 그 존재를 드러내고 있다. 다만 진회라는 인물에만 초점을 맞춘 재창작물은 희소하며, 주로 같은 시대에 영웅적 삶을 살았던 인물과의 대비를 통해 등장한다. 가장 대표적인 경우가 바로 악비와의 관계다. 악비는 송이 금의 침공을 받고 남송으로 밀려났을 때, 다시 중원을 수복하기 위해 용맹하게 싸웠던 송을 대표하는 명장이다. 그런 그도 끝까지 금과의 화의를 주장한 가사도에 의해 정치적 희생물이 되고 말았으니 간신 한 명이 한 나라의 흥망에 끼친 영향이 실로 지대하다.

진회 관련 문화콘텐츠는 영화와 드라마 분야를 살펴볼 수 있으며, 역시 송의 명장 악비와의 관계를 다룬 소재가 다수이나, 전적으로 진회를 조명하기 위해 제작된 드라마가 1편 있는 것이 특징이다.

[표 35][20]

| 장르 | 작품명 | 제작 연도 | 제작 지역 | 감독 | 작품의 주요 특징 |
|---|---|---|---|---|---|
| 영화 | <만강홍 滿江紅> | 1949 | 홍콩 | 진검 秦劍 | • 가장 초창기에 제작된 악비 소재의 영화<br>• 주연 : 오초범吳楚帆 · 장활유張活游 · 황만리黃曼梨<br>• 내용 : 송대의 애국명장 악비의 비참한 인생을 그림. |
|  | <악비전 岳飛傳> | 1984 |  | 소생 蕭笙 | • 주연 : 서소강徐少强 · 진패옥陳佩珊 · 곽봉郭鋒 등.<br>• 내용 : 악비와 당려구唐麗球 간의 애정고사가 주를 이룸. |
| 드라마 | <결전황성決戰皇城> | 1988 | 홍콩 | 소건갱 蕭鍵鏗 | • 전체 20집으로 제작.<br>• 주연 : 정소추鄭少秋 · 양가인梁家仁 · 사녕謝寧 등.<br>• 내용 : 진회와 그의 처 왕씨가 금인에게 매수되어 악비를 해치려 함. 악비를 구하려 한 고한성高寒星은 진회부부와 원한 관계가 되어 복수극을 펼침. |
|  | <정충악비精忠岳飛> | 2013 | 대륙 | 국각량 鞠覺亮 | • 전체 69집으로 제작한 대작이며, '第十屆中国金鷹電視藝術節优秀電視劇獎' 등 다수의 상을 받은 작품.<br>• 주연 : 황효명黃曉明 · 임심여林心如 · 나가량羅嘉良 등.<br>• 악비의 역사기록을 바탕으로 악비와 악비가 통솔한 악비군의 활약을 이야기함. |

영화 분야는 <만강홍>(1949)과 <악비전>(1984)과 같이 악비와 대척점에 있는 진회가 역시 출연하지만, 영화의 초점은 악비이며, 특히 <악비전>(1984)의 경우에는 악비와 당려구라는 여인 간의 사랑에 좀 더 초점이 맞춰진 작품이다.

20) 위의 영화와 드라마는 중국 '전영망(www.1905.com)'의 자료를 근거로 조사한 것이며, 그 범위 밖에 있는 일부 작품들은 '바이두(www.baidu.com)'를 통해 보강하였다.

드라마 분야에서도 가장 최근에 제작된 <정충악비>(2013)는 악비와 악비군의 역사적 활약에 초점을 맞추었으나 극적 갈등의 주요소라고 할 수 있는 진회가 상당한 비중으로 다루어졌다. 드라마 분야에서 가장 주목할 작품은 바로 <결전황성>(1988)이다. 이 작품은 전적으로 진회에 초점을 맞춘 작품이라는 데에 의의가 있다. 현재까지 창작된 수많은 역사물들 중에서 영웅적인 인물을 극화한 경우는 너무나 많지만, 진회와 같이 간신 중의 간신인 반면인물을 창작의 주 대상으로 삼은 경우는 대단히 희소하기 때문이다. 물론 진회에 초점을 맞춘 <결전황성>(1988) 조차도 그와 대척점에 있었던 명장 악비가 상당한 비중을 차지하는 인물임에는 틀림없다. 그러나 감독은 간신 진회의 역사적 과오를 들춰내는 것만으로도 충분히 대중의 관심을 이끌어낼 수 있는 흡인력이 있다고 판단한 것이다. 중국 역사상 진회가 가지고 있는 스토리텔링의 영향력을 확인할 수 있는 대목이다.

드라마 〈정충악비〉(2013)

영화와 드라마 이외에 연극 분야에서 진회를 전적으로 조명하기 위한 작품은 없지만, 역시 진회는 송대를 배경으로 하는 일부 작품에 등장한다. 특히 중국 연극의 경우에는 가면을 통해 인물의 전형성을 나타내는데, 진회와 같은 간신은 흰색의 가면을 사용한다. 흰색이 의미하는 것은 '음흉함을 숨기고 남을 잘 속이는 속성을 상징'한다. 전통극에서 삼국지의 조조, 명대의 간신 엄숭 등을 흰색 가면으로 분장하는 것이 바로 이런 이유에서다.

이상과 같이 송대는 물론 중국 역사상 가장 많은 비판을 받고 있는 간신 진회에 대해 살펴보았다. 간신은 시대의 그림자이자 어두운 역사의 치부다. 그러나 간신도 작가의 상상력과 가공을 거쳐 소설 속 인물로 탄생하고 나면 그 시대를 살아가는 독자들이 삶의 의미를 되돌아보는 반면교사가 될 수도 있고, 그도 아니면 우리 삶의 한 전형적인 인물의 이야기가 될 수도 있다. 풍몽룡은 삼언의 서문을 통해 소설이 독자들에게 미치는 교화적 역할을 강조한 바 있지만, 소설 속 주인공으로 재탄생한 간신의 이야기는 단순히 독자를 교화시키기 위한 역사의 반면교사라는 차원을 넘어서 우리의 역사와 삶의 한 일부가 되어 오랜 시간 독자와 공존하고 있다.

# Chapter 06 문인文人

## 1. 이런들 어떠하리 저런들 어떠하리 - 풍류객 당인唐寅

당인에 대한 글은 중국소설을 통한 다양한 강의콘텐츠 개발의 필요성을 고민하는 과정에서 집필되었다. 중국문학 분야의 강의콘텐츠를 다양화하고 중국문학 교육의 새로운 방향성에 대한 탐구이기도 했다. 필자는 당인이 역사 · 문학 · 현대문화콘텐츠에 이르기까지 변모해온 서사 과정을 고찰하기 위해 <당해원일소인연唐解元一笑姻緣>(≪경세통언警世通言≫제26권, 이하 '(경26)'으로 표기함)을 중심 텍스트로 삼았고, '당인'을 중심인물로 다룬 여러 문헌의 상호관계를 비교 · 분석하였다. 이를 통해 현대의 문화콘텐츠는 당인의 어떤 측면에 주목하고 있는지 살펴보고, 역사와는 다른 새로운 캐릭터가 어떻게 탄생했는지도 확인할 수 있다. 당인을 이야기한 문헌과 현대 문화콘텐츠를 종합해보면 다음과 같다.

[표 36][1)]

| 종류 | | 자료명 |
|---|---|---|
| 사서 | | ≪명사明史≫<당인전唐寅傳> |
| 필기류 및 소설 | | ≪국보신편國寶新編≫ · ≪정사情史≫권5<당인唐寅> · ≪정사情史≫권5<당인부唐寅附> · ≪오군이과지吳郡二科志≫<당인> · ≪속오선현찬續吳先賢贊≫권11<당인> · ≪열조시집소전列朝詩集小傳≫병집丙集<당해원인唐解元寅> · ≪견호정집堅瓠丁集≫권4<당육여唐六如> · ≪차여객화茶餘客話≫권18 · ≪극설劇說≫권3 · ≪통속편通俗編≫권37<추향秋香> · ≪양반추우암수필兩般秋雨盦隨筆≫권6<추향> · ≪차향실총초茶香室叢鈔≫권17<추향> · ≪삼차로필담三借廬筆談≫권12<추향> · ≪곡해총목제요曲海總目提要≫권8<화방연花舫緣> · ≪곡해총목제요≫권20<문성현文星現> · ≪소설총고小說叢考≫권하 · ≪소설고증小說考證≫권9<삼소기연三笑奇緣> · ≪소설총고≫권하<삼소인연三笑因緣> · <당해원일소인연唐解元一笑姻緣>(경26) 등. |
| 희곡 | | <소주기구蘇州奇遘> · <화전일소花前一笑> · <화방연花舫緣> · <문성현文星現> · <삼소인연三笑姻緣> · <계화정桂花亭> 등 |
| 현대 | 영화 | <삼소인연三笑姻緣>(1926) · <당백호점추향唐伯虎點秋香>(1937) · <신당백호점추향>(1953) · <당백호여추향唐伯虎與秋香>(1956) · <당백호점추향>(1957) · <삼소三笑>(1964) · <당백호점구미唐伯虎點九美>(1987) · <당백호>(1988) · <당백호점추향>(1993) · <당백호점추향2>(2010) · <당백호충상운소唐伯虎冲上雲霄>(2014) · <나사년당백호추적여표那些年唐伯虎追的女票1>(2016) · <나사년당백호추적여표那些年唐伯虎追的女票2>(2016) · <북경우상당백호北京遇上唐伯虎>(2017) 등. |
| | 드라마 | <당백호삼희추향唐伯虎三戲秋香>(1983) · <최가재자最佳才子>(1990) · <풍류당백호風流唐伯虎>(1997) · <신강산미인新江山美人>(1997) · <금장사대재자金裝四大才子>(2000) · <추향>(2002) · <풍류소년당백호風流少年唐伯虎>(2003) · <추향노점당백호秋香怒點唐伯虎>(2009) · <강남사대재자江南四大才子>(2014) 등. |
| | 연극 | <월극당백호점추향越劇唐伯虎點秋香>(2015)을 포함한 평극評劇 · 석극錫劇 · 월극越劇 · 월극粵劇 · 황매희黃梅戲 등. |

1) 상기 문헌은 ≪명사≫ · ≪삼언양박원류고≫ · CAJ(중국학술정보) · 바이두(www.baidu.com) · 전영망(www.1905.com)과 중국희극망(www.xijucn.com)에서 확인 가능한 자료를 바탕으로 정리한 것이다.

### 1) 역사인물 당인

당인

당인은 당백호唐伯虎라는 이름으로도 잘 알려진 명대의 저명한 화가이자 서예가이며, 시인이다. 소주부蘇州府 오현吳縣 사람으로 홍치 11년에 향시에 장원급제하였으나, 불운하여 관직에 나아가지는 못했다. 그는 그림에 뛰어나서 심주 · 문징명 · 구영과 더불어 '오문사가吳門四家'로 손꼽히고, 시문에도 뛰어나서 축윤명 · 문징명 · 서정경과 더불어 '오중사재자吳中四才子'로 불린다.

≪명사≫<당인전>에는 221자의 비교적 짧은 기록이 전하고, 당인의 출생 · 관운 · 시와 문장의 경지 등에 대한 대략적인 내용이 전한다.

> 당인은 자가 백호이고 또 다른 자는 자외다. 천성이 총명하고 영민했으나, 이광생 장영과 늘 술을 마시면서 어떠한 생업에도 종사하지 않았다. 축윤명이 그에게 충고를 하자 비로소 집에서 나오지 않고 열심히 공부하였다. 홍치 11년에 향시에서 일등으로 급제하였고, 시험관 양저가 그의 문장을 기특하게 여겨 조정으로 보내서 학사 정민정에게 보여주니, 정민정 또한 그의 문장을 기특하게 여겼다. 얼마 지나지 않아서 정민정은 회시를 주관하였는데, 강음의 부자 서경이 정민정의 집 하인에게 뇌물을 주어 시험문제를 얻었다. 이 사실이 발각되자 언관들이 정민정을 탄핵하였고, 그 추문이 당인에게까지 연루되어 하옥시키라는 조서가 내려졌고, (정민정은) 하급관리로 좌천되었다. 당인은 치욕스럽게 관직을 이루지 못

하자, 집으로 돌아가서 더욱 방랑하게 되었다. 영왕 주신호가 후하게 대접하며 그를 초빙하였으나, 당인은 그가 다른 뜻이 있음을 간파하고 미치광이인 척하며 술주정을 부려서 그의 추한 모습을 드러냈다. 주신호는 이를 참을 수가 없어서 그를 돌아가도록 놓아주었다. (당인은) 복숭아꽃이 있는 곳에 집을 짓고 손님들과 그 속에서 술을 마셨고, 그의 나이 54세에 죽었다. 당인의 시문은 처음에는 그래도 재능이 있었으나, 만년에는 낙담하여 자포자기해 버렸다. (그는) 후인들이 나를 아는 것은 나의 이런 모습 때문은 아닐 것이며 논자들은 (이런 내 모습에) 상심할 것이라고 말하였다. 오중의 축지산의 무리들이 호탕하고 구애받지 않아서 세상 사람들에게 주목을 받았으며 이들의 문재는 경쾌하면서 화려하여 당시 사람들을 감동시켰기 때문에 말을 전하는 이가 더하고 늘리면서 더욱 미화되어 덧붙여졌다. 그러나 왕왕 유교의 범위를 벗어나는 것이었다.[2)]

정사의 기록에서 알 수 있듯이 당인은 젊어서 총명하여 과거에 급제할 만한 재자로 평가받았으나, 시험문제의 부정 유출과 관련된 추문에 휘말려서 평생 관직에 나아가지 못하는 불운을 겪었다. 중국 역대로 이처럼 재주는 있으나 때를 만나지 못했던 수많은 인물이 있으나, '삼

2) ≪명사≫<당인전>에 나오는 원문은 다음과 같다 : "唐寅，字伯虎，一字子畏。性穎利，與裏狂生張靈縱酒，不事諸生業。祝允明規之，乃閉户浹歲。舉弘治十一年鄉試第一，座主梁儲奇其文，還朝示學士程敏政，敏政亦奇之。未幾，敏政總裁會試，江陰富人徐經賄其家僮，得試題。事露，言者劾敏政，語連寅，下詔獄，謫爲吏。寅耻不就，歸家益放浪。寧王宸濠厚幣聘之，寅察其有異志，佯狂使酒，露其丑穢。宸濠不能堪，放還。筑室桃花塢，與客飲其中，年五十四而卒。寅詩文，初尚才情，晩年頹然自放，謂後人知我不在此，論者傷之。吳中自枝山輩以放誕不羈爲世所指目，而文才輕豔，傾動流輩，傳說者增益而附麗之，往往出名教外。"

언' 속에는 출중한 재주를 가지고도 관운이 없었던 역사인물로 '초당사걸'로 이름난 왕발王勃, 성당을 대표하는 천재시인 이백李白, 송대를 대표하는 사詞 작가 유영柳永과 더불어 당인까지 모두 네 명의 인물을 꼽을 수 있다.

풍몽룡은 이러한 회재불우懷才不遇한 문인들을 소설의 소재로 활용함에 있어서 '신선'과 '풍류'라는 두 가지 각색의 방향을 활용한 것으로 보인다. 먼저 유영 · 이백 · 왕발의 경우에는 이들이 인간 세상에서 불우한 것이 결국 그들이 원래 신선이었고, 신선으로 돌아갈 운명을 타고난 것으로 귀결시켰다. 그리고 당인 또한 "복숭아꽃이 있는 곳에 집을 짓고 손님들과 그 속에서 술을 마셨고, 그의 나이 54세에 죽었다."라는 정사의 기록으로 보아 그의 삶이 신선처럼 세상과는 거리가 멀었음을 엿보게 한다.[3] 그러나 작가 풍몽룡은 소설 속에서 당인을 다른 세 인물처럼 도가의 신선으로 변화시키기보다는 '풍류재자'로 바꿈으로써 다소 다른 각색을 시도하였다.

정사 이외에도 사서류의 기록으로는 ≪국보신편≫ · ≪오군이과지≫ <당인> · ≪속오선현찬≫권11<당인> · ≪열조시집소전≫병집<당해원인> 등이 있다. ≪국보신편≫에는 당인의 출신, 출사의 과정, 시문의 기풍 등을 담고 있어서 정사와 거의 유사한 기록이라 할 만하다. ≪오군이과지≫ 또한 정사의 기록과 상당 부분 일치하나, 당인이 낙향하여 자신의 신세를 한탄하며 지은 시와 사가 포함되어 있어서 그의 일대기보다는 시문에 대한 비중이 다소 높게 나타난다. ≪속오선현찬≫은 ≪오군이과지≫의 기록과 거의 일치하면서 내용이 다소 짧아진 차이가 있다.

---

3) ≪명사≫<당인전>에 나오는 원문은 다음과 같다 : "筑室桃花塢，與客飮其中，年五十四而卒。"

≪열조시집소전≫ 또한 정사의 기록과 대체적으로 유사하나, 시집을 편찬하면서 남긴 기록이라는 특성 때문에 당인의 시문에 대한 평가가 보다 상세한 것이 특징이다.

### 2) 문학 속으로

당인에 관한 정사와 사서류의 기록 이외에도 당인을 소재로 한 필기류와 희곡은 명 · 청대에 걸쳐서 아주 다양하게 나타나는데, 이를 필기류와 희곡으로 구분하여 살펴볼 필요가 있다.

#### (1) 필기류

먼저 필기류의 대표 문헌으로는 ≪견호정접≫권4<당육여> · ≪차여객화≫권18 · ≪극설≫ · ≪통속편≫ · ≪양반추우암수필≫ · ≪차향실총초≫권17<추향> · ≪삼차노필담≫권12<추향> · ≪정사≫권5<당인부> 등이 있다. 이 문헌들을 고찰하는 데에 있어서 고려해야 할 쟁점은 바로 당인과 추향이라는 두 중심인물이 하나의 이야기로 결합되는 과정에 있다. 즉, 결론부터 말하자면 당인과 추향은 본래 아무런 관련이 없던 인물들이며, 두 사람의 이야기는 각각 별개의 이야기 속에 존재하다가 하나의 이야기로 정착된 것이다. 따라서 그 원형에 해당하는 고사는 어떠했으며, 어떤 결합과정을 거쳐서 당인과 추향이 결합된 이야기로 허구화되었는지가 중요한 요소로 작용한다.

당인과 추향의 이야기는 그 탄생과정에서 모두 다섯 가지 유형의 유사한 이야기가 혼재해왔으며, 이 다섯 가지 유형은 다음과 같다.

- 진현초陳玄超(진원초陳元超)와 추향秋香의 이야기

- 유견안兪見安과 한 여인의 이야기
- 당인 · 화학사華學士 · 화학사의 애첩 세 사람이 술자리를 같이한 이야기
- 강음江陰의 길도인吉道人과 시녀의 이야기
- 당인과 추향의 이야기

이처럼 다채로운 인물들이 서로 엇비슷한 줄거리를 형성하며 전해지다가 일정 시점부터는 당인과 추향의 이야기로 귀결되는 현상을 빚게 된다.

≪경림잡기涇林雜記≫[4](당인과 계화桂華)

⇩

≪초창잡록蕉窗雜錄≫(당인과 추향)

⇩

≪고금담개古今譚概≫ 권11〈용傭〉(당인과 계화)

⇩

≪정사≫ 권5〈당인〉(당인과 계화)

⇩

≪경세통언≫ 권26〈당해원일소인연〉(당인과 추향)

⇩

≪고금규원일사古今閨媛逸事≫ 권4〈삼소지남본三笑之藍本〉/
≪고금정해古今情海≫ 권8〈명사풍류名士風流〉/≪곡해총목제요≫ 권20〈문성현〉

⇩

≪소설총고≫ 권하

4) 명대의 주복준周復俊이 지은 책이나, 주현위周玄暐가 저자인 것으로 기록을 전하는 문헌도 있다. ≪속수사고전서續修四庫全書≫<자부子部 · 잡가류雜家類>에 그 기록이 전하며, 작가는 주복준으로 되어 있다. 매염하買豔霞는 <경림잡기>의 내용과 주복준의 생평을 비교함으로써 이 책의 저자가 주복준임을 고증하였다. 買豔霞, <≪涇林雜記≫及其作者小考>, ≪文獻≫, 國家圖書館, 2010年 2期의 178쪽-180쪽 참조.

당인과 추향의 이야기가 점차 하나의 줄거리 속으로 들어오는 과정에 있어서 후대의 여러 문헌들은 공통적으로 주현위의 ≪경림잡기≫를 그 출발점으로 보고 있다. ≪경림잡기≫의 이야기는 모두 249자로 구성되어 있고, 작품 속 주인공도 당인과 계화로 되어 있어서 아직 당인과 추향이 결합된 시기의 작품은 아니나, 줄거리로 볼 때 이후에 나타나는 작품들의 원류라 할 수 있다. 풍몽룡이 쓴 ≪고금담개≫권11<용>도 ≪경림잡기≫와 같은 내용을 싣고 있다.[5] 이후 항원변項元汴이 간행한 ≪초창잡록≫에는 ≪경림잡기≫보다 60여 자가 더해져서 310자의 분량으로 늘어났는데, 소설의 주인공도 당인과 추향으로 바뀌었다. 그리고 풍몽룡의 ≪정사≫에 이르러서는 1,022자의 긴 줄거리를 가진 잘 짜인 '문언소설'로 탄생했으나, 작중 인물은 다시 당인과 계화로 바뀌었다. 이후 풍몽룡이 5,264자에 달하는 의화본소설로 재창작한 <당해원일소인연>(경26)의 경우에는 다시 당인과 추향을 중심인물로 삼았고, 이후 나온 문헌들은 모두 당인과 추향을 중심으로 줄거리가 고착되었다.

이상의 필기류들은 대체로 명 · 청대의 문헌들이고, 당인과 추향의 이야기가 풍몽룡에 의해 소설로 정착된 시기보다 훨씬 뒤에 나온 문헌도 상당수이나, 시대의 선후관계와는 상관없이 청대에 나온 문헌들도 대체로 전대의 기록을 인용하는 방식이어서 필기류의 기록이 소설보다는 더 앞선 기록임이 분명하다. 즉, 필기류들을 통해 전해 오던 다양한 인물들의 이야기는 명말에 이르러 하나의 잘 짜인 소설의 형식으로 정착

5) 馮夢龍 編著 欒保群 交點, ≪古今譚概≫, 中華書局, 北京, 2012의 139쪽에 <용>조에는 ≪경림속기≫에서 위의 기록을 인용한 것으로 밝혀놓았으나, 실상 ≪경림속기≫에는 그 기록이 없고, ≪경림잡기≫에 전한다. 따라서 풍몽룡이 당인의 이야기를 인용하는 과정에서 오류가 있었던 것으로 추정된다.

되었는데, 그 과정에서 당인과 추향을 중심인물로 한 결합이 고착된 것이다.

### (2) 희곡

이열미李悅眉의 연구에 따르면 당인을 제재로 하는 명·청대의 희곡 작품은 모두 13종이 있는데, ≪명대잡극전목明代雜劇全目≫·≪명대전기전목明代傳奇全目≫·≪청대잡극전목淸代雜劇全目≫·≪고전희곡존목회고古典戲曲存目滙考≫·≪고본원명잡극孤本元明雜劇≫·≪고본희곡극목제요古本戲曲劇目提要≫ 등의 자료를 그 근거로 들었다.[6] 이 13종의 희곡 중에서 9종은 현전하나 4종은 산실되어 전하지 않는다.

당인 관련 희곡의 내용적 측면도 당인과 추향을 주인공으로 삼은 이야기와 당인과 추향뿐만 아니라 다른 중심인물이 복합적으로 등장하는 이야기로 양분된다. 명대에는 <소주기구蘇州奇遘>·<화전일소花前一笑>·<화방연花舫緣>이라는 3편의 잡극이 나왔으나, 이중 <소주기구>는 이미 산실되었고, <화전일소>와 <화방연>만이 전하는데 세 작품은 모두 당인과 추향의 이야기를 극화한 것이다. 이에 반해 청대에는 <문성현>·<삼소인연三笑姻緣>·<계화정桂花亭> 등의 작품이 대표적이라 할 만한데, 청대에는 당인과 추향의 이야기만을 극화했던 명대와는 달리 당인과 추향의 이야기에 축윤명·장령·심주·문징명과 같은 인물의 이야기를 결합하는 복합적 구성이 나타났다.[7] 그 예로 주소신의 ≪곡해총목제요≫권20<문성현>에는 축윤명·당인·심주·문징명의 이야기가

6) 李悅眉, <明淸戲曲作品中的唐伯虎造型探究>, 安徽大學, 碩士學位論文, 2010의 2쪽과 附表(1) 참조.
7) 위의 논문의 5쪽 참조.

극화되어 있는데, 극중에는 당인과 추향뿐만 아니라 축윤명과 그의 여인 하운선도 전체 극의 중심인물로 등장하고 있어서 명대의 잡극은 물론 소설과도 차이를 보인다.[8)]

(3) 의화본소설

앞서 언급한 당인 관련 짧은 일화를 담고 있는 필기류의 기록을 제외하고 당인 고사의 허구적 줄거리가 소설의 경계까지 들어섰다고 할 만한 문헌으로는 ≪정사≫권5<당인>(이하 <당인>(정)으로 표기함)을 들 수 있다. 문인소설에 해당하는 <당인>(정)은 1,022자의 편폭으로 필기류의 글보다는 상당히 확장된 줄거리를 가지고 있으면서 이미 당인의 일대기와는 전혀 관련 없는 허구적 내용으로 소설화되었으며, 이후 창작된 <당해원일소인연>(경26)과 동일한 줄거리를 가지고 있다. 이로 볼 때, 풍몽룡 자신이 앞서 편찬한 ≪정사≫에서 단편소설집 '삼언'을 창작하기 위한 소재를 가져온 것으로 보인다.

의화본소설은 화본소설 · 전기 · 필기류 · 희곡 심지어 사서에 이르기까지 다양한 원천에서 창작의 소재를 가져왔다는 점은 이미 언급한 바 있다. <당해원일소인연>(경26)의 경우에도 우선 전대의 여러 필기류로부터 하나의 잘 짜인 문언소설로 정착되었고, 이후 다시 풍몽룡에 의해 의화본소설로 재창작되었다는 점에서 비교적 뚜렷한 계통적 발전과정을 보여주고 있다. 따라서 이제 작가 풍몽룡이 창작한 문언소설 <당인>(정)과 의화본소설 <당해원일소인연>(경26)의 형식과 내용을 비교해봄으로써 문언소설과 의화본소설이 가지고 있는 몇 가지 차이에 대해 살펴보자.

---

8) 담정벽, ≪삼언양박원류고≫, 상해고적출판사, 상해, 2012의 429쪽-431쪽 참조.

가. 형식

먼저 두 작품이 가지고 있는 형식상의 차이는 세 가지 정도로 정리해 볼 수 있다.

첫째는 시·사와 같은 운문의 활용 유무다. <당인>(정)은 문언소설이 가지고 있는 일반적인 특징처럼 본문 속에 시나 사와 같은 운문을 일정한 형식적 틀에 맞추어 사용하고 있지 않다. 이에 반해 <당해원일소인연>(경 26)의 경우에는 개장시開場詩와 산장시散場詩를 포함해서 모두 7수의 시와 사를 활용하고 있다는 점에서 문언소설과 구별된다. 소설 속에 운문을 활용하는 것에 대한 학계의 시각은 긍·부정적 측면으로 양분되어 있기는 하나, 필자가 보기에는 이러한 운문의 활용이 작품의 완성도를 높이는 데에 있어서 일정 부분 역할을 하고 있는 것으로 판단되며, 이는 중국 고전소설이 가지고 있는 고유한 특징이기도 하다. <당해원일소인연>(경 26)의 후반부에서 활용된 한 편의 시를 그 예로 들어보자.

拟向華陽洞里游　　본래는 화양동으로 놀러나 가려했는데

| | |
|---|---|
| 行踪端爲可人留 | 가던 걸음은 잠시 미인 땜에 멈춰졌네 |
| 愿随紅拂同高蹈 | 홍불을 따라서 함께 멀리 가고자했으니 |
| 敢向朱家惜下流 | 대가댁으로 몸을 낮춰가는 것을 어찌 아끼리 |
| 好事已成誰索笑 | 좋은 일은 이미 이루어졌으니 누가 실없이 웃겠는가 |
| 屈身今去尚含羞 | 몸을 낮추었다 이제 가니 그래도 부끄럽네 |
| 主人若問眞名姓 | 주인께서 만약 진짜 이름을 물으신다면 |
| 只在康宣两字頭 | '강선'이라는 두 글자 머리 위에 있다네 |

위의 시는 '화안'이라는 이름을 얻어 신분을 낮추고 화학사의 집사로 들어갔던 당인이 뜻하던 대로 추향을 자신의 배필로 얻은 후, 두 사람이 몰래 떠나면서 화학사에게 남긴 시다. 작가는 화학사의 유추를 통해 이 시의 의미를 결미에 밝혀나가는데, 시 속에는 작품 속 사건의 전체적인 인과관계를 유추할 수 있는 표현들이 함축적으로 담겨 있을 뿐만 아니라, 당인이 화학사의 집에 들어왔다가 수수께끼처럼 사라진 이후에 전개될 사건에 대한 암시까지 내포하고 있다.

시의 내용을 순서대로 따라가 보면, 첫 연은 당인이 모산에 향을 올리러 가는 길에 추향을 보고 그만 첫눈에 반하고 말았다는 것을 의미한다. 둘째 연은 그가 추향을 얻기 위해 신분을 낮추어 화학사의 집에 몸을 의탁한 것을 의미하고, 셋째 연은 당인이 뜻을 이루고 떠나가면서 화학사에게 자신의 신분을 끝내 밝히지 못한 미안함이 담겨 있다. 마지막 연에서 '강康'자와 '당唐'자, '선宣'자와 '인寅'자는 서로 머리 부분이 같으니, 자신의 이름 '당인'을 유추해보라고 숨겨놓은 수수께끼다.

이 한 편의 시는 <당인>(정)에서 보이는 단선적이고도 밋밋한 이야기의 전개와는 달리 적절한 휴지休止를 통해 새로운 국면으로 전환되는 줄거리의 단면을 보다 세련된 방식으로 이어주고 있다. 즉, 당인이 화학사의 집에서 지내다가 떠나가는 앞 단락과 후에 소주에서 화학사와 당인이 다시 재회할 뒷 단락의 연결 부위에 시를 사용함으로써, 앞 사건에 대한 전체적인 개괄은 물론 뒷이야기에 대한 기대와 호기심을 유발한다. 물론 운문인 시가 산문인 소설 속에 혼용됨으로써 가독성을 해치는 것으로 보는 시각도 있으나, 중국 고전소설이 걸어온 발전사를 고려할 때 이는 중국소설이 잉태하고 있는 고유한 창작 기제로 이해할 필요가 있다.

둘째는 복합적인 이야기의 재구성이다. <당인>(정)에는 당인 고사와 관련하여 또 한 편의 독립된 이야기가 뒤에 덧붙여져 있는데, 그 출처를 ≪이담≫으로 밝힌 이 이야기의 주인공은 당인이 아닌 '진현초'와 '추향'으로 되어 있다. 또한 풍몽룡은 작품의 말미에 두 이야기의 상관관계에 대해 다음과 같이 언급하였다.

> 두 일은 마치 하나에서 나온 듯하나, 화학사는 인재를 아꼈던 반면, 진현초의 주인은 권세와 이익을 좇는 자였다. 다른 책 역시 추향의 일을 당자외와 섞어서 만든 것이 있다.[9)]

즉, 작가 풍몽룡은 ≪정사≫를 집필할 당시에 같은 줄거리로 된 두 인물에 대한 이야기를 접하고 있었고, 당인과 추향을 결합하여 만든 이야기도 이미 존재했음을 시사하고 있다. 이후에 풍몽룡은 <당해원일소인연>(경26)을 창작하는 과정에서 이 두 이야기를 하나의 새로운 작품으로 창작하면서 한층 완성도 높은 의화본소설로 탄생시킨 것이다. 이처럼 복잡한 이야기의 전승과 결합과정은 명대 단편소설의 창작 과

9) 위동현 주편, ≪풍몽룡전집≫, 상해고적출판사, 상해, 1993의 440쪽 <당인부>의 말미에 나오는 원문 참조.

정과 유형을 이해할 수 있는 하나의 단초가 될 수 있다.

셋째는 문체의 차이다. <당인>(정)은 풍몽룡이 <경림잡기>로부터 이야기를 가져온 문언체의 소설이고, <당해원일소인연>(경26)은 풍몽룡이 이 문언소설을 바탕으로 재창작한 백화체의 의화본소설이다. 따라서 두 문헌은 기본적으로 사용하고 있는 어휘와 표현에 있어서 뚜렷한 차이가 있는데, 유사한 줄거리에서 나타나는 표현 중 하나를 예로 들어보면 다음과 같다.

- 당인이 추향에게 자신의 신분을 실토하는 장면

<당인>(정) : 吾唐解元也.(내가 당해원이오.)

<당해원일소인연>(경26) : 我乃蘇州唐解元也.(나는 바로 소주의 당해원이라오.)

위와 같이 두 작품이 사용하고 있는 어휘와 표현은 뚜렷한 차이를 보인다. 이러한 차이가 문언체와 구어체의 차이인지에 대해서는 이견이 있을 수 있으나, 보다 입말에 더 가까운 백화체인지 아닌지의 구별은 분명하게 나타난다.

### 2) 내용

두 소설이 가지고 있는 내용상의 특징 또한 세 가지 측면에서 살펴볼 수 있다. 먼저 첫째는 두 작품이 가지고 있는 줄거리의 차이다.

[표 37]

| 구분 / 내용 | ≪정사≫〈당인〉 | 〈당해원일소인연〉(경26) |
| --- | --- | --- |
| 출사와 좌절의 과정 | 없음. | 해원解元 시험에 합격한 후 회시會 |

| 구분<br>내용 | ≪정사≫〈당인〉 | 〈당해원일소인연〉(경26) |
|---|---|---|
| | | 試를 치러 갔으나, 시험 부정 사건에 휘말려서 억울하게 처벌을 받고 낙향함. |
| 화학사와의 관계 | 평소에 화홍산華虹山 학사를 흠모해 오던 차에 모산에 참배하러 가는 길에 만나 볼 것을 결심함. | 추향을 연모하게 된 이후에 그녀가 머무는 곳이 화학사(이름 없이 화학사로만 등장)의 집임을 확인하였을 뿐 화학사에 대해 모름. |
| 첫눈에 반한 여인을 만나는 과정 | 강가에서 수레와 함께 지나가는 여인을 보고 첫눈에 반해서 따라감. | 지나가던 놀잇배 안에 있던 여인의 자태를 보고 반하여 소주에서 무석無錫까지 가서 지나가는 여인을 보고 화학사의 집까지 따라감. |
| 여인의 이름 | 계화 | 추향 |

상기 표와 같이 두 작품은 당인이 과거에 도전했다가 실패하여 낙향하고 만 줄거리의 유무가 가장 뚜렷한 차이로 보이며, 그 외에는 작품 속 등장인물의 이름이 다른 점, 인물 상호 간의 관계가 약간 달라진 점, 그리고 당인과 여인(계화 혹은 추향)이 처음 만나는 과정을 각색한 점 등의 약간의 차이만을 보인다. 따라서 두 작품은 비록 편폭의 차이는 생겼으나 기본적으로 동일한 줄거리의 작품이라 할 만하다.

둘째는 서사의 축소다. <당해원일소인연>(경26)은 <당인>(정)에 비해 대폭적인 확장이 이루어졌음에도 불구하고 일부 내용에 대해서는 줄거리를 축소하기도 하였다. 그 예는 당인이 첫눈에 반한 추향을 찾아가기 위해 동행하던 일행들을 따돌리려는 생각으로 꾸며낸 꿈 이야기를 하는 장면에서 찾아볼 수 있다. <당인>(정)에서는 이 장면을 비교적 긴 내용으로 비중 있게 다루고 있는 반면, <당해원일소인연>(경26)에서는 절반에 가까운 내용으로 축소되었다.

<당인>(정)

"방금 전에 꿈속에서 한 천신을 보았는데 그는 붉은 머리털에 툭 튀어나온 긴 이빨이 나와 있었고 손에는 쇠몽둥이를 쥐고 있었다네. 그가 내게 말하기를, "참배할 때 경건하지 않아 옥황상제께서 보시고 꾸짖으시며 나로 하여금 너를 두들겨 패도록 하셨다."라고 하지 뭔가. 그러더니 곧 쇠몽둥이를 들고 내리치려고 하여 나는 머리를 조아리고 연신 애걸하였지. 그가 말하기를, "일단 너를 용서해 주겠노라. 혼자 향을 들고서 가는 길을 따라 배례를 하고 산에 이르러 사죄하면 혹시나 요행히 화를 모면할 수도 있을 것이다. 만약 그렇지 않으면 당장 재앙이 내릴 것이다."라고 하기에 내가 놀라서 깨어나 벌벌 떤 것이라네. 자네들은 배를 타고 서둘러 돌아가서 내가 하는 일을 방해하지 말게나."[10)]

<당해원일소인연>(경26)

"방금 전에 꿈속에서 한 쇠 갑옷을 입은 도인을 보았는데, 쇠몽둥이를 쥐고 나를 공격하면서 내가 향을 올리는 것이 경건하지 못했음을 책망했다네. 나는 고개를 숙이고 애걸하며 한 달 동안 단식하면서 경건히 혼자 산으로 가서 사죄드리겠다고 하였네. 날이 밝으면 자네들은 배를 출발시켜 가고, 나는 잠시 돌아가야 하니 같이 갈 수가 없겠네."[11)]

즉, 당인이 신선을 만난 꿈 이야기로 이루어진 이 대목은 귀신이 나오는 신괴적 요소가 다분한데 <당인>(정)과 달리 <당해원일소인연>(경26)에서는 최대한 소략하고자 한 작가의 의도가 엿보인다. 아마도 작가

10) 위동현 주편, ≪풍몽룡전집≫, 상해고적출판사, 상해, 1993의 434쪽-435쪽의 원문 참조.

11) 풍몽룡, ≪경세통언≫, 정문서국, 대북, 1980의 402쪽의 원문 참조.

는 문언소설이 담고 있던 신괴적 요소에 대해 의식적인 각색의 필요성을 느낀 것으로 보이며, 이는 명말 작가의 글쓰기가 점차 비현실적 요소를 배제하고 현실적 리얼리티를 확보하고자 한 노력의 결과로 해석될 수 있다.

셋째는 서사의 확장이다. <당인>(정)은 모두 1022자이고, <당해원일소인연>(경26)은 모두 5264자로 작품의 편폭이 5배 이상 늘어났기 때문에 다양한 위치에서 그 예시를 확인할 수 있다. 그중에서도'당인과 추향의 첫 만남', '당인이 추향을 배필로 고르고 자신의 신분을 드러내는 장면', '화학사가 소주에서 당인과 재회하는 장면' 등에서 많은 확장이 이루어졌다.

풍몽룡은 <당인>(정)의 간략한 이야기를 <당해원일소인연>(경26)에서 보다 세밀한 구어적 대사를 통해 줄거리 확장을 시도하였다. 특히 '화학사가 소주에서 당인과 재회하는 장면'에서는 마치 두 사람이 서로 만나서 대화를 하고 있는 것처럼 긴 대화체를 사용하고 있어서 한층 극적 긴장감을 고취하였으며, 의화본소설이 문인소설에 비해 어떤 측면이 더 발전된 형식인지가 충분히 드러난다.

이상과 같이 문언소설과 의화본소설이 가지고 있는 형식과 내용적인 측면에서의 비교를 통해 비록 같은 명대에 창작된 동일 작가의 작품일지라도 각기 다른 색채를 가진 두 소설의 글쓰기를 살펴보았다. 문언소설은 간결하고 고아한 문체가 가진 아름다움은 있으나 줄거리의 전개가 밋밋하고 인물의 생동감이 부족한 반면, 의화본소설은 구어체와 대화체를 풍부하게 사용함으로써 단순한 서사적 줄거리를 탈피하여 보다 생동감 있는 소설적 리얼리티를 확보하였으며, 사건의 구성과 전개에 있어서도 보다 세밀한 필치가 돋보이는 점이 특징이다.

### 3) 현대의 문화콘텐츠

역사인물이나 문학작품이 현대에 이르러 영화나 연극 같은 특정 장르로 재창작되는 경우가 종종 있다. 그러나 그 양상이 영화·드라마·연극·무용에 이르기까지 다양하게 수용되는 경우는 매우 이례적이라고 할 수 있다. 그런 의미에서 '당인'이라는 문화콘텐츠는 여타의 역사인물이나 문학작품 속 인물과는 다른 독특한 매력을 가지고 있다고 할 수 있는데, 필자는 이를 '희극'과 '풍류'라는 두 가지 키워드에서 그 원인을 찾고자 한다.

서양문학의 경우에는 어느 장르를 막론하고 '비극'이 문학 전반에 걸쳐서 하나의 흐름을 이어왔다고 할 만큼 보편적이다. 특히 그리스·로마시대의 고대문명으로부터 서양에서는 비극이라는 문학 형식이 신과 인간의 이야기를 펼쳐내는 중요한 매개체였다. 그러나 중국문학의 경우에는 '대단원大團圓'이라는 결말방식이 고전소설에 뿌리 깊게 자리하고, 그나마 비극에 가깝다고 할 만한 작품은 소수에 머물러 있다. 20세기 초 현대문학에 이르러 당시 중국 현대작가들이 서양문학을 접하고 창작하는 과정에서 상당수의 비극작품을 거의 쏟아낸 것과 같은 현상은 전통적인 창작방식에 대한 반작용에서 나온 현상은 아니었는지 돌아볼 일이다.

그러나 '희극적' 창작방식에 대한 중국 대중들의 오랜 사랑과 애정은 결코 일시에 단절될 수 없는 문화적 DNA로 각인된 것이기에 이러한 소재의 재창작이 지닌 생명력을 결코 간과할 수는 없다. 당인의 경우에는 정사를 비롯한 사서류의 기록을 살펴봐도 애초에 그의 삶이 희극과는 거리가 멀었으나, 소설 속 인물로 변모하는 과정에서 중국문학 특유의 희극적 이미지가 가미되었다. 이는 회재불우한 당인의 삶과는 상반

된다고도 볼 수 있는 의식적인 창작의 결과이자 설정이라는 점을 주목해 볼 만하다.

'삼언' 속에는 이처럼 재자가인들의 사랑과 혼인을 희극화 한 또 하나의 작품으로 <소소매삼난신랑>(성11)이 있다. 작품 속 주인공인 진소유陳小游는 실존인물이고 소소매蘇小妹는 소식의 손윗누이 팔랑八娘을 모티브로 탄생한 가상의 인물이나 두 사람의 낭만적인 사랑과 혼인 이야기는 또 다른 재자가인들의 희극작으로 탄생했다.[12)]

소설 〈소소매삼난신랑〉(성11)

현대의 창작물에서 드러나는 당인에 대한 희극적 이미지 이외에도 '풍류' 혹은 '해학'적 요소도 상당수의 작품에서 관찰되는 중요한 키워드다. 대체로 풍류란 철학적 의미와 해학적 의미가 공존하는 용어로서, 전자는 특히 우리 선조들이 유·불·선의 삼도를 아우르는 현묘한 경지를 일컫는 말로 여겨왔다. 그러다 이러한 형이상학적 의미의 용어는 학문에 재능이 있고 고아한 시문을 논할 줄 아는 문인들의 멋들어진 품격이나 기풍을 빗대는 말로도 쓰이게 되었고, 시대를 거듭하면서 점

12) 소소매는 작품 속에서 소식의 손아래 누이로 등장한다. 소식의 형제는 모두 5남매로써 첫째와 둘째는 일찍 죽었고, 소식의 바로 손윗 누이인 셋째 팔낭八娘이 있었으나 시집을 간 후 일찍 요절하였다는 기록이 전한다. 풍몽룡은 어려서 시문에 능하고 총명했던 팔낭을 소식의 손아래누이인 소소매로 변모시켜서 진소유와의 낭만적인 희극작을 창작한 것으로 보인다.

차 다양한 영역에 활용되었다. 풍류의 또 다른 의미 중에는 좋은 자연 속에서 시詩 · 서書 · 금琴 · 주酒를 즐기는 것, 혹은 그 무엇에도 구속되지 않으면서 한바탕 방탕하게 노는 것이란 의미도 엿볼 수 있다. 그런데 중국 현대 창작물에서 당인에 투영된 '강남풍류재자'의 이미지는 자못 고아한 선비의 인품이나 기풍과는 거리가 있어 보인다. 물론 이러한 창작물에서 드러나는 당인의 이미지는 당시 사회의 질서와 속된 명리를 벗어 버리고 자유로운 영혼으로 살아가는 당인의 모습도 투영되어 있으나, 여덟 명이나 되는 부인을 거느리고도 추향에게 반해서 그녀를 자신의 여인으로 만들기 위해 온갖 해학적인 사건을 일으키는 인물로 각색된 것은 분명 형이상학적인 의미의 풍류와는 거리가 멀다. 오히려 당인은 그러한 시대적 질서를 과감히 벗어나서 신분 질서를 어지럽히고 조롱하는 인물로 변모해왔기 때문에 지극히 서민적 기호에 들어맞는 속된 의미의 풍류객에 더 가깝다. 이는 소설과 희곡의 주된 소비자가 일반 대중이고, 문인을 세속화함으로써 얻을 수 있는 해학적 효과가 기저에 깊이 작용하고 있는 것이다.

당인을 소재로 한 현대의 문화콘텐츠로는 영화 · 드라마 · 연극 · 무용 등과 같은 다양한 대중매체들이 있다. 이처럼 현대에 이르기까지 대중적인 사랑을 받는 당인이 어떻게 부각되었는지 각 분야별로 살펴보고자 한다.

### (1) 영화

현재까지 당인을 소재로 한 영화는 모두 14편으로 아래 표와 같다. 시기적으로 살펴보면 2000년대를 기준으로 그 이전에는 홍콩에서 제작된 영화가 다수를 차지했고, 2000년 이후에는 대륙에서 제작된 영화가 다수를 차지하였다. 각 작품은 감독이 구현하고자 한 작품의 성격에 따라 그 특징을 달리하고 있는데 이를 정리해보면 다음과 같다.

[표 38][13]

| 작품명 | 제작 연도 | 제작 지역 | 감독 | 작품의 주요 특징 |
|---|---|---|---|---|
| <삼소인연 三笑姻緣> | 1926 | 상해 | 소취옹 邵醉翁 | • 모두 19본本으로 된 연극의 형식.<br>• 영화의 2배에 달하는 시간으로 인해 상하로 나누어서 방영됨. |
| <당백호점추향 唐伯虎點秋香> | 1937 | 홍콩 | 홍중호 洪仲豪 | • 작품의 줄거리 외에는 기록이 남아 있지 않음. |
| <신당백호점추향 新唐伯虎點秋香> | 1953 | 홍콩 | 오회 吳回 | • 작품의 줄거리 외에는 기록이 남아 있지 않음. |
| <당백호여추향 唐伯虎與秋香> | 1956 | 홍콩 | 복만창 卜萬苍 | • 작품의 줄거리 외에는 기록이 남아 있지 않음. |
| <당백호점추향 唐伯虎點秋香> | 1957 | 홍콩 | 풍지강 馮志剛 | • 당백호가 화부華府로 들어간 사실까지는 동일하나 사촌누이인 이소내二少奶가 추향과의 결합을 방해하는 인물로 등장함.<br>• 결국 오해를 풀고 당백호와 추향은 맺어짐. |
| <삼소三笑> | 1964 | 홍콩 | 이평천 李萍倩 | • 연극 형식의 노래와 대사를 하고 있으나 무대 외에도 야외 촬영까지 겸하고 있어서 연극과 영화를 결합한 형식의 작품임. |
| <당백호점구미 唐伯虎點九美> | 1987 | 홍콩/대만 | 탕이등 湯易騰 | • 이미 여덟 명의 처첩이 있는 당백호는 추향을 보고 반해서 화부로 들어가서 추향을 얻는 후반부의 과정은 다른 작품과 동일함. |

13) 위의 영화는 중국 '전영망(www.1905.com)'의 자료들을 중심으로 조사한 것이며, 그 범위 밖에 있는 일부 작품들은 '바이두(www.baidu.com)'를 통해 보강하였다.

<table>
<tr><th>작품명</th><th>제작<br>연도</th><th>제작<br>지역</th><th>감독</th><th>작품의 주요 특징</th></tr>
<tr><td><당백호唐伯虎></td><td>1988</td><td>대륙<br>절강</td><td>진헌옥<br>陳獻玉</td><td>• 과거를 보러 갔던 당백호가 시험관 정민정程敏政과의 송사에 휘말려 과거에도 급제하지 못함.<br>• 귀향해서 아내에게 버림을 받은 당백호는 심구낭沈九娘을 만나서 평생을 함께하고 명사로 이름나나, 추향은 등장하지 않음.</td></tr>
<tr><td><당백호점추향<br>唐伯虎點秋香></td><td>1993</td><td>홍콩</td><td>이력지<br>李力持</td><td>• 기본 줄거리는 동일하나 화부華府의 화부인이 당인의 집안과 원한 관계인 것으로 설정함.<br>• 영왕寧王 또한 화부인과 원한 관계였는데 화부인이 무공으로 당해내지 못하자, 당백호가 구해주면서 결국 추향과 혼인하게 됨.</td></tr>
<tr><td><당백호점추향<br>唐伯虎點秋香2></td><td>2010</td><td>북경</td><td>이력지<br>李力持</td><td>• 당백호와 천천倩倩이 서로 사랑하는 사이가 됨.<br>• 천천이 당백호를 구하기 위해 대신 낭떠러지에 떨어져서 기억을 잃음.<br>• 천천은 살아나서 화부인의 집으로 들어간 후 ‘추향’이라는 이름으로 지내게 됨.<br>• 천천을 알아 본 당백호는 그녀를 따라감.</td></tr>
<tr><td><당백호충상운소<br>唐伯虎冲上雲霄></td><td>2014</td><td>홍콩</td><td>장민<br>張敏</td><td>• 현대의 인물 고구한古九寒 등 세 사람은 비행 도중 이상 현상으로 명대로 가게 되고 거기서 당백호를 만남.<br>• 당백호는 화부에서 추향을 찾고, 고구한 등은 많은 미녀들과 짝을 맺음.<br>• 고구한이 당백호의 비행교관이 됨.</td></tr>
<tr><td><나사년당백호추적여표那些年唐伯虎追的女票1></td><td>2016</td><td>북경</td><td>유존명<br>劉存明</td><td rowspan="2">• 당백호 · 서상의徐湘宜 · 문징명文徵明 · 하응매賀凝梅의 서로 얽힌 사랑이야기를 주제로 하며, 추향은 등장하지 않음.<br>• 여주인공이 당백호 역할을 맡은 것이 특징.</td></tr>
<tr><td><나사년당백호추적여표那些年唐伯虎追的女票2></td><td>2016</td><td>북경</td><td>유존명<br>劉存明</td></tr>
</table>

| 작품명 | 제작 연도 | 제작 지역 | 감독 | 작품의 주요 특징 |
|---|---|---|---|---|
| <북경우상당백호 北京遇上唐伯虎> | 2017 | 북경 | 우건평 于建平 | • 형제 축지산祝枝山의 병을 고칠 방법을 찾기 위해 당백호는 도사의 도움으로 미래의 2017년으로 옴.<br>• 첫눈에 반한 여인을 만나고 결국 여인과 함께 명대로 돌아가서 그녀를 '추향'이라 부름. |

상기 표와 같이 영화의 주된 줄거리와 특징을 살펴볼 때 1900년대 초·중기에는 비교적 원전에 충실하면서 연극의 형식으로 촬영된 몇몇 영화가 있으며 그 각색의 정도도 크지 않았다. 이에 반해 1900년대 후반과 2000년대에 이르러서는 점차 원전에 다양한 내용을 결합하여 색다른 각색을 시도한 작품이 많아졌다. 특히 2000년대에 접어들어서는 '명대'와 '현대'를 오가는 시간여행이 소재가 된 작품이 2편이나 나오면서 당인 고사의 새로운 변신이 있었다.

영화의 줄거리에 있어서 두드러진 특징은 세 가지 측면으로 살펴볼 수 있다.

첫째는 추향을 만나기 전 당인의 결혼 유무다. 소설의 원전에는 추향을 얻기 위해 쫓아간 당인이 이미 결혼을 한 인물인지 아닌지에 대한 명확한 제시가 없고, 정사의 기록에도 혼인 관계에 대해서는 언급하고 있지 않다. 그런데 영화의 경우 일부 작품은 추향과의 애정고사에만 집중한 경우도 있지만, <당백호점구미>(1987)나 <나사년당백호추적여표 1·2>(2016)처럼 이미 8명의 처첩을 거느린 당인이 추향이라는 여인을 얻어서 모두 9명의 여인을 거느린 풍류재자로 그리고 있어서 두 가지 양상이 혼재한다.

둘째는 추향의 출현 유무다. 다수의 작품이 여주인공으로 추향을 설정하고 있기는 하나, <당백호점추향2>(2010)와 <북경우상당백호>(2017)의 경우에는 원래 여주인공의 이름이 각각 '천천'과 '유유'였다가 이후에 당인의 여인이 되면서 '추향'이라는 이름으로 개명한 것으로 되어 있다. 그러나 <당백호>(1988)와 <나사년당백호추적여표1 · 2>(2016)의 경우에는 '추향'이라는 이름이 아예 나오지도 않는 차이가 있다.

영화 〈북경우상당백호〉(2017)

셋째는 당인의 친구들의 등장 유무다. 원전에 충실한 일부 작품은 당인이 추향을 만나는 과정에서 친구의 역할이 거의 나타나지 않으나, <당백호점추향2>(2010)과 <나사년당백호추적여표1 · 2>(2016)의 경우에는 축지산과 문징명과 같은 인물이 당인의 의형제로 등장하면서 작품의 줄거리에서 일정한 역할을 하는 것으로 나타난다.

### 2) 드라마

당인과 추향을 소재로 한 드라마는 모두 9편이 있으며, 이 9편은 각색의 정도에 따라 원전에 비교적 충실한 작품, 줄거리를 상당 부분 각색한 작품, 중심인물과 내용이 대폭적으로 달라진 작품으로 구분할 수 있다.

[표 39][14]

| 작품명 | 제작 연도 | 제작 지역 | 감독 | 작품의 주요 특징 |
|---|---|---|---|---|
| <당백호삼희추향 唐伯虎三戱秋香> | 1983 | 홍콩 | 이혜주 李慧珠 | • 당백호는 이미 일곱 명의 처첩을 거느리고도 만족하지 못하고 어느 날 추향을 만나서 반함.<br>• 추향을 얻고 나서 화부를 떠나가는 길에 그를 막부로 들이려는 영왕과 결탁하는 바람에 그만 화를 당함. |
| <최가재자 最佳才子> | 1990 | 홍콩 | 담신원 譚新源 | • 원전인 소설의 내용과 대동소이함. |
| <풍류당백호 風流唐伯虎> | 1997 | 남경 | 동회옥 董懷玉 | • 명 황제가 당백호를 궁으로 불러들였는데 궁에 있던 화귀비와 소공주가 당백호에게 반함.<br>• 당백호는 이들을 피해 도망가지만 결국 공주와 혼인하게 되고, 황제가 공주에게 '추향'이라는 이름을 하사함. |
| <신강산미인 新江山美人> | 1997 | 홍콩 | 애상운 袁祥雲 | • 당인과 추향의 이야기와 당백호 · 축지산 · 문징명 · 주문빈 등의 강남재자들의 이야기가 결합된 형식. |
| <금장사대재자 金裝四大才子> | 2000 | 홍콩 | 나영현 羅永賢 | • 소주의 4대 문인 당백호 · 축지산 · 문징명 · 주문빈이 의형제가 되어 펼치는 내용이 주를 이룸.<br>• 영왕이 네 사람의 명성을 듣고 막료로 활용하려함은 물론 숨겨진 보물을 찾아서 모반 자금으로 쓰려 하자 당백호는 그를 떠나고 우연히 정덕正德 황제를 만나 도움을 주게 됨. |
| <추향秋香> | 2002 | 대륙 호남 | 손수배 孫樹培 | • 당백호가 장가를 갈 때 혼인할 육소용陸昭容이 박색인 것으로 오해하여 그녀를 떠나 |

14) 위의 드라마는 중국 '전영망(www.1905.com)'의 자료를 근거로 조사한 것이며, 그 범위 밖에 있는 일부 작품들은 '바이두(www.baidu.com)'를 통해 보강하였다.

| 작품명 | 제작 연도 | 제작 지역 | 감독 | 작품의 주요 특징 |
|---|---|---|---|---|
| | | | | 자, 육소용은 결국 기원을 떠돌다가 모반을 꾀하던 영왕부의 여자가 됨.<br>• 추향으로 이름을 바꾼 육소용의 외모에 대한 오해가 풀리자 당인은 그녀를 구해내고 영왕의 모반을 조정에 알려서 황제를 도움. |
| <풍류소년당백호 風流少年唐伯虎> | 2003 | 상해 | 주덕승 朱德承 | • 당백호는 추향을 사모하나 추향은 송인걸宋仁杰을 사모함.<br>• 송인걸이 다른 여인과 혼인하자 추향은 결국 당백호의 진심에 감동하여 연인이 됨. |
| <추향노점당백호 秋香怒點唐伯虎> | 2009 | 홍콩 | 류가호 劉家豪 | • 당인이 추향에게 반하여 화부로 들어가는 전반부의 과정은 원전과 일치함.<br>• 강남을 순시하러 와서 화부에 머물게 된 정덕 황제, 옥좌를 노리는 영왕의 공주 주정옥朱婷玉 · 당인 · 추향 간에 얽힌 이야기로 각색함. |
| <강남사대재자 江南四大才子> | 2014 | 대륙 절강 | 이력지 李力持 | • '강남재자'로 불린 당백호 · 축지산 · 문징명 등이 억압받는 백성들을 돕고, 탐관오리와 악한 토호들을 벌주는 내용이 주를 이룸. |

상기 표와 같이 <당백호삼희추향>(1983)과 <최가재자>(1990)의 경우에는 비교적 원전의 내용을 충실히 따르면서 부분적인 각색만을 시도한 작품이다. 다만 <당백호삼희추향>(1983)의 경우에는 실제 역사와는 달리 당인이 영왕의 막부에 들어가는 바람에 화를 당한 것으로 변모시킨 것은 여타 작품에서는 볼 수 없는 차이다. 그리고 <신강산미인>(1997) · <금장사대재자>(2000) · <강남사대재자>(2014)의 세 작품은 당인과 추향의 사랑 이야기가 기본 줄거리를 이루나 당인이 축지산 · 문징명 · 주문빈과 같은 '강남재자'들과 어울리면서 벌어진 사건들을 결

합한 점에서 희곡류의 작품과 궤를 같이 하고 있다.

그 외 작품들은 원전과는 대폭적인 줄거리 차이를 보이는 작품들인데, 대표적인 예로 <풍류당백호>(1997)와 <풍류소년당백호>(2003)를 들 수 있다. <풍류당백호>(1997)의 경우에는 당백호가 황제의 신임을 얻어서 황궁으로 들어가는데, 황궁의 화귀비와 소공주가 당백호를 사모하게 된다. 당백호는 두 사람을 피해서 황궁을 빠져나오지만 결국 황제의 부탁으로 공주와 혼인하게 되는데, 그 공주가 바로 황제로부터 '추향'이라는 이름을 하사받는 것으로 변모했다. 따라서 이야기의 주 무대도 달라지고 연인으로 맺어진 여인도 시녀가 아닌 공주로 둔갑하였다. <풍류소년당백호>(2003) 또한 원전과는 달리 당백호 · 추향 · 송인걸이라는 세 인물의 삼각관계를 통해서 각자의 사랑을 찾아가는 과정을 그린 드라마다. 추향은 본래 송인걸이라는 남자를 사모하였으나 결실을 얻지 못하자, 결국 당백호가 추향의 사랑을 쟁취하는 것으로 되어 있어서 다분히 현대 드라마의 성격을 띠고 있는 작품이다.

### 3) 연극

현대에 이르러 당백호와 추향에 대한 연극도 다수 상연되고 있는데, 연극의 경우에는 영화와는 달리 지역별 언어와 특색을 가진 지방극이 상연되고 있고, 그 중에서도 평극評劇 · 석극錫劇 · 월극越劇 · 월극粵劇 · 황매희黃梅戲의 다섯 종류의 지방극에서 상연의 빈도가 높은 것으로 나타났다.[15] 평극은 화북과 동북 지역의 지방극이고, 석극은 강소성 남부

15) 중국의 지방극은 언어 · 동작 · 춤 · 음악 · 목우木偶(꼭두각시) 등에 따라 각기 지역별로 공연방식을 달리하고 있고 그 종류도 40여 가지에 달한다. 현대에

와 상해에서 주로 유행하는 지방극이며, 월극越劇은 절강성 · 상해 · 소남 등지에서 유행하는 지방극이다. 월극粵劇은 광동성 · 광서성 · 홍콩 · 마카오 등지에서 유행하는 지방극이며, 황매희는 호북 황매현에서 기원했으나 안휘성 안경 지역에서 발달한 지방극이다. 각 지역별 상연작과 상연 횟수에 대한 수치적 통계를 전체적으로 파악하기는 힘드나, '중국희극망'의 자료에 따르면 당인의 출생지역에서 성행하는 월극이 가장 많은 수를 차지하고 있는 것으로 나타난다.

영화 · 드라마 · 연극과 같은 매체 이외에도 '소주발레단'에서는 제10주년 창립 신극으로 <당인>(2017)을 무대에 올리기도 했다. 고전의 이야기를 발레 무용에까지 접목한 것은 상당히 참신한 기획이라 할 만한데, 당인이라는 문화콘텐츠가 가지고 있는 또 다른 힘을 엿볼 수 있는 대목이다. 또한 당인이 생전에 그린 그림과 글씨는 현대에 이르기까지 대중적인 사랑을 받으면서 다양한 전시회도 지속되고 있다.

소주발레단 10주년 창립 신극 〈당인〉(2017)

이상과 같이 명대 인물 '당인'을 소재로 한 제 자료들을 고찰함으로써 우리는 중국 서사문학의 발전과정에 대한 계통적 흐름을 이해할 수 있었다. 또한 이를 통해 당인이 '역사인물'에서 '허구인물'로, 그리고 현대 문화콘텐츠의 핵심 키워드로 성장한 과정을 살펴보았고, 현대에

상연된 당인 관련 연극에 대해서는 '중국희극망(www.xijucn.com)'의 내용을 참고하였다.

이르기까지 당인이 중국 대중들에게 사랑받는 동인을 '희극'과 '풍류'라는 두 가지 측면에서 이해할 수 있었다.

그간 한국에서의 중국소설 연구는 장편소설류와 일부 단편소설의 작품성과 문학적 가치에 대해서는 비약적인 연구 성과를 내고 있지만, 이러한 연구가 다른 장르로 어떻게 응용되고 융합되어 가는지에 대한 실용적 고찰은 희소해 보인다. 우리에게는 타자의 문학이지만 그들의 역사와 문학이 동시대를 살아가는 대중들에게 어떻게 비춰지는지에 대한 세밀한 분석과 성찰은 중국의 과거와 현재, 역사와 문학은 물론, 정치 · 경제 · 사회 · 문화와 같은 다각적인 영역에 대한 이해를 도울 수 있을 것이다. 필자는 이런 측면에서 '당인'에 대한 연구의 의의를 찾고자 한다.

## 2. 적선謫仙의 멍에를 벗어버리다 - 신선 이백李白 · 왕발王勃 · 유영柳永

'삼언'이라는 중국소설 속에는 '뛰어난 재주를 가지고도 때를 만나지 못한 불우한 문인'을 소재로 한 다수의 작품이 있고, 필자는 이중 네 인물의 공통점에 주목하였다. 소설 속 인물로 탄생한 이 네 문인 중에서 앞서 소개한 명대 인물 당인은 '풍류재자'라는 독특한 소설화의 방식을 취한 바 있다.[16] 그리고 이번 장에서 살펴볼 또 다른 회재불우한 문인은 바로 이백 · 왕발 · 유영이 그 주인공이다. 중국 문학에서 익히 들어봤을 이 세 인물을 작가 풍몽룡은 어떤 방식으로 소설화하고자 했으며, 그 창작 방향은 무엇이었는지에 대해 살펴보자. 아울러 현대에

16) 천대진, <역사인물 당인의 서사변천과 현대적 수용 고찰-소설 중심의 중국문학교육의 일 방안으로->, 중국소설논총 제54집, 2018.

이르러 이 세 인물이 중국의 일반 대중들과 어떤 방식으로 조우하고 있는지에 대해 살펴보자.

### 1) 역사인물 이백 · 왕발 · 유영

이백 · 왕발 · 유영은 모두 역사인물이기 때문에 정사 혹은 그에 준하는 문헌을 통해 그 인물의 면모를 살펴볼 수 있다. 이중 이백과 왕발은 정사가 전하고 있어서 그들의 생애를 살펴볼 수 있는 반면, 유영은 정사가 전하지 않아서 정사에 준하는 문헌을 참고할 수밖에 없는 차이가 존재한다. 그러나 어떤 문헌을 통해서건 이 세 문인의 역사적 기록을 통해 귀결해낼 수 있는 한 가지 공통점은 바로 그들의 삶이 '회재불우' 했다는 점이다.

이백은 당대는 물론 현대까지도 천재 시인으로 불릴 만큼 그 재능이 뛰어나서 널리 회자되고 있으나, 살아생전에 한림학사로 잠시 임명된 짧은 시기를 제외하면 관운과는 거리가 멀었다. 또한 정사에, '만년에 황로 사상을 좋아하여 우저기를 거쳐 고숙에 이르렀을 때 집을 떠나 청산에서 놀기를 좋아하였으며 그곳에서 생을 마감하고자 하였다.'[17] 는 기록이 전하는 것으로 보아 평생 입신양명하여 나라에 이바지하고자 했던 자신의 뜻을 이루지 못하자 도가에 많은 관심을 가졌음을 유추케 한다.

왕발 또한 약관의 나이도 되지 않아서 조산랑朝散郎을 제수받고, 수차례 황제에게 시문을 바칠 정도로 그 재주가 뛰어남을 인정받아서 '초

---

17) ≪신당서≫<이백전>에 나오는 원문은 다음과 같다 : 白晩好黃老, 度牛渚磯至姑孰, 悅謝家青山, 欲終焉。

당사걸'로 칭송된 인물이다. 특히 그는 종릉鐘陵으로 갔을 때 도독都督이 등왕각滕王閣에서 개최한 연회에 참석하여 <등왕각기滕王閣記>를 지음으로써 어린 나이에도 불구하고 그 천재성을 인정받은 바 있다. 그러나 그는 가진 재주와는 달리 등용된 지 얼마 되지 않아서 중앙정계에서 축출되고, 지방관을 전전하다 살인사건에 연루되는 불운까지 겹쳤다. 이로 인해 해남도까지 좌천된 부친을 만나러 가던 왕발은 바다에 빠져서 스물아홉의 꽃다운 나이에 요절하였다.[18]

유영은 비록 정사가 전하지 않아서 인물에 대한 정확한 고증은 어려우나, 현재까지 남아 있는 여러 문헌 중 ≪피서록화避暑錄話≫를 통해 그에 대한 전반적인 기록을 접할 수 있다. 유영은 노래 가사를 잘 지어서 "무릇 우물을 마실 곳이 있으면 곧 유영의 사를 노래할 수 있다."[19]는 말이 전할 정도로 사詞를 짓는 데에 뛰어났으나, 그 또한 관운이 없어서 결국 변변찮은 지방관을 전전하다가 객사한 것으로 전한다.

| 이백 | 왕발 | 유영 |
|---|---|---|

이처럼 당·송대의 세 문인은 시대를 대표할 만한 걸출한 문재文才를

18) ≪신당서≫<왕발전> 참조.
19) 엽몽득 찬, ≪피서록화≫, 상무인서관, 북경, 1912의 49쪽 원문 참조.

갖추고도 크게 뜻을 이루지 못한 회재불우한 인물로 전하지만, 이들에게서 특별히 도가적 색채를 찾아낼 만한 객관적 기록은 부족하다. 다만, 이백의 경우 '만년에 황로사상을 좋아하였다.'는 짧은 기록이 전하나, 그 내용과 행적이 구체적이지 않다. 결국 역사적 사실에 기반하여 살펴볼 때, 이 세 문인은 당시 중앙정계로의 진출이 좌절되고 지방을 전전하다 생을 마감하고만 '불운한 천재'가 바로 그들의 자화상이다.

불운의 정도는 인물마다 조금씩 차이가 있다. 먼저 이백은 '안록산의 난' 때 영왕의 측근으로 들어갔다가 반란죄로 죽을 지경에 이르렀으나, 곽자의의 도움으로 겨우 목숨을 부지하고 유배 생활을 했다. 후에 송약사의 도움으로 유배에서 풀려나 참모 역할을 하다가 사직하고, 이양빙에게 의탁하여 관직 생활을 한 것이 전하는 기록의 전부다. 사후에는 동록에 장사지내졌고, 그의 두 손녀는 평민의 집안에 시집을 갈 정도로 살림이 궁핍했으니, 범전정이란 뜻있는 지사가 그의 무덤을 이장해주고 비석을 세워주지 않았더라면 그의 죽음과 사후의 기록들은 더욱 불완전했을지도 모를 일이다.

왕발은 초년 운은 좋아서 약관도 되지 않은 나이에 실력을 인정받아 중앙정계로 나아갔고, 황제와 왕들에게 두루 총애를 받았다. 그러나 그 기간이 너무도 짧아서 안타까움을 자아내는 인물이다. 당시 여러 왕들은 '투계鬪鷄'를 즐겼는데 왕발이 이에 대해 농으로 글을 썼다가 고종의 미움을 샀고, 이 때문에 단번에 중앙정계에서 축출되었다. 이후 지방을 유랑하기도 하고 지방의 하급 관직을 전전하던 왕발은 엎친 데 겹친 격으로 남의 노비를 살해하는 사건에 연루되어 관직도 삭탈당하고 사형을 당할 지경에 이르렀으나, 가까스로 죽음을 면했다. 그의 살인사건으로 연좌된 부친 왕복치王福畤는 교지령交趾令으로 좌천되어 지금의 해남도로 옮겨갔다. 왕발은 부친을 만나러 가기 위해 바다를 건너다가

물에 빠져서 죽는 불운마저 겹쳤다.

유영은 인종 때 첫 과거에서 진사에 합격한 후 목주연睦州掾과 둔전원외랑屯田員外郎과 같은 관직을 지낸 기록이 전하고, 이후 조정으로 들어가서 관직에 선발되었으나, 당시에 처음 부임하는 관리는 반드시 치적이 있어야 천거될 수 있다는 규정이 생기면서 결국 중앙정계로의 진출은 좌절되고 말았다. 유영의 정확한 과거급제 시기와 그의 출생 연월에 대해서도 문헌 간의 차이로 인해 명확하게 규명하기는 어려우나, 그가 가진 재주에 비해 중앙정계로 진출하지 못한 채 줄곧 지방관으로 우울한 일생을 살았던 점만은 여러 문헌상에서 일관되게 나타난다.[20] 유영은 사후에 장례를 지내 줄 후손도 없어서 왕화보라는 사람이 대신 돈을 내서 장사 치러주었다는 기록이 전하는 것으로 보아 그의 말년 또한 불행했다.

이처럼 세 문인을 통해 우리는 화려하고 풍족한 기득권에 속한 문인들의 삶보다는, 소외되고 좌절된 운명이 느껴지는 문인의 삶이 보인다. 역대로 이러한 삶을 살다간 문인이 수도 없이 많았지만, 이 세 인물은 이후 '삼언' 속에서 같은 공통점을 가진 소설 속 인물로 탄생하였고, 그러한 부활이 현대에까지 명맥을 이어오는 공통점을 가지고 있다.

20) 王輝斌, <柳永生平訂正>, ≪南昌大學學報≫ 35-5, 2004의 79-81쪽에 나오는 유영의 과거 급제 시기와 출생연도에 대한 분석을 참고할 만하나, 각 문헌 간의 불일치로 인해 이에 대한 정확한 고증은 어려운 것이 현실이다.

## 2) 문학 속으로

### (1) 필기류의 수용 양상

세 문인에 관해서는 정사와 이에 준하는 사서류의 기록 이외에도 다양한 필기류의 기록이 전하며, 이러한 기록에서 세 인물은 정사와 다른 변형된 인물로 그려지기 시작했다. 다만 이러한 변형은 이야기의 초점이 특정 사건에 집중되어 나타난다는 점이 특징이라 할 수 있는데, 이를 인물별로 살펴보자.

먼저 이백 관련 필기류로는 ≪송창잡록松牕雜錄≫과 ≪주사酒史≫<음주소전飮酒小傳> 등과 같은 다양한 필기류가 전하며, 이백과 현종을 소재로 한 이야기는 그중 다수를 차지한다.[21] 특히 ≪주사≫<음주소전>은 이후 이백의 이야기가 소설로 발전하는 데에 있어서 모태가 되었을 것으로 판단되는 전체적인 맥락을 담고 있다. 이백이 하지장과 교류하고 현종에게 그의 능력을 인정받은 일, 이백이 현종과 고력사와 있었던 일, 화음현에서 지현과 대화를 나눈 일, 마지막 임종에 대한 일에 이르기까지 이백에 관해 우리가 익히 들어온 이야기들의 원천이 거의 ≪주사≫에 전한다. 불과 300자 안팎의 짧은 이야기가 풍몽룡의 붓끝에서 20배에 달하는 긴 줄거리를 가진 작품으로 탄생한 것이다. 또 하나 이후 소설에서 중요한 일화로 등장하는 '이백이 오랑캐를 놀라게 할 조서를 쓴 일화'는 ≪국색천향國色天香≫이나 범전정의 <당좌습유한림학사이공신묘비병서唐左拾遺翰林學士李公新墓碑幷序>에도 유사한 내용이 전하는 것으로 보아 풍몽룡이 몇 가지 필기류에서 전하는 이백 관련 이야기를 소설로 창작하는 과정에서 새롭게 재구성하며 확장한 것으로 판

---

21) 담정벽, ≪삼언양박자료≫, 상해고적출판사, 상해, 1980 참조.

단된다.[22]

왕발 관련 필기류로는 ≪당척언唐摭言≫권5<절차切磋>·≪세시광기歲時廣記≫권35<기등각記滕閣> 등이 있는데, 관련 문헌에서 모두 공통적으로 나타나는 일화는 바로 <등왕각기>다.[23] 즉 왕발과 관련해서는 다양한 일화들이 나타나기보다는 <등왕각기>라는 하나의 소재를 중심으로 조금씩 각색과 변화를 거듭했고, 현실적 이야기에서 비현실적 이야기로의 변이 과정이 나타난다. ≪당척언≫과 ≪태평광기太平廣記≫와 같은 문헌은 왕발이 등왕각에 가서 문장을 지은 일화에만 초점이 맞춰져 있지만, ≪유설類說≫과 ≪세시광기≫와 같은 문헌에서는 정도의 차이는 있지만 이미 왕발과 신선의 만남이 본격화되었다. 특히 ≪세시광기≫에는 다른 문헌이 100여 자에서 500여 자 정도의 짧은 내용을 담고 있는 것과는 달리, 1,000여 자의 긴 줄거리를 싣고 있어서 세부적인 부분까지도 풍몽룡의 소설과 일맥상통하고 있다. 따라서 왕발과 관련된 여러 필기류 소설, 특히 ≪세시광기≫는 풍몽룡이 소설을 창작하는 데에 있어서 주된 원천이 되었을 것으로 판단되며, 왕발은 송대에 이미 신선 고사와 결합되어 고착되었다는 점에서 다른 두 인물에 비해 허구화의 과정이 빠르게 나타났다.

유영은 그에 대한 정사의 기록이 없기 때문에 먼저 정사에 준하는 문헌으로 판단되는 ≪피서록화≫를 앞서 살펴본 바 있다. 이 이외에 유영 관련 필기류로는 ≪취옹담록醉翁談錄≫병집권2<화구실록유둔전기경花衢實錄柳屯田耆卿>·≪세시광기≫권17<조유칠弔柳七>·≪녹창신화綠窗新話≫권상<유기경인사득기柳耆卿因詞得妓> 등이 있다. 이러한 기록

---

22) 호사영, ≪화본소설개론≫, 중화서국, 북경, 1980의 552쪽 참조.
23) 담정벽, ≪삼언양박자료≫, 상해고적출판사, 상해, 1980. 참조.

은 대체로 ≪피서록화≫에 수록된 내용과 대동소이하나 각각의 문헌이 다루고 있는 중심일화는 차이를 보이며, 이를 '등용문登龍門', '조유회弔柳會', '풍류재자風流才子'라는 세 가지 측면으로 나누어 살펴볼 수 있다.[24] 그중에서 ≪세시광기≫는 유영의 사후에 가까운 지인들이 청명절에 그의 묘에 모여서 유영을 애도하는 '조유회'를 가진 일화가 상세하고, ≪녹창신화≫에는 유영이 강회江淮에 있을 때 좋아하게 된 한 관기에 대한 이야기가 상세하며, ≪취옹담록≫에는 유영이 기루에서 교제했던 사사 · 향향 · 안안이라는 세 기녀와 각별하게 지낸 이야기가 상세하다. 이처럼 송대까지의 문헌 속에 남아 있는 유영의 형상은 뛰어난 재주를 가지고도 중앙정계에 진출하지 못한 회재불우한 인물이자, 사詞 창작을 위안 삼아 살아간 풍류가객의 모습으로 그려진다. 그러나 명대 소설에 이르러서 유영은 이와 또 다른 성격의 인물로 변화해 나간다.

이상과 같이 세 인물이 필기류에서 나타난 특징을 종합해보면, 이백과 유영의 경우에는 각 인물의 생전 일화들이 조금씩 변형되고 허구화 되었다 할지라도, 아직 도가적 색채나 신선 고사와 결합한 방식은 나타나지 않았다. 이에 반해 왕발의 경우에는 송초까지는 <등왕각기>를 중심으로 한 일화가 주를 이루다가, 송말에 이르러 점차 도가적 색채가 가미된 허구화가 진행된 점에서 인물 간의 차이가 있다.

### (2) 소설의 도가적 변모

회재불우했던 네 문인에 대해 종합적으로 고찰해 볼 때 작가 풍몽룡은 이들을 소설 속 주인공으로 창작함에 있어서 크게 두 가지 키워드를

24) 담정벽, ≪삼언양박자료≫, 상해고적출판사, 상해, 1980. / 호사영, ≪화본소설개론≫, 중화서국, 북경, 1980. 두 문헌 참조.

활용하고자 한 것으로 나타나는데, 그것은 바로 '풍류'와 '신선'이다.

이중 '풍류'로 분류될 수 있는 인물 당인은 '신선'으로 분류될 수 있는 나머지 세 인물과는 다른 양상으로 나타난다. 작가는 회재불우했던 당인을 '풍류재자'로 변모시켰을 뿐만 아니라 그의 비극에 가까운 삶을 희극적 삶으로 희화하였다. 대개 역사인물을 소설 속 인물로 창작하는 과정에서는 해당 인물이 가지고 있는 역사적 사실을 크게 비틀거나 전혀 새로운 인물로 변화를 시도하는 경우는 빈번하게 나타나지는 않는다. 인물의 출생과 성장 과정, 입신 과정과 주요 사건, 죽음의 과정 등과 같은 굵직굵직한 인생의 이정표를 기준으로 세세한 사건과 인과관계를 역배열하거나 과장되게 그려나가는 각색은 종종 있었으나, 당인처럼 전혀 새로운 인물로의 변화를 모색한 경우는 매우 이채롭다.

이에 반해 유영 · 이백 · 왕발은 정도의 차이는 있지만 비교적 각 인물이 가지고 있는 역사적 이미지를 크게 바꾸지 않으면서 '신선'이라는 이미지로 소설화를 모색한 경우에 해당한다. 작가는 세 인물이 모두 신선이 되어 하늘로 승천한다는 설정을 사용했기 때문에 세 작품 모두 도가적 색채를 띤 작품으로 분류할 수 있었는데, 인물별로 그 특징을 살펴보자.

먼저 유영은 관직을 그만두고 유유자적하며 신선과 같은 삶을 살다가, 어느 날 누런 옷을 입은 사자가 하늘에서 내려와 옥황상제의 칙령을 전하는 꿈을 꾸었는데, 사자가 전한 말은 다음과 같다.

옥황상제의 칙령을 받들어 <예상우의곡>이 이미 오래되어 새로운 노래로 바꾸고자 하며 특별히 선필의 도움을 받고자 하니 즉시 올라오라 하십니다.[25]

다음날 유영은 꿈에서 옥황상제의 칙령을 받은 사실을 가까이 지내던 기생 조향향에게 전하고, 목욕재개한 후 바로 편안히 눈을 감았다. 불제자도 아니고 도가의 수련을 한 도인도 아니었지만 유영은 옥황상제의 칙령을 받고 바로 입적한 것이다. 그가 생전에 노래를 잘 짓던 재주를 하늘이 귀하게 여겨서 '선필仙筆'의 도움을 받고자 한다고 하였으니, 유영의 사작詞作을 신의 경지까지 격상하고자 한 작가의 상상력이 돋보인다.

이백은 유영보다 한층 더 도가적 색채를 띤다. 안록산의 난으로 인해 갖은 고초를 겪던 이백은 동정侗庭의 악양岳陽을 주유하다가 천석 강변에 이르렀는데, 이백이 신선이 되어 승천한 장면에 대한 묘사는 다음과 같다.

밤이 되자 달이 그림처럼 밝았다. 이백은 강어귀에서 한껏 술을 마셨는데 홀연히 하늘에서 음악 소리가 맑고 또렷하게 들리더니 점점 배가 머무는 곳 가까운 곳까지 다가왔다. 뱃사공은 듣지 못하는데 이백만이 그 소리를 듣는 것이었다. 홀연히 강 한가운데에서 풍랑이 크게 일더니 수 장 길이의 고래가 불쑥 나타났는데, 선동 두 사람이 손에는 딸랭이꽃을 들고 이백 앞으로 와서 말하였다. "옥황상제께서 태백성의 주인님을 다시 제자리로 맞아 오시랍니다." 뱃사공은 놀라서 기절했다가 잠시 후에야 깨어났다. 이학사는 고래 등에 타고 음악이 이끄는 곳을 향해 공중으로 올라갔다.[26]

25) 풍몽룡, ≪유세명언≫, 정문서국, 대북, 1980의 원문 참조.

이백이 본래 출생할 때 그의 어머니는 태몽으로 태백성太白星(혹은 장경성長庚星)이 품속으로 들어오는 꿈을 꾼 후 이백을 낳았다고 전하는데, 이백을 맞이하러 온 선동은 옥황상제가 태백성의 주인을 다시 제자리로 맞이해 오라는 명을 받고 찾아왔다고 했으니, 태백성의 주인이 잠시 인간 세상에 내려왔다가 다시 신선의 세상으로 돌아간 셈이다. 하지장이 이백의 글을 칭송하며 그를 '인간세상에 귀양 온 신선'이란 뜻의 '적선謫仙'이라고 한 일화는 다시 신선이 되어 돌아간 것으로 설정한 소설의 설정과도 서로 맞닿아있다.

왕발은 도가적 색채가 가장 두드러지게 나타나는 인물이다. 계속되는 불운이 겹친 와중에 왕발은 자신이 저지른 살인사건 때문에 멀리 바다 건너 한직으로 좌천된 부친을 만나러 가던 바닷길에서 홀연히 나타난 선녀들을 만났다. 선녀는 천하의 수부水簿를 관장하는 상선고귀옥녀오채란上仙高貴玉女吳彩鸞의 명을 받고 왕발을 봉래방장蓬萊方丈으로 모셔가고자 했으나, 왕발은 기개 넘치게도 사람과 신의 길이 다르기에 따를 수 없다며 거절하였다. 이에 한 신선이 직접 찾아와서 함께 가기를 청하는 대목을 살펴보자.

26) 풍몽룡, 《경세통언》, 정문서국, 대북, 1980의 원문 참조.

"왕발아! 내 봉래선녀의 명을 받고 문장을 짓기 위해 그대를 불렀는데 어찌 가지 않는 것인가? 또한 중원수군도 봉래에서 모이거늘. 지금 모든 신선들이 그대를 기다린 지 오래되었다. 그대 또한 신선이 될 인연이 있다네. 게다가 전에 그대가 일찍이 묘당에서 시를 지었을 때 그 청아한 뜻을 함께하고 싶었는데, 어찌 그것을 잊었단 말인가!"

왕발은 문득 스스로 생각해 보았다.

'마당산 중원수군께서 말씀하시기를 차후에 해도에서 만날 것이라고 하셨는데, 그렇다면 이것도 이미 정해진 일이 아니겠는가?'

왕발은 흔쾌히 말하였다.

"명을 따르겠습니다!"

신선은 그 말을 듣자 귀졸에게 말을 끌고 와서 배 옆에 갖다 대게 했다. 왕발은 너무나 기뻐하며 깊은 바다인 것도 잊은 채 평지로 생각했다. 그리고 뒤돌아서 우학사와 배 안의 사람들과 작별한 후 수면 위에서 말에 올랐다. 검은 구름이 으스스하게 피어나고 검은 안개가 끝없이 펼쳐져서 하늘 끝까지 아득했다. 배 위의 사람들과 우학사는 모두 아연실색하였다! 잠시 후 왕발을 찾아보았지만 어디로 갔는지 알 수 없었다. 곧 안개가 흩어지고 구름이 걷히더니 바람도 풍랑도 잔잔해져서 배 위의 사람들은 모두 무사했으며, 오로지 왕발만이 신선이 되어 떠나갔다![27]

27) 풍몽룡, ≪성세항언≫, 정문서국, 대북, 1980의 원문 참조.

부친을 만나기 위해 바닷길로 가던 중에 풍랑을 만나서 요절하고 만 왕발의 죽음을 작가는 이처럼 신비로운 설정을 통해 그가 신선의 세계로 떠난 것으로 묘사했다. 전대의 필기류 중 ≪세시광기≫의 경우에도 왕발의 일화들이 이미 신선과 연결되어 허구화되어 있지만, 그의 죽음에 대한 허구화는 포함되어 있지 않다. 즉, 소설은 전대의 일화에서 한 층 더 나아가서 왕발이 신선이 되어 하늘로 승천하는 설정까지 더하였는데, 이는 풍몽룡의 각색으로 판단된다. 왕발이 어린 나이에도 불구하고 등왕각으로 가서 <등왕각기>를 쓴 역사적 일화는 이미 송대에 이르러 신선의 도움이 없었다면 불가능했을 일이라는 설정을 통해 그의 탁월한 글재주를 격상시켜 놓았는데, 명말 풍몽룡에 이르러서는 이러한 왕발의 '신선화' 과정이 한층 더 허구화되고 풍부해진 것이다.

작가 풍몽룡은 이처럼 회재불우했던 문인들이 인간 세상에서 뜻을 다 펼치지 못한 것은 어차피 그들이 인간 세상에 맞지 않는 초월적 존재였고, 결국 다시 신선으로 되돌아갈 운명을 타고난 것으로 귀결시키고 있다. 이백은 태몽처럼 이 세상에 잠시 왔다가 다시 태백성의 주인으로 돌아갔고, 왕발은 이미 신선이 될 운명을 타고났기에 이른 나이에 요절한 것이며, 유영은 천상의 노래를 새로 지을 신선으로 초대되어 승천한 것이다.

삼언 작품 중에는 이외에도 도가적 색채를 띠는 작품들이 다수 있는데, 대표적인 작품으로는 <장도릉칠시조승張道陵七試趙升>(유喩13) · <진희이사사조명陳希夷四辭朝命>(유喩14) · <두자춘삼입장안杜子春三入長安>(성醒37) 등을 들 수 있다. 이 작품들은 공통적으로 도가적 수행을 통해 결국에는 '득도得道'라는 궁극의 목표를 달성하는 과정을 묘사함으로써 세상 사람들에게 도가적 깨달음을 이야기한다. 예를 들어 <장도릉칠시조승>(유13)에서 장도릉은 도가 수행에 필요한 자질을 확인하기 위해 제자 조승을 일곱 번이나 시험하고, 조승은 그 과정에서 인간 세상에서 집착하고 빠지기 쉬운 온갖 유혹을 잘 헤쳐나가게 되면서 결국 득도하게 된다.[28] 즉, '수행'과 '득도'와 '승천'이라는 전형적인 도식이 그려지는 작품인 것이다. 그러나 유영 · 이백 · 왕발을 소재로 한 작품은 이러한 도가의 전형적인 득도과정과는 전혀 다른 접근이 이루어진다. 두 유형을 비교해 보면 다음과 같은 차이가 나타난다.

[표 40]

| 〈장도릉칠시조승〉(유13) | 〈이적선취초혁만서〉(경9) |
| --- | --- |
| 修行 → 得道 → 昇天 | 苦難不遇 → 道家的昇化 |

다시 말해서 유영 · 이백 · 왕발은 애초에 도가적 이상이나 수행과는 아무런 관련도 없던 천재적인 재능을 가진 문인이었을 뿐이다. 그러나 그들은 인간 세상을 살아가는 과정 속에서 뭇 사람들과는 다른 특출난 재주를 가졌고, 그러한 뛰어난 재능을 제대로 발휘도 못 해보고 불우한 삶으로 마감한 것에 대한 일종의 보상, 내지는 위안의 메시지가 소설에서 '도가적 승화'로 나타난 것이다.

### 3) 현대의 문화콘텐츠

필자는 앞서 풍류재자의 이미지로 착종된 당인, 청렴한 청관으로 대

28) 풍몽룡, ≪경세통언≫, 정문서국, 대북, 1980.

표되는 포증과 황종, 성군과 폭군으로 대비되는 조광윤과 양광 등의 역사인물이 현대의 문화콘텐츠 속에서 어떻게 그려지고 있는지에 대해 살펴보았다. 이를 통해 인물에 따라 허구적 각색의 정도가 큰 인물과 적은 인물로 양분해 볼 수 있었다. 인물의 성격이 가장 대폭적으로 바뀐 인물로는 역시 당인을 들 수 있다. 실제 당인의 삶은 대체로 비극적인 것에 가까웠으나, 현대에 이르러 그는 지극히 희극적이고 해학적인 풍류재자로 거듭났다. 양광 또한 역대로 전형적인 폭군의 이미지를 벗어나지 못하였으나, 현대에 이르러서는 그를 다분히 인간적인 성인군자에 가까운 군주의 모습으로 바라보려는 시도도 있었다. 이에 반해, 청관으로 대표되는 포증과 황종은 청관이라는 이미지를 크게 해치지 않는 범위 내에서 각색이 이루어졌고, 특히 포증의 경우는 긍정적 이미지를 한층 부각하여 거의 신격화에 가까운 각색이 지속되면서 현대에 이르러 가장 많은 주목을 받은 인물 중 하나가 되었다. 조광윤 또한 송을 건국한 영웅의 이미지가 현대에 이르기까지 고착되어서 그의 삶을 칭송하고 노래하는 방향에서 크게 벗어나지 않았다.

본 장에서는 삼언 역사 인물 중 회재불우한 문인이면서 소설에서는 '도가적 승화'로 그려진 이백 · 왕발 · 유영이 현대에 어떤 문화콘텐츠들로 제작되었는지 살펴보고자 한다.

### (1) 영화

먼저 영화 부분에서는 이백의 영화가 3편, 왕발의 영화가 2편, 유영의 영화가 1편 제작되었는데, 모두 2000년대 접어들어서 제작된 것이어서 비교적 최근에 이러한 인물들에 대한 창작이 시도된 것으로 평가할 수 있다.

[표 41][29]

| 인물 | 작품명 | 제작 연도 | 제작 지역 | 감독 | 작품의 주요 특징 |
|---|---|---|---|---|---|
| 이백 | <이백李白> | 2014 | 대륙 | 정보 없음 | • 이백의 인생을 조명한 영화로 판단되나, 제작단계에 대한 정보만 있고 상영 여부에 대한 정보가 전하지 않음. |
| | <이백지천화료원李白之天火燎原> | 2018 | 대륙 | 이백훈 李伯勳 | • 장르 : 판타지 · 무협<br>• 주연 : 장자문張子文 · 마목훤馬牧萱 · 류승준劉承俊 · 이동과李冬果 등<br>• 주요 내용 : 무술을 연마하고 장안에 들어선 이백은 벼슬자리에도 나아가고 밤이 되면 악한 무리들과 싸우는 의협으로 활동함. |
| | <이백지어검장안李白之御劍長安> | 2019 | 대륙 | 왕박 王博 | • 장르 : 무협 · 애정<br>• 주연 : 왕박王博 · 진원陳圓 · 왕아기王雅琪 · 서과徐科 등<br>• 주요 내용 : 장안으로 간 이백은 토번의 자객이 당 현종을 암살하려는 음모를 알아내고 이를 막아내는 의협으로 활동함. |
| 왕발 | <왕발지사王勃之死> | 2000 | 대륙 | 정대성 鄭大聖 | • 장르 : 역사<br>• 주연 : 지화경池華瓊 · 유소봉劉小鋒 · 심효해沈曉海 등<br>• 주요 내용 : 왕발이 무희와 사랑에 빠지고 몸이 아픈 그녀를 구하기 위해 <등왕각기>를 쓰러 간 일화와 두경杜鏡과의 우정에 관한 일화에 줄거리의 초점이 맞춰짐. |
| | <등왕각전기滕王閣傳奇> | 2000 | 대륙 | 포지방 鮑芝芳 | • 장르 : 역사<br>• 주연 : 섭원聂遠 · 엽소민葉小閩 · 황국강黃國强 · 왕위화王偉華 등<br>• 주요 내용 : 왕발의 일대기 중에서 <등왕각 |

29) 위의 영화들은 중국 '전영망(www.1905.com)'의 자료들을 중심으로 조사한 것이며, 그 범위 밖에 있는 일부 작품들은 '바이두(www.baidu.com)'를 통해 보강하였다.

| 인물 | 작품명 | 제작 연도 | 제작 지역 | 감독 | 작품의 주요 특징 |
|---|---|---|---|---|---|
| | | | | | 기>를 쓰러 간 일화까지만 줄거리가 맞춰져 있고, 우문균宇文均의 누이인 우탁군宇卓君이라는 가상의 여인과의 연분에 초점이 맞춰짐. |
| 유영 | <백의경상 白衣卿相> | 2018 | 대륙 | 흑자휴 黑子携 | • 장르 : 희극 · 무협<br>• 주연 : 주수周帥 · 나가영羅家英 · 유흘신劉屹宸 등<br>• 주요 내용 : 젊은 시절의 유영이 음악 창작에만 빠져 있자 부친이 수도로 가서 과거시험을 치게 하고, 가는 도중에 일어난 여러 사건을 코믹과 무협의 요소를 가미하여 그림. |

상기 표와 같이 이백에 관한 영화는 3편이 제작되었는데, 이중 <이백>(2014)은 제작에 들어간 영화의 목록으로는 존재하지만 실제 영화의 상영 여부에 대한 상세한 정보가 없어서, 감독과 배우 및 작품의 성격에 대한 분석이 어려운 상태다. 정황상 이백에 관한 영화를 제작한 것으로 보이나, 실제로 상영되지는 않은 작품으로 판단된다.

<이백지천화요원>(2018)은 이백이라는 역사인물을 있는 그대로 조명하고자 한 작품이라기보다는 이백을 '문인'과 '의협'이라는 두 얼굴을 가진 인물로 설정하였고, 이백이 살았던 시대설정 외에는 '야행협夜行俠 이백'이라는

영화 〈이백지천화료원〉(2018)

새로운 인물 창조에 초점을 맞췄다. 이 영화는 이제까지 뛰어난 문인의 이미지가 강했던 이백에게 세상을 구할 의협의 이미지를 덧씌우면서 무협과 환타지적 요소들을 대폭 늘린 것이 특징이다.

<이백지어검장안>(2019) 또한 유묵훤이라는 여인과의 애정 고사도 결합되어 있지만, 무엇보다도 토번으로부터 온 자객으로부터 당 현종을 구해내는 협객 이백에 초점을 맞췄다는 점에서 <이백지천화요원>(2018)과 작품의 성격이 유사하다.

이 세 작품은 모두 2010년대에 나온 작품이기 때문에 이백을 영화화하는 데에 있어서 소극적이었던 그간의 추세에서 벗어나, 이백에게 '의협'내지는 '협객'의 이미지를 착종하여 새로운 캐릭터를 창조하고자 한 시도가 엿보인다.

왕발 관련 영화 2편 중 <왕발지사>(2000)는 왕발이라는 역사인물을 비교적 있는 그대로 조명하고자 한 작품에 가깝다. 영화는 크게 왕발이 무희와 사랑에 빠져서 몸이 아픈 그녀를 구하기 위해 <등왕각기>를 쓰러 간 일화와 두경과의 우정에 관한 일화에 줄거리의 초점이 맞춰져 있다. 이 작품은 전대의 소설과 대비해서 부분적 각색이 있었으나, 송말부터 명말에 이르기까지 접목되어 온 신선고사와의 결합은 대부분 절제되어 있어서 현대에 이르러 다양한 각색과 변형이 일어난 여타 인물과는 차이를 보인다. 또한 왕발이 <등왕각기>를 쓰러 간 계기에 대한 연결고리가 약했던 기존의 줄거리에 사랑하는 여인을 살리고자 돈을 마련하려고 간 것으로 설정한 것은 로맨틱한 요소를 가미하여 줄거리에 활력을 불어넣은 것으로 볼 수 있다.

이에 반해 <등왕각전기>(2000)는 왕발의 전체 일대기 중에서 <등왕각기>를 쓴 일화까지만 줄거리가 맞춰져 있고, 왕발이 우문균의 누이인 우탁군이라는 가상의 여인과 사랑을 이루는 데에 줄거리의 초점이 맞춰져 있다. 또한 마당산馬當山에서 등왕각이 있는 홍도洪都까지 가는 과정에서 신선이 출현하는 것과 풍랑이 크게 이는 강물에 문장을 써서 잠잠하게 하는 등 소설에 나오는 신괴적 요소도 부분적으로 활용되었다. 그러나 이 영화가 가장 중점적으로 다룬 것은 왕발과 우탁군의 사랑이야기라는 점에서 <왕발지사>(2000)와 유사한 창작 패턴을 보인다.

유영 관련 영화는 <백의경상>(2018)이 유일하며 최근 들어서야 영화 제작의 가능성을 타진하는 단계에 접어든 소재로 보인다. 2018년에 제작 · 상연된 이 작품은 '희극'에 초점을 맞추고 부분적으로 무협의 요소들을 가미함으로써 희극적 재미를 극대화하고자 하였으나, 그다지 큰 관객의 반응을 일으키지는 못한 것으로 보인다.

이상과 같이 이백 · 왕발 · 유영 관련 영화를 종합적으로 평가해 볼 때, 현대에 이르러 이백은 '의협'으로, 왕발은 '로맨티스트'로, 유영은 '희극적 인물'로의 변화가 시도되었다. 그러나 아직까지 이 세 인물에 대한 영화 부분에서의 창작이 활발한 단계는 아니며, 새로운 인물 성격의 모색을 통해 대중의 반응을 탐색하는 단계에 머물러 있는 정도라고 평가할 수 있다.

### (2) 드라마

영화 제작과 유사하게 드라마 또한 이백 관련 작품이 4편으로 상대적으로 활발한 편에 속하나, 유영 관련 작품은 1편 있고 왕발을 소재로 한 드라마는 한 편도 없었다. 또한 이백과 유영 관련 드라마의 경우도

2000년대 초반부터 제작이 본격화된 것으로 볼 때, 이러한 소재가 그간 드라마 부분에서도 그다지 주목받지 못했던 소재였다가 최근 10여 년 간 서서히 주목받기 시작한 것으로 판단된다. 이백과 유영 관련 드라마의 제작 현황은 다음과 같다.

[표 42][30]

| 인물 | 작품명 | 제작 연도 | 제작 지역 | 감독 | 작품의 주요특징 |
|---|---|---|---|---|---|
| 이백 | <검선이백 劍仙李白> | 1983 | 홍콩 | 정량 丁亮<br>장위건 莊偉建 | • 장르 : 역사·무협<br>• 주연 : 유송인劉松仁·완패진阮佩珍·여한지黎漢持·유위민劉緯民 등.<br>• 제작 편수 : 20집.<br>• 주요 내용 : 이백의 가족 내력과 어린 시절부터 그의 죽음까지 일대기적 삶을 그리고 있고, 무술에 능한 이백의 모습이 착종되어 있어서 무협드라마의 성격을 띰. |
| | <시선이백 詩仙李白> | 2009 | 대륙 | 원원 苑原 | • 장르 : 역사<br>• 주연 : 황신덕黃新德·주원원周源源·장건국蔣建國·오아령吳亞玲 등.<br>• 제작 편수 : 7집.<br>• 주요 내용 : '안사의 난'이 일어난 시기부터 이백의 죽음에 이르기까지 이백이 겪은 고난의 세월을 사실적으로 그림. 특히 이양빙과 얽힌 이야기가 줄거리의 중심을 이룸. |
| | <이백전기 李白傳奇> | 2009 | 대륙 | 범수명 范秀明 | • 장르 : 역사<br>• 주연 : 배우에 대한 상세정보 없음.<br>• 제작 편수 : 40집. |

30) 위의 드라마는 중국 '전영망(www.1905.com)'의 자료를 근거로 조사한 것이며, 그 범위 밖에 있는 일부 작품들은 '바이두(www.baidu.com)'를 통해 보강하였다.

| 인물 | 작품명 | 제작 연도 | 제작 지역 | 감독 | 작품의 주요특징 |
|---|---|---|---|---|---|
| | | | | | • 주요 내용 : 이백이 25세에 사천성을 나와서 파란만장한 인생을 살다가 죽음에 이르기까지의 시간 범위를 줄거리로 삼았고, 이백과 관련된 다양한 이야기와 나라에 보은하지 못한 시인의 답답한 마음이 잘 묘사됨. |
| | <이백李白> | 2010 | 대륙 | 소경휘 邵警輝 | • 장르 : 역사<br>• 주연 : 진건빈陳建斌 · 증려曾黎 · 유덕개劉德凱 · 윤능정伊能靜 등.<br>• 제작 편수 : 40집.<br>• 주요 내용 : 이백의 선친 대부터 이어온 그의 가족 내력과 어린 시절, 청년 이백, 만년의 이백까지 이백의 일대기를 사실적으로 그림. |
| | <이대백적 도덕경李大白的道德經> | 2015 | 대륙 | 진리양 陳里陽 | • 장르 : 희극 · 인터넷 드라마<br>• 주연 : 길리吉利 · 락용駱容 · 공명龔銘 · 심도沈涛 등.<br>• 제작 편수 : 20집.<br>• 주요 내용 : 현대의 한 여자가 남자친구와 다투다가 충동적으로 살인을 한 후 이대백李大白의 꿈속에 찾아와서 도움을 청하는데, 이대백은 선조인 이백이 있는 곳으로 가서 월광보함月光寶盒을 빌려와서 여자를 구해주는 내용을 코믹하게 그림. |
| 유영 | <서검정협 유삼변書劍情俠柳三變> | 2004 | 대륙 | 진호위 陳浩威 | • 장르 : 무협 · 애정<br>• 주연 : 임지령林志穎 · 하미전何美鈿 · 호가胡可 · 이종한李宗翰 등.<br>• 제작 편수 : 33집.<br>• 주요 내용 : 송대 사인 유영의 생평을 기본 소재로 삼되, 유영의 부친이 역모를 꾸미고 유영을 후계자로 삼는다는 정치 투쟁이 설정되고, 문무를 두루 갖춘 유영이 권력과 음모의 다툼 속에서 송의 태자와 초초楚楚라는 여인과 삼각관계에 빠지는 애정고사가 주를 이룸. |

이상과 같이 이백 관련 드라마에서 <검선이백>(1983) · <시선이

백>(2009) · <이백전기>(2009) · <이백>(2010)의 네 편은 시청자에게 보여주고자 한 이백의 모습에 따라 설정한 시대 범위가 약간씩 다르긴 하나, 대체로 역사인물 이백을 사실적으로 묘사하고 있다. 먼저 <검선이백>(1983)은 다른 드라마와 달리 유일하게 이백에게 무협의 이미지를 심은 작품이며, <시선이백>(2009)은 만년에 시인이 겪었던 여러 고난의 세월과 이양빙과 맺은 친교에 시선이 맞춰져 있다. <이백전기>(2009)는 이백의 애정고사와 교우관계 및 조국을 걱정하는 우국충정을 중심 줄거리로 삼고 있으며, <이백>(2010)은 이백의 선조 때부터 그의 만년에 이르는 일대기적 삶을 어느 한 분야에 치우치지 않고 담담하고 사실적으로, 그리고 서사적 필치로 그려나간다.

드라마 〈이대백적도덕경〉(2015)

이에 반해 <이대백적도덕경>(2015)은 이백의 후손인 이대백이라는 인물을 중심으로 사건을 전개해 나가는 작품으로서 이백은 후손 이대백과 소통하는 조연급 인물로 등장한다. 특히 이 작품은 인터넷 드라마이기 때문에 기존의 TV를 매개로 제작된 작품들과는 성격이 다르다. 2010년대에 접어들어서 인터넷 드라마와 동영상의 제작과 보급이 상당히 발전하고 있는데, 이 분야에서도 이백을 소재로 한 작품이 있다는 점이 눈길을 끈다.

이 외에도 이백은 같은 당대의 시인 두보를 소재로 한 <대당시성大唐詩聖>(2008)에서도 두보와 친교를 맺었던 사이이기 때문에 일정 분량에서 등장한다. 또한 대륙에서 제작한 <대당가비大唐歌飛>(2018)와 싱가폴에서 제작한 <곤륜노昆侖奴>(1994)에서도 일정 부분 이백의 역할이 나오지만, 세 작품은 모두 전적으로 이백을 조명하기 위한 작품이 아닌데다가 극중 비중도 낮다는 점에서 분석대상에서는 제외했다.

유영 관련 드라마는 <서검정협유삼변>(2004) 1편이 제작되었는데, 이 드라마는 유영을 소재로 제작된 작품이지만 그 줄거리가 역사 기록이나 소설과는 상당한 거리를 가진 창작물에 가깝다. 우선 이 드라마는 그간 유영과 연결된 바 없는 무협을 기반으로 전개되는 작품이고, 주인공을 둘러싼 애정고사도 기존의 역사와 소설에서는 볼 수 없었던 새로운 설정이어서 흥미롭다. 유영이 사랑하게 된 여인 초초는 조정의 태자가 연모하는 여인이기도 해서 세 사람은 삼각관계에 빠지게 되고, 결국 초초가 죽음을 맞이하면서 그들의 사랑은 비극적 결말을 맞이한다. 문재를 갖춘 유영이 무술도 겸비한 것으로 하여 '서검정협書劍情俠'이란 별칭을 붙이기는 했지만, 송·원대부터 그에게 착종되기 시작한 '풍류가객'의 이미지는 현대에도 변함없이 나타나고 있다. 다만 현재까지 그에 대한 창작이 활발하지 않은 관계로 한 작품을 통한 분석과 평가는 큰 의미를 부여하기 힘들다.

드라마 〈서검정협유삼변〉 (2004)

### (3) 연극

연극 분야에서는 이백·왕발·유영에 대한 창작이 모두 고르게 이루어진 것으로 평가해 볼 수 있으며, 그중에서도 이백에 대한 연극 창작이 가장 활발하게 나타났다.

이백에 관한 연극은 지역별 · 작품별로 다수가 연출되었는데, 우선 상연된 지역극과 작품명을 살펴보면 다음과 같다.

[표 43][31]

| 지역극명 | 천극川劇 · 월극粵劇 · 경극京劇 · 곡극曲劇 · 진강秦腔 · 황매희黃梅戱 · 평극評劇 등. |
|---|---|
| 작품명 | <이백홍매李白紅梅> · <시주태백詩酒太白> · <몽회롱서당夢回隴西堂> · <이백희간李白戱奸> · <이백장안행李白長安行> · <태백취太白醉> · <시선이백詩仙李白> · <이백진경李白進京> · <이백진궁李白進宮> · <이백李白> 등. |

먼저 이백 관련 창작의 지역성에서 있어서는 천극 · 황매희 · 진강이 각 두 편으로 창작 비중이 높기는 했으나, 대체로 전반적인 지역에서 고른 창작이 일어났다. 작품명에 있어서는 이백에 대해 조명하고자 하는 연출자의 의도에 따라 각기 다른 제목들이 사용되었고 동일한 제목이 거의 없는 것이 특징이다. 또한 연극의 특성상 역사인물을 연출할 때 대폭적인 각색이 드문 반면, <이백홍매>의 경우에는 이백과 홍매라는 여인의 사랑을 주제로 삼고 있고, 이백의 죽음 또한 사랑하는 여인에 대한 아픔으로 인한 것으로 되어서 각색의

31) 현대에 상연된 이백 · 왕발 · 유영 관련 연극에 대해서는 '중국희극망(www.xijucn.com)'에서 소개하고 있는 내용을 참고하였다.

폭이 컸다. <시주태백> 또한 전통극과 현대예술을 접목하여 완전히 새로운 이백의 형상을 구현하려 한 것으로 평가된다. 기타 작품들은 이백의 일대기 내지는 그의 일생 중 특정한 시간대를 범위로 삼아 시인의 삶을 예술로 승화하고자 한 것이 주를 이룬다. 이외에도 전통극의 형식이 아닌 화극話劇으로 무대에 오른 작품으로는 북경인예경전화극北京人藝經典話劇 <이백>이 있는데, 이 작품은 1991년부터 2017년까지 26년에 걸쳐서 200회 공연을 이어오면서 대중의 사랑을 받았다.

유영 관련 연극은 월극 <유영>(2012), 월극 <유영여충낭柳永與蟲娘>(2016), 절자희折子戲 <유영중회사천향柳永重會謝天香> 등의 작품이 창작되어 그 수는 많지 않으나, 월극越劇과 월극粤劇에서 유영에 대한 창작이 적극적이라는 점이 특징적이다. 특히 배우 왕군안王君安이 주연한 월극 <유영>(2012)은 여러 지역에서 상연되었을 뿐만 아니라, 텔레비전 영상물로도 방영되고 관련 기사가 많은 것으로 보아 극의 완성도와 인기가 높았던 작품으로 판단된다. 극의 내용에 있어서는 유영과 기녀 간의 사랑에 대해 노래한 것이 대부분인데, 월극 <유영여충낭>(2016)은 유영과 기녀 충낭의 사랑 이야기이고, 절자희 <유영중회사천향>은 유영과 기녀 사천향의 사랑 이야기다.[32] 이외에도 유영 연극과 관련하여 ≪유영(28집의 텔레비전 연속극 문학극본)≫(2008)이라는 극본이 출간되었는데, 이 극본 또한 유영과 연연이라는 여인 두 사람의 사랑 이야기를 주된 내용으로 하고 있다.[33]

왕발 관련 연극은 <왕발여등왕각王勃與滕王閣>(1982)과 <시걸왕발詩杰王勃>(2013) 두 작품이 있어서 역시 작품 수는 많지 않다. 이중 <왕발

32) 중국희극망(www.xijucn.com) 참조.
33) 陳旭 · 陸永建 著, ≪柳永(28集电視連續劇文學劇本)≫, 海風出版社, 福建, 2008.

여등왕각>은 1982년에 이해청李海清이 연출한 작품으로서 당시 연출상과 극본상을 수상하여 뛰어난 작품으로 평가되었으나, 인터넷이 보급되기 이전 작품이어서 영화와 드라마와는 달리 연극 분야의 특성상 작품에 대한 상세한 기록을 확인하기 힘들다. 이후 2013년에 연출된 경극 <시걸왕발>은 30여 년 만에 다시 왕발의 삶을 무대에 올려 그의 문학적 성취를 예술적으로 표현해냈다.[34)]

이백 · 왕발 · 유영을 소재로 한 현대의 문화콘텐츠에 대해 종합적으로 정리해보면 다음과 같다.

먼저 이백은 영화 부문에서 문인의 형상보다는 의협의 형상을 통해 새로운 현대적 창작을 시도하였고, 드라마 부문에서는 무협적인 요소가 가미되는 경우도 일부 있었지만 대체로 인물의 사실적 모습을 조명하고자 한 노력이 더욱 돋보였으며, 연극 부문에서는 대체로 이백의 문학적 경지와 인간적 고뇌를 예술적으로 그려내는 데에 보다 큰 방점이 찍혔다.

왕발의 경우 영화 부문에서는 역사에서 볼 수 없었던 애정고사의 주인공이 되어 '로맨티스트'의 이미지가 만들어졌고, 연극 부문에서는 초당사걸이었던 그의 문학적 성취를 부각한 연출이 주를 이루었으며, 다른 인물과는 달리 드라마로 제작된 사례는 없었다.

유영의 경우 영화 부문에서는 단 1편의 영화가 제작되어서 아직 축적된 창작의 경향을 파악하기에 한계가 있었고, 드라마 부문에서는 다분히 희극적 인물로의 변모가 일어났으며, 연극 부문에서는 그가 그간 세간에서 풍류가객으로 인식되어 온 틀을 크게 벗어나지는 않았다. 이처럼 세 인물의 현대적 수용 양상은 장르별 · 인물별로 각각 다른 특색

34) 중국희극망(www.xijucn.com) 참조.

을 나타냈다.

전형적인 매체인 영화·드라마·연극 외에도 현대에는 다양한 매체들이 공존하고 있다. 특히 이백은 앞서 언급한 <이대백적도덕경>(2015)과 같은 인터넷 드라마 외에 <왕자영요王者營耀>라는 게임의 한 캐릭터로 이백이 출현하고 있는 것으로 보아, 이백은 현대 중국 대중들이 콘텐츠 창작에 있어서 친근하게 접근하고 있는 인물임에 틀림이 없다. 유영과 왕발의 경우에는 이백과 같은 다양한 현대적 창작은 없었지만, 이들이 지은 다수의 시와 사가 단편의 영상물로 제작되어 인터넷에 널리 보급되어 있는 것으로 볼 때, 비록 현대적 재해석의 형식은 아닐지라도 중국 대중들이 그들의 작품을 대단히 애호하고 있음을 알 수 있다.

이상과 같이 살펴본 삼언 역사인물 중 회재불우했던 이 네 문인은 '역사인물'에서 '허구적 인물'로 변모하였고, 정도의 차이는 있지만 현대에 이르기까지 중국 대중들에게 사랑받는 대중적 아이콘으로 변모해왔다. 역사인물, 특히 삼언 속 역사인물은 명대까지 이어 온 허구적 재창작의 훌륭한 원천이었고, 현대에 이르기까지 대중의 문화 소비와 향유의 자산으로 변모해왔다. 그중에서도 이백·왕발·유영과 같은 문인은 각자가 살았던 시대의 자아상과는 별개로, 후세의 작가와 대중이 느끼는 그들에 대한 연민과 애정이 '신선'이라는 도교적 색채로 덧씌워지기도 하고, 의협과 사랑꾼과 같은 작위적 창작의 소재가 되기도 했다. 때로는 사실적으로, 때로는 새로운 변신을 통해 이들은 1,000여 년이 지난 오늘에도 대중과 함께 공존하고 있다.

## 3. 차라리 문인으로 남을 것을 - 환영받지 못한 정치가 왕안석王安石

왕안석은 송대에 시와 산문, 그리고 경전에 이르기까지 두루 능한 당대 최고의 지성인이었으며 '당송팔대가唐宋八大家'로 칭송된 인물이다. 왕안석에 대한 역사적 자료는 정사를 위시한 여러 필기류 등을 통해 직·간접적으로 확인할 수 있는데, 그에 대한 평가도 시대에 따라 긍·부정적 시각으로 나누어져 있다. 왕안석에 대한 부정적 시각은 ≪송사宋史≫<왕안석전王安石傳>을 비롯해서 송대와 명·청대에 이르기까지 대체로 끊임없이 이어져 왔으나, 남송의 육구연陸九淵과 주희朱熹, 명의 이지李贄, 청의 채상상蔡上翔, 민국 시대의 양계초梁啓超와 곽말약郭沫若 등은 왕안석을 부분적 혹은 전반적으로 긍정적으로 평가하기도 하였다.[35]

이러한 중국 내에서의 역사적 평가 이외에도 조선을 비롯한 해외 인물도 왕안석에 대해 평가한 적이 있는데, 이중 몇몇을 소개하면 다음과 같다.

> 왕안석은 11세기 중국의 개혁가였으며 토지국유를 실행했으나 성공하지 못했다.
>
> \- 레닌 -

35) 史蘇苑, <關於王安石評價的幾個問題>, ≪中州學刊≫, 1988年 第6期. 참조.

> 왕안석의 신법을 혁파한 일은 무엇 때문에 그렇게 서둘렀는가.……왕안석은 고집이 너무 지나쳤지만 그 재주야 어찌 세상에 쓸 만한 것이 없었겠는가.
>
> \- 정조 -

> 사마광과 왕안석은 서로 비교할 수도 없다고 말하는데 이는 정말로 편협한 것입니다.……어찌 사마광의 재간이 왕안석보다 확실히 뛰어난 점이 있겠습니까.
>
> \- 체제공 -

왕안석에 대한 평가가 이토록 극명하게 갈리는 것은 그가 개혁의 지향점을 어디에 두고 있었는지에 대한 해석의 차이다. 즉, 당시 북송은 극도의 재정 악화를 겪고 있었기 때문에 이를 타개하기 위해서는 기존의 법을 점진적이고 완만하게 바꾸는 정책으로는 정국을 타개하기 힘들었다. 결론적으로 왕안석의 신법은 획기적인 세재 개편을 통해 튼튼한 재정을 확보하였고, 백성을 위한 '서민정책'도 병행했기 때문에 실질적으로 신법이 가지고 있는 본질적 문제점은 그다지 크다고 할 수 없다. 다만, 국가 정책을 개혁하는 데에 있어서 기득권의 극심한 반발이 있었고, 법과 제도의 실행 단계에서 일어나는 관리들의 폐단이 발목을 잡는 등 북송 사회가 안고 있는 고질적인 병폐가 신법의 진가를 희석했을 가능성이 더 커 보인다. 신법이 지속될 수 없자 기득권층은 다시 고개를 들었고 역사는 왕안석을 매도하기 시작했다. 심지어는 그가 '진회'와 어깨를 나란히 할 희대의 간신으로까지 치부하는 극단적인 팬덤이 일정 기간 지속되기도 했다. 그러나 시간이 흐르면서 북송으로부터 교훈을 얻고자 한 국가의 관료와 지식인들은 왕안석의 신법을 긍정적 시각으로 보는 경우도 빈번해졌다. 그리고 현대에 이르러 왕안석에 대한 평가는 부정보다는 긍정의 시선이 더 우위를 차지하는 점진적 변화를 겪고 있다.

왕안석에 대한 이러한 긍·부정적 시각은 명말에 출간된 삼언소설에도 드러나는데, 역사와 다르게 소설 속에서는 어떻게 그려지는지 그 각색 양상을 살펴보고, 아울러 현대의 문화콘텐츠에서 왕안석은 어떤 인물로 비춰지는지에 대해서도 살펴보자. 현재까지 왕안석과 관련된 여러 문헌의 전체적인 목록은 다음과 같다.

[표 44]

<table>
<tr><th>종류</th><th colspan="2">자료명</th></tr>
<tr><td>사서류</td><td colspan="2">≪송사宋史≫<왕안석전王安石傳></td></tr>
<tr><td>필기류 및 소설류</td><td colspan="2">≪고재만록高齋漫錄≫·≪서당집기구속문권제일西塘集耆舊續聞卷第一≫·≪중조고사이찬황일사中朝故事李贊皇逸事≫·≪태평광기太平廣記≫·≪효빈집效顰集≫·≪정사情史≫·≪경본통속소설京本通俗小說≫</td></tr>
<tr><td rowspan="3">현대의 문화 컨텐츠</td><td>영화</td><td><소년왕안석少年王安石>(2015)</td></tr>
<tr><td>다큐멘터리</td><td><왕안석王安石>(2016)·<중국통사中国通史>(2016)</td></tr>
<tr><td>드라마</td><td><소년왕안석少年王安石>(2018)</td></tr>
</table>

### 1) 역사인물 왕안석

왕안석에 대한 역사기록은 ≪송사≫<왕안석전>이 전한다. 그러나 <왕안석전>은 다른 인물에 비해 상당히 긴 내용이기 때문에 전체를 고찰하는 것은 본 편을 이야기하는 데에 적절하지가 않다. 따라서 소설의 범위와 일치하는 정사의 일부만을 살펴봄으로써 소설과의 비교를 진행하고자 한다. '삼언'에 등장하는 왕안석의 이야기는 대체로 신종 때의 기록에 초점이 맞춰져 있다.

- 인종仁宗 경력慶曆 2년(1042)에 진사에 급제한 후, 첨서회남판관簽書淮南判官이으로 첫 관직 생활을 시작하였다.
- 이후 지방관을 이어가다가, 신종神宗 희녕熙寧 2년(1069년)에 재상에 등극하여 변법을 시행했다.
- 희녕 7년(1074) 신법에 대한 갈등이 심화되고, 가뭄으로 백성의 고초가 가중되면서 신법이 중단되고, 왕안석은 재상에서 파직된다.

왕안석

- 희녕 8년(1075)에 왕안석은 재상에 복귀하나 누차 병을 핑계로 사직을 요청하였고, 아들인 왕방王雱이 죽자 더욱 그 슬픔을 견딜 수 없어 더 강하게 사직을 청하였다.
- 희녕 9년(1076) 10월에 왕안석은 관직을 그만두기를 다시 간청하여 신종의 윤허를 얻고, 진군절도사鎭軍節度使 겸 동평장사판강녕부同平章事判江寧府로 임명되었다.
- 다음 해(1077)에 왕안석은 판강녕부관함判江寧府官銜을 사직하고 재상직으로 녹봉만 받았다.
- 왕안석은 표를 올려 재상직을 사임하고 궁관宮觀을 받을 것을 간청하였다.[36)]
- 궁관이 되기를 간곡히 청하여 원평元豊 원년(1078)에 신종이 교지를 전달하여 그 뜻을 수락하고 관직을 그만두게 하였다.
- 이후 왕안석은 사록으로 먹고 살면서 종산種山에 거주하였다.
- 원우元祐 원년(1086) 4월에 사망하였다.[37)]

36) 궁관이란 퇴직한 재상의 실질적인 직책이 없는 관직명에 쓰는 것으로서 단지 이름만 빌려서 봉록을 받았기 때문에 사록祠祿을 가리키는 것이다.

지방관으로 재직 당시 왕안석은 백성을 위하는 애민관이자 덕망 있는 관리로서 명성을 이어갔다. 또한 인종으로부터 중앙정부로 와서 역할을 하라는 부름에도 몇 차례나 거절하면서 자신의 정치적 소신을 지켜나갔기 때문에, 이때까지만 해도 그에 대한 시각은 권력과 재물을 탐하지 않는 청렴한 관리의 전형에 가까웠다. 그러나 개혁 의지가 강했던 신종에 이르러 때가 왔다고 판단한 왕안석이 한림학사와 참지정사를 거쳐 재상에 오르자 그와 그의 신법에 저항하는 기득권의 저항이 거세지면서 그의 명망도 긍·부정으로 갈리는 전환점을 맞게 된다. 당시 북송이 안고 있었던 국·내외적인 난제를 타개하기 위해 과감하고 신속한 결단을 통해 정책을 밀고 나간 왕안석은 결국 북송 사회가 안고 있는 고질적인 문제점과 개혁의 속도가 빚어낸 갈등으로 인해 더이상 신법을 지속하지 못하고 정계에서 물러났다. 역사기록만을 놓고 볼 때, 그는 다소 억울하다 싶을 정도의 심각한 비판의 대상이 되고 있다.

### 2) 문학 속으로

왕안석에 대한 문학작품은 기존의 접근 방식과 달리 왕안석을 긍정적 형상과 부정적 형상으로 묘사된 작품을 중심으로 살펴보는 것이 인물의 본질에 다가가는 데에 더 의의가 있을 것이다.

#### (1) 부정적 형상 : 〈요상공음한반산당拗相公飮恨半山堂〉(경4)

왕안석은 신종의 신임을 얻고 참지정사를 거쳐 재상으로 임명되자, 북송이 안고 있던 정치적·행정적·제정적 폐단을 일신하기 위해 '변법

37) ≪송사≫<왕안석전> 참조.

變法' 또는 '신법新法'이라고 하는 새로운 정책을 펼쳐나갔다. 그러나 그의 신법은 북송의 역사 이래로 줄곧 실패한 정책의 아이콘이 낙인찍혔고, 이것이 문학의 소재가 되기 시작하면서 다수의 필기류와 소설류에도 그의 이야기가 나타난다. 가장 대표적인 작품인 <요상공음한반산당>(경4)은 "요상공이 반산당에서 한을 삭히다"는 의미를 갖는 제목이다. 여기서 '요상공'이란 '고집스런 재상'이란 뜻이며, 바로 왕안석을 부정적으로 비꼬는 말이다. 작품 속에서 왕안석은 재상을 그만두고 강녕부江寧府로 내려가는 과정에서 갖은 수모와 수치를 당하고, 자신이 재상으로 있을 당시의 정치적 과실이 어느 정도까지 백성에게 해악을 끼쳤는지를 뒤늦게 깊이 깨닫는다는 것이 이 작품이 가지고 있는 대략의 줄거리다. 즉, 작품 속에서 왕안석은 나라와 백성을 망친 고집스런 재상으로 비춰지고, 백성들이 그를 얼마나 증오하고 미워하는지를 여정 내내 체험하게 되면서 자신의 과오를 뉘우친다는 설정이어서 전체적으로 그의 인물됨을 철저히 부정적으로 묘사하고 있다.

먼저 도입부 일화(입화入話)에서 작가는 왕안석에 비유될 만한 두 인물에 대한 고사를 인용하여 그에 대한 역사적 평가를 풀어나간다. 그중 한 인물은 주공周公에 대한 일화다. 주공은 주周 문왕文王이 죽자 대업을 이은 어린 무왕武王을 보좌하며 주나라를 이어갔으나, 관숙管叔과 채숙蔡叔의 유언비어 때문에 하마터면 왕위를 찬탈하려는 역적으로 몰릴 뻔했다. 다행히 중상모략한 그 전모가 드러나서 관숙과 채숙은 주살되고, 위태롭던 주나라 왕실은 다시 안정을 되찾았다. 그리고 주공은 유언비어 때문에 한때 변방인 동국東國으로 피신했었는데, 작가는 만약 이 시기에 주공이 죽기라도 했다면 역사에서는 '호인好人'이 '악인惡人'으로 되는 일이 벌어질 수도 있었다고 말한다.

두 번째 인물은 왕망王莽이다. 왕망은 서한西漢 평제平帝의 외숙으로서, 그는 한의 왕위를 찬탈하기 위해 현자들을 존중하고 예를 다하면서 거짓으로 공평하게 행하며, 업적을 가장하였다. 그리고 민심이 자신에게 있다고 판단한 순간, 평제를 독살하고 왕위를 찬탈했다. 이후 남양南陽 유문숙劉文叔이 군사를 일으켜 그를 주살하기까지 왕망은 18년간 재위에 있었다. 작가는 만약 왕망이 18년 전에 일찍 죽었더라면 그는 훌륭한 재상으로서 이름을 남겼겠지만, 역사는 그를 '악인'으로 기억한다고 말한다.

작가가 도입부에서 이 두 인물을 먼저 거론한 것은 바로 왕안석이 재상에 오르면서 세상 사람들에게 '악인'으로 남을 수밖에 없음을 시사한다. 실제로 왕안석은 신종 희녕 2년(1069년)에 처음 재상을 맡았고 잠시 파직되었다가 희녕 8년(1075년)에 다시 재상에 복직하였는데, 작가는 재상을 맡기 전까지 그가 관직에 있으면서 쌓았던 좋은 평판과는 달리 재상이 되는 순간 '호인'에서 '악인'으로 평가받게 되었음을 말하는 것이다.

이어서 본문(정화正話)은 크게 세 단락으로 나누어져 있다. 첫 번째 단락은 왕안석이 아들 왕방의 죽음을 계기로 재상을 그만두고 낙향하기를 결심하는 단계이다. 그리고 두 번째 단락은 왕안석 일행이 강녕부로 내려가면서 온갖 수모를 겪는 단계이다. 그리고 세 번째 단락은 금릉金陵에 도착한 왕안석이 지난날을 뉘우치다가 결국 피를 토하며 병사하는 단계이다.

이중 왕안석의 부정적 인물 형상이 집중적으로 묘사된 두 번째 단락은 작가의 중심 생각이 잘 드러난다. 왕안석이 강녕부로 내려가는 동안의 여정은 정사에 나오지 않는 내용이지만 소설은 이를 하나의 플롯으로 설정하였고, 그간의 정치적 행보가 가져온 부정적 결과를 이 여정을 통해서 여실히 보여준다. 왕안석이 백성들에게 네 차례에 걸쳐 모진 수모를 겪는 과정을 이야기해보자.

① 종리鍾離에서의 수모

먼저 첫 번째는 종리 지방에 도착한 왕안석 일행이 뱃길을 포기하고 육로를 택해야 하는 상황에서 발생했다. 일행은 육로로 가기 위해 말과 가마가 필요했으나, 민가에서 들은 이야기로는 백성들이 궁핍해져서 한가롭게 말이나 노새를 키울 여력이 없다는 것이었고, 이윽고 어렵게 구해온 것은 노새 한 마리와 당나귀 한 마리가 전부였다. 이것은 당시에 백성의 어려움이 어느 정도였으며 왕안석의 신법이 얼마나 실패한 정책이었는지를 폭로하기 위한 장치로 보인다.

그리고 가마와 말을 구하는 동안에 왕안석은 저자거리로 나가 보았는데, 그곳 또한 생기가 없고 점포도 드문 것을 목격했으며, 어느 찻집에 들어갔다가 벽 위에 있는 한 수의 시를 발견하였다.

| | |
|---|---|
| 祖宗制度至詳明 | 조종의 제도는 지극히 상세하고 분명하여 |
| 百載餘黎樂太平 | 백년 넘게 즐겁고 태평하였으나 |
| 白眼無端偏固執 | 백안이 까닭 없이 고집만 부리며 |
| 紛紛變亂拂人情 | 분분한 변란으로 인정을 거슬렀네[38] |

자신을 비방한 글임을 알아차린 왕안석은 황급히 찻집을 나와서 다른 곳으로 이동하였으나, 한 사원에 들렀다가 사원의 기둥에 붙어있는 또 한 장의 종이를 발견하게 되는데, 이 또한 자신이 '조종祖宗의 법도를 바꾸고 어지럽혀 결국엔 송나라를 태평하지 못하게 한 인물'로 그려

38) 풍몽룡, ≪경세통언≫, 인민출판사, 북경, 1991의 44쪽.

지고 있음을 발견하게 된다. 민심을 알아차린 왕안석은 황급히 그곳을 떠나 다시 여정에 오른다.

② 첫 번째 촌가에서의 수모

두 번째 수모는 종리를 떠난 왕안석 일행이 다시 길을 가다 어느 촌가에 머물면서 벌어진다. 한 촌가의 일흔여덟이 된 노인은 자식이 넷이나 있었지만, 신법의 해악 때문에 자식을 모두 잃었고, 청묘법青苗法 · 보갑법保甲法 · 조역법助役法 · 보마법保馬法 · 균수법均輸法 등이 백성들에게 끼친 악영향에 대해 눈물을 흘리며 토로하였다.

> ……처음에 청묘법을 설치하여 농민들을 학대하였고, 연이어 세운 보갑법 · 조역법 · 보마법 · 균수법 등은 난잡하기가 한 두 가지가 아니었답니다. 관부는 위로 조정을 받들면서 아래로 백성을 학대하니 몽둥이질에 약탈을 일삼기가 다반사였지요. 벼슬아치들은 밤에 성문으로 불러내서 백성들은 편안하게 잠을 잘 수가 없었습니다. 그래서 생업을 내팽개치고 처자를 데리고 깊은 산속으로 도망간 사람들이 하루에도 수십 명이나 되었지요. 이 마을에는 백여 가구가 있었는데, 지금은 여덟아홉 집이 있답니다. 소인의 집에도 남녀가 모두 열여섯 명이 있었지만, 이제는 네 식구만이 근근이 살아갈 뿐이랍니다![39]

촌로의 넋두리 역시 당시에 왕안석이 실시한 신법의 폐해를 질타하기 위해 넣은 의도적인 장치다. 신법의 효용과 폐해에 대한 역사적 평가에 대해서는 다른 해석을 해볼 수도 있겠지만, 작품 속에서는 이 법

39) 풍몽룡, ≪경세통언≫, 인민출판사, 북경, 1991의 46-47쪽 원문 참조.

들을 실제로 감당하며 살아가던 백성들의 부담이 대단히 과중했음을 강조한다.

③ 두 번째 촌가에서의 수모

세 번째 수모는 다시 길을 가던 왕안석 일행이 또 다른 촌가에 머문 다음 날에 벌어진다. 하룻밤 신세를 지게 된 촌가의 노파가 자신의 집에서 키우는 돼지와 닭을 몰고 나가서 밥을 주는 과정에서, 돼지들을 보며 "꿀꿀꿀, 요상공아 와라.", "꼬꼬꼬, 왕안석아 와라."하며 왕안석을 가축에 비유하며 능멸하고, 이를 지켜본 왕안석은 아연실색한다. 노파는 면역이니 조역이니 해서 세금부담이 크고, 부역 또한 여전해서 생업을 이어가기 어려운 처지를 토로하며 자신이 키우는 짐승을 왕안석에 비유한 이유를 다음과 같이 설명한다.

> 키우는 닭과 돼지를 모두 요상공, 왕안석이라고 부르는 것은 왕안석을 짐승으로 여기기 때문입니다. 금생에서는 그를 어찌할 수 없으니 내생에라도 그를 다른 짐승으로 변하게 해서 삶아 먹어야만 가슴속의 한을 풀 수 있겠소이다![40]

④ 역정驛亭에서의 수모

네 번째 수모는 더이상 민가에서 머물 수 없다고 판단한 왕안석 일행이 역정에 있는 관사에 들러서 하룻밤을 쉬어가려다 겪게 된 일화다. 그러나 민가가 아닌 관사에서도 왕안석을 비방하는 시가 두 군데나 붙어있는 것을 발견하고, 왕안석은 결국 발끈하며 역졸에게 따져 물었다.

40) 풍몽룡, ≪경세통언≫, 인민출판사, 북경, 1991의 49쪽 원문 참조.

그런데 역졸의 대답은 이러한 시가 모든 역참에 다 붙어있는 것이고, 이 시가 어떻게 지어진 것인가에 대해 다음과 같이 답한다.

> 왕안석이 신법을 세워 백성을 해롭게 하였기 때문에 백성들의 한이 골수에 뻗었습죠. 근자에 듣기로 왕안석이 재상의 자리에서 사직하고 강녕부로 부임해서 간다고 하니 필시 이 길을 통해서 지나갈 것입니다. 아침저녁으로 늘 마을 농민 수백 명이 이 부근에 모여들어서 그가 오기를 기다리고 있습니다.[41)]

그리고 왕안석이 백성들이 모여드는 이유가 자신을 배알하기 위한 것인지를 묻자, 역졸은 답한다.

> 원수 같은 인간인데 어찌 배알하는 사람이 있겠습니까! 여러 백성들이 몽둥이를 들고 그가 오기를 기다렸다가 때려죽여서 나눠 먹으려는 것일 뿐입니다.[42)]

왕안석은 깜짝 놀라서 식사도 거른 채 급히 역참에서 도망쳐서 이틀 길을 하루처럼 쉬지 않고 달려서 금릉에 도착하였다.

이 이외에도 작품 사이사이에는 왕안석의 마음을 적잖이 곤혹스럽게 한 시들이 여러 수가 있었고, 수차례에 걸친 수모를 당한 왕안석은 결국 건강이 악화되고 얼마 지나지 않아서 피를 토하고 죽고 말았다. 작가는 왕안석이 피를 토하며 죽는 과정 또한 자신이 재상으로 있을 때 내친 당개唐介라는 인물이 억울하게 피를 토하며 죽은 것에 대한 벌을

41) 풍몽룡, ≪경세통언≫, 인민출판사, 북경, 1991의 50쪽 원문 참조.
42) 위의 책 50쪽 원문 참조.

받는 것이고, 똑같은 모습으로 죽었으나 당개는 왕안석보다 더한 명성을 얻었다고 말한다.

작가는 마지막까지 시종일관 그의 부정적 형상을 부각하기 위한 각종의 장치를 활용하였고, 작품 마지막에는 후인들의 그에 대한 평가를 한 편의 시로 압축하였다.

| | |
|---|---|
| 熙寧新法諫書多 | 희녕의 신법을 많이도 간하였으나 |
| 執拗行私奈爾何 | 고집부려 사사로이 행하니 어찌 하겠는가 |
| 不是此番元氣耗 | 이 시기에 원기를 소모하지 않았더라면 |
| 虜軍豈得渡黃河 | 오랑캐가 어찌 황하를 건넜겠는가[43] |

이상과 같이 <요상공음한반산당>은 왕안석이 백성들로부터 네 번의 수모를 겪는 장면을 통해 철저하게 왕안석에 대한 부정적 인물 형상을 관철하고 있고, 왕안석이 시행한 신법이 나라는 물론 백성에게 끼친 해악이 극에 달했음을 말하고 있다.

작가는 작품을 통해서 주공이나 왕망의 예처럼 '호인'이 '악인'이 되고, '악인'이 '호인'이 될 수도 있는 역사의 예를 빌어 '올바른 정치의 중요성'이라는 주제를 전체 줄거리 속에서 드러내고 있다.

### (2) 긍정적 형상 : 〈왕안석삼난소학사王安石三難蘇學士〉(경3)

<요상공음한반산당>(경4)과 마찬가지로 <왕안석삼난소학사>(경3) 또한 왕안석을 소재로 한 작품이지만, 왕안석에 대한 작가의 창작 태도는 판이하게 다르다.

43) 위의 책 51쪽.

<왕안석삼난소학사>(경3)는 '왕안석이 소학사(소식)를 세 번 난처하게 하다'는 뜻으로 언뜻 보기에는 누가 긍정적 인물이고 누가 부정적 인물인지가 잘 드러나지 않으나, 작품 속에서 왕안석은 학문과 도량이 넓고 깊은 대학자의 이미지를 가지고 있는 반면, 소식은 세 번에 걸쳐 왕안석에게 경박한 실수와 학문적 한계를 드러내면서 왕안석에게 무안을 당하는 인물로 나온다. 또한 <왕안석삼난소학사>(경3)는 소식을 주된 인물로 삼고 왕안석을 소식에 대한 대비적 인물로 그려나가는 작품이다.

실제 역사에서 두 사람은 16살의 나이 차이가 있었으며, 신당파新黨派와 구당파舊黨派로 나뉘는 정치적 대립 관계에 있었다. 소설에서는 소식이 자신의 경박한 행동으로 인해 왕안석에게 모두 세 번에 걸친 무안을 당하고, 왕안석은 그런 소식을 훈계하는 긍정적 인물로 등장한다.

① 미완의 시詩

첫 번째 일화는 왕안석이 남겨 둔 한 편의 미완의 시가 발단이다. 지방관의 임기를 마치고 상경한 소식은 왕안석에게 인사를 하러 갔다가 왕안석의 서재에서 잠시 기다리게 된다. 그리고 벼루 밑에 있던 아직 미완의 시를 보고서는 순간 그 시의 내용이 터무니없다고 여기게 되었는데, 그 미완의 시란 바로 다음과 같다.

西風昨夜過園林　　서풍은 어젯밤 원림을 지나가더니
吹落黃花滿地金　　누런 꽃 떨어트려 온 대지가 금빛이네[44]

............................

44) 풍몽룡, ≪경세통언≫, 인민출판사, 북경, 1991의 28쪽.

국화의 성질은 강해서 서리에도 결코 꽃잎이 떨어지지 않는다고 생각한 소식은 왕안석의 시가 터무니없다고 생각하였고, 순간 감흥이 일자 이어서 시를 완성했다.

| | |
|---|---|
| 秋花不比春花落 | 가을꽃은 봄꽃처럼 떨어지지는 않으니 |
| 說與詩人仔細吟 | 시인에게 자세히 음미해보시라 말하네[45] |

그런 후에 소식은 자리를 떴고, 뒤늦게 자신의 시에 소식이 손을 댄 것을 안 왕안석은 그의 경박스러움에 치를 떤다. 하지만 이는 잠시 순간적인 감정이었을 뿐, 곧이어 마음의 안정을 되찾은 왕안석은 소식을 황주黃州 단련부사團練府使로 보낼 것을 황제에게 건의하게 되고, 결국 소식은 황주로 떠나게 된다. 그리고 황주의 국화꽃이 가을이 되어 꽃잎이 모두 떨어져서 바닥이 금빛으로 변한 것을 직접 눈으로 본 소식은 뒤늦게 자신의 경박함을 뉘우친다.

이 과정을 표면적으로 보면 왕안석이 소식을 황주로 좌천시킨 것이 마치 개인적 감정에 치우쳐 자신의 권력을 휘두르는 인물로 비춰질 수도 있으나, 소식에게 직접 황주로 가서 국화를 보며 몸소 체득하게 하고자 했다면 결코 악의가 아닐 수 있다. 다시 말해서 소설 속에서 왕안

45) 위의 책 28쪽.

석과 소식은 한림학사 출신의 사제지간으로 묘사되고 있기 때문에 다른 정치적 성향과 같은 외적 요소들을 배제하고 보면, 스승이 재기는 넘치나 경박스러운 제자를 올바르게 훈계한 것으로 보는 시각도 가능한 것이다.

② 중협中峽의 물

두 번째는 왕안석이 고질적인 천식을 앓고 있어서 먼 길을 떠나는 소식에게 구당瞿塘의 삼협三峽 중 중협의 물을 떠다 달라는 부탁에서 비롯된 사건이다. 왕안석은 자신의 병을 치료하기 위해서는 약재와 함께 반드시 구당의 삼협 중 중협의 물을 써야 하는 사정이 생기자 소식에게 오가는 길에 물을 떠다 줄 것을 부탁하였고, 소식도 이를 기꺼이 승낙하였다. 그러나 소식은 병이 난 부인을 바래다주는 길에 중협을 지나가면서 물을 길으려 했으나, 그만 때를 놓쳐서 하협의 물을 가져갈 수밖에 없었다. 두 사람이 마주한 자리에서 소식은 왕안석이 하협의 물을 떠 온 사실을 간파하자 결국 자신의 잘못을 사죄하였고, 왕안석은 첫 번째 사건과 두 번째 사건을 싸잡아서 훈계하며 학식의 우위를 드러낸다.

> 독서인은 경거망동해서는 안 되고 반드시 세심하게 이치를 살펴야 하지요. 이 노부가 직접 황주에 직접 가서 국화를 본 적이 없다면 어떻게 시 속에서 감히 국화 꽃잎이 떨어진다고 함부로 말하겠소? 이 구당의 물의 성질은 ≪수경보주水經補注≫에 나오지요. 상협의 물의 성질은 너무 급하고 하협은 너무 완만하답니다. 오로지 중협만이 완급이 딱 절반이랍니다. 태의원관은 명의이니 이 노부가 천식이 있음을 알아차리고 전고를 사용하여 중협의 물을 이용하게 한 것이오. 이 물에 양이차陽羨茶를 끓이

면 상협의 물은 맛이 진하고, 하협의 물은 맛이 연하며, 중협의 물은 진하고 연한 것의 중간이지요. 지금 보니 차색이 한참이 지나서야 비로소 나타나니 그런고로 이것은 하협의 물이라는 것이오.[46]

③ 학식 대결

세 번째는 오랜만에 해후한 두 사람이 그간의 학문이 발전하였는지 서로 시험해보는 학식 대결이다. 두 사람은 서로에게 문제를 내어 이에 답하지 못하면 배움이 없는 것으로 치는 시험을 치르게 되었는데, 먼저 왕안석은 소식에게 좌우 스물네 개의 책장에 가득 차 있는 책 중에서 아무 책이나 선택하여 어느 한 구절을 읽으면 자신이 뒤구를 답하는 것으로 정하였고, 소식이 문제를 냈다. 소동파는 꾀를 내어 먼지가 아주 많은 곳을 골라 오랫동안 보지 않아서 잊었을 것이라고 생각되는 책 한 권을 뽑아서 질문했으나, 왕안석은 명쾌하게 답하였다. 그리고 오히려 역으로 소식에게 이 이야기가 어떤 구절에 나오는 것인지를 물었으나, 소식은 답하지 못하였다.

이어서 이번에는 왕안석이 소식에게 문제를 냈다. 소식은 평소에 대련對聯을 잘 짓기로 유명하다는 것을 안 왕안석은 두 번에 걸쳐서 자신이 지은 대련에 대한 대구를 지어보도록 청하였다. 그러나 소식은 두 번 모두 대구를 짓지 못하자, 사죄하며 밖으로 나가고 말았다.

왕안석은 소동파가 듣기 싫은 말을 들었지만, 끝내 그 재주가 아까워서 다음 날 신종 천자에게 아뢰어 그를 한림학사로 복직시켰다. 비록 경박스러움으로 실수를 하기도 하였으나 소식의 재주를 높이 산 왕안석이 그를 다시 한림학사에 복직시키기를 주저하지 않는다는 대목에서

46) 풍몽룡, ≪경세통언≫, 인민출판사, 북경, 1991의 35쪽 원문 참조.

작가는 왕안석의 대인다운 풍모를 부각한 것이다.

이 세 번의 일화를 통해서 작가는 소식을 학문적 깊이가 왕안석만 못할 뿐 아니라 자신의 재주만을 믿고 경박스럽게 행동하는 다소 신중하지 못한 인물로 묘사하였고, 이와는 반대로 왕안석은 박학다식함과 겸허한 학문 자세를 갖추었을 뿐만 아니라 학문적 성취가 대단히 높은 대가의 풍모로 그려냈다. 따라서 <왕안석삼난소학사>(경3)는 전반적으로 왕안석에 대해 상당히 긍정적인 인물 형상을 드러내고 있다.

이상과 같이 <요상공음한반산당>(경4)과 <왕안석삼난소학사>(경3)에 나타난 왕안석의 대조적 인물 형상을 살펴보았는데, 삼언 전체를 통틀어 보아도 특정 인물에 대한 창작관점이 이토록 극명하게 다르게 나타나는 두 작품이 존재하는 경우는 없다. 이는 송대 이래의 역사에서 나타나는 왕안석에 대한 엇갈린 평가들과도 무관하지 않을 것이다. 그리고 이 두 작품은 비록 풍몽룡이 펴낸 소설집에 함께 수록되어 있지만 창작자에 대한 정확한 정보가 없기 때문에 같은 작가가 쓴 두 작품인지, 아니면 서로 다른 작가가 쓴 것을 수집하여 수록한 것인지에 대한 궁금증이 증폭되는 작품들이 아닐 수 없다.

만약 한 작가가 서로 상반된 입장의 두 작품을 창작하였다면, 이는 작자가 왕안석에 대한 기존의 부정 일변의 편향된 시각에 균형점을 주고자 한 것으로 해석해볼 수도 있으나, 그럴 가능성은 적어 보인다. 왜냐하면 <요상공음한반산당>(경4)은 명대 중기 ≪경본통속소설京本通俗小說≫에 <요상공>이라는 제목으로 처음 실린 후 ≪경세통언≫에 다시 실릴 정도로 줄곧 인기를 구가한 작품으로써 대체로 남송 혹은 그 이후에 처음 창작된 작품으로 추정하는 반면, <왕안석삼난소학사>(경3)은 ≪경세통언≫에 처음 실렸고 같은 류의 다른 작품집에 실린 예가 없는 것으로 보아 명대에 들어서서 창작되었으리라는 것에 더 무게가 실리고 있기 때문이다. 따라서 두 작품은 각기 다른 시기에 다른 작가에 의해 창작된 것으로 보는 것이 설득력 있어 보인다.

창작자와 창작시기에 대한 이상과 같은 문제와는 별개로, 풍몽룡은 <왕안석삼난소학사>(경4)와 <요상공음한반산당>(경3)을 나란히 ≪경세통언≫ 제3권과 제4권에 수록하였다. 풍몽룡은 다양한 소설적 원천들을 수집하여 '세상에 널리 경고하는 이야기'들을 각색하는 과정에서, 한 작품은 왕안석을 비판하는 이야기로, 한 작품은 소식을 비판하는 이야기로 구성하였다. 그런데 이 과정에서 왕안석을 부정적으로 그려낸 <요상공음한반산당>(경4)과는 달리, 소식을 부정적으로 그려낸 <왕안석삼난소학사>(경3)에서는 소식과 대비되는 인물로 왕안석을 전면에 내세움으로써 소식의 단점과 대척점에 있는 정면인물로 활용하고 있다. 여기서 명대에 이르기까지 주로 부정적 측면만이 부각되었던 왕안석에 대해 풍몽룡은 소설을 통해서 그를 새롭게 재조명할 필요성에 봉착했으리란 개연성이 작용한다. 이에 대해 더 이상을 유추할 수 있는 문헌이 없다는 한계성이 작용하지만, 작가는 왕안석이 그래도 학문적 깊이에 있어서는 일정한 경지에 이른 인물이었다고 말하고 있는 것은 전에 없던 설정이자 시각이다.

### (3) 허구적 각색의 양상

작가 풍몽룡은 ≪고재만록高齋漫錄≫ · ≪서당집기구속문권제일西塘集耆舊續聞卷第一≫ · ≪중조고사이찬황일사中朝故事李贊皇逸事≫ · ≪태평광기太平廣記≫ · ≪효빈집效顰集≫ · ≪정사情史≫ · ≪경본통속소설京本通俗小說≫ 등과 같은 문헌 속에 소설의 원류라고 할 수 있는 다양한 일화를 바탕으로 허구적 이야기를 창조하였다. 특히 <왕안석삼난소학사>(경3)는 왕안석과 소식의 네 가지 실제 행적을 허구화하여 왕안석과 소식의 학문적 깊이와 인간적인 풍모를 대비시키고 있다. '당송팔대가'로서 시대를 풍미한 두 인물 간의 학문적 성취에 대한 일화는 그 글을 누가 전개해 나가느냐에 따라 때로는 왕안석이, 때로는 소식이 한 수 위였음을 말하고 있다. 그만큼 두 사람의 학문적 성취는 당시에 인구에 회자 될 만큼 훌륭한 소설의 소재였고, 500여 년이 흐른 명대에도 두 사람의 일화는 세간에 유행하는 이야깃거리로 전해지고 있었으며, 900여 년이 지난 지금까지도 우리를 주목하게 한다.

실제 역사인물을 소재로 한 두 작품 <요상공음한반산당>(경4)과 <왕안석삼난소학사>(경3)는 기본적으로 실제 한 역사인물을 둘러싼 역사적 사건들을 허구화하였다는 점에서 그 공통점이 있으나, 두 작품이 가지고 있는 각색의 양상은 차이를 보인다. 즉, <요상공음한반산당>(경4)은 왕안석이 재상을 그만두고 경사에서 강녕부로 내려가는 단일 사건을 이야기의 중심소재로 삼아 완전히 허구화한 것으로서, 실제 역사기록에서는 이렇다 할 사건이 일어나지 않았던 시간과 공간의 장을 활용하고 있다. 작가는 이러한 새로운 창작공간을 설정하여 가상의 사건들을 엮어냄으로써 왕안석이 가지고 있는 부정적 인물 형상을 극대화하였다는 데에 그 특징이 있다. 이에 반해 <왕안석삼난소학사>(경3)는 왕안석과 소식에 관한 여러 가지 역사적 기록과 행적을 빌려 오되, 주로 왕안석과 소식의 실제 일대기 속에서 일어난 몇 가지 주요 사건들을 줄거리의 소재로 활용하고 있다. 그리고 그 사건이 발생한 직접적인 인과관계를 허구화함으로써 소식과 대비되는 왕안석의 긍정적 인물 형상을 부각하는 장치로 활용하였다는 점에서 그 차이를 보인다.

### 3) 현대의 문화콘텐츠

왕안석을 소재로 한 현대의 문화콘텐츠는 다큐멘터리 · 드라마 · 연극과 같은 매체에서 그를 조명하고 있다. 역사와 문학을 뛰어넘어 현대에 이르기까지 왕안석은 몇몇 문화콘텐츠의 훌륭한 소재가 되었고, 역사 인물을 바라보는 관점이 시대에 따라 달라지는 독특한 특징을 가진 인물이라는 점에서 시사하는 바가 적지 않다. 소설을 쓴 작가는 송말 혹은 명말 당시 대중의 왕안석에 대한 시선을 대변하고 있으며, 특히 명말의 통속소설은 분명 대중의 시대적 관점이 녹아 있음에 틀림없다. 그리고 현대에 이르러 왕안석에 대한 문화콘텐츠는 또 한 번 그의 삶과 역사적 평가에 대해 재조명해볼 필요성을 제기한다. 현재까지 왕안석 관련 문화콘텐츠로는 영화 1편, 다큐멘터리 2편, 드라마 1편이 있다. 이러한 수치는 다른 역사인물에 비해 다소 적은 것이 특징이다.

[표 45][47]

| 장르 | 작품명 | 제작 연도 | 제작 지역 | 감독 | 작품의 주요 특징 |
|---|---|---|---|---|---|
| 영화 | <소년왕안석少年王安石> | 2015 | 대륙 | 방수성 方樹成 | • 제작자와 주연배우와 같은 영화에 대한 기본 정보가 없고, 상영 여부를 확인할 수 없음.<br>• 내용 : 왕안석의 소년 시절을 주제로 제작한 영화임. |
| 다큐멘터리 | <왕안석王安石> | 2016 | 대륙 | 진사우 陳思宇 | • '영파광전집단투자寧波廣電集團投資'가 6집으로 제작한 작품.<br>• 내용 : 왕안석의 일대기와 문학가이자 정치가 |

47) 위의 문화콘텐츠는 중국 '전영망(www.1905.com)'의 자료를 근거로 조사한 것이며, 그 범위 밖에 있는 일부 작품들은 '바이두(www.baidu.com)'를 통해 보강하였다.

| 장르 | 작품명 | 제작 연도 | 제작 지역 | 감독 | 작품의 주요 특징 |
|---|---|---|---|---|---|
| | | | | | 로서의 전반적인 평가를 다룸. |
| | <중국통사 中國通史> | 2016 | 대륙 | 이동염 李東豔 등 16명 | • 중국통사 중 제56회 '왕안석변법'에 초점을 맞춘 단편 다큐멘터리 작품.<br>• 내용 : 왕안석의 변법은 생산을 발전시키고 부국강병하며, 송의 정치적 위기를 넘기는 데에 있어서 다방면의 공헌이 있음을 평가함. |
| 드라마 | <소년왕안석少年王安石> | 2018 | 대륙 | 유승리 劉勝利 | • 백집국학교육극百集國學教育劇에서 제작한 '소년중국설少年中國說之'이 원제이며, 여러 인물 중 왕안석에 대한 단편 작품.<br>• 내용 : 왕안석이 소년시절에 명성을 얻은 일과 어릴 때 친구 방중영方仲永 사이에 있었던 일화. |

다큐멘터리 〈중국통사-왕안석변법〉(2016)

먼저 영화의 경우 <소년왕안석>(2015)이 상영된 것으로 검색되나 영화에 대한 상세한 정보가 결여되어 있어서 그 제작방식이나 왕안석에 대한 시각을 확인할 수 없다. 왕안석에 대한 콘텐츠 중에서 그나마 활발한 것으로 평가되는 분야는 바로 다큐멘터리다. 이미 두 편이 제작되었는데, 그중 <중국통사-왕안석변법>(2016)을 예로 들어보자.

이 기록물은 그간 역사적으로 부정적 시각이 많았던 왕안석의 정치적 면모에 대해 심층적으로 분석하면서 그의 변법이 역사기록과 달리 새롭게 평가되어야 할 이유들을 제시한다. 대체로 왕안석이 시행한 변법은 '부국강민富國强民'이라는 당대의 목표를 달성하는 데에 합리적이고 타당한 당위성을 가졌으나, 당시 북송 사회가 안고 있던 구조적인 문제가 이를 뒷받침해주지 못한 것으로 보는 시각이다. 그의 변법은 시대를 앞서간 정책이었으나, 북송은 이를 이루어낼 사회기반이 부족했던 것은 아니었는지를 반문하며 판단은 독자의 몫으로 돌린다.

드라마 <소년중국설>(2018)은 중국의 유명한 인물의 어린 시절만을 소재로 삼아 방영된 작품인데, 그중 왕안석의 어린 시절을 조명한 단편인 <소년왕안석>이 있다. 따라서 왕안석이 문학가이자 정치가로서 활약한 성인기의 이야기는 없고, 어린 시절의 그의 총명함과 훈훈한 미담이 중심이 되어 있다. 이외에도 <포의재상왕안석布衣宰相王安石>(2002, 요녕인민출판사)이라는 20집 규모의 드라마 극본이 출판된 바 있으나, 현재까지 이 작품이 영상 제작으로 이어지지는 않은 것으로 나타난다.

요약하자면 현대에도 왕안석에 대한 다양한 긍·부정적 시각이 존재하고 각자의 논리가 있지만, 다큐멘터리와 드라마와 같은 현대적 창작물의 시각은 대체로 그의 긍정적 측면을 더 부각하는 분위기다. 하지만 왕안석을 소재로 한 영화나 드라마가 활발하게 제작되지 못하고 있는 가장 큰 이유 중 하나는 그에 대한 역사적 평가와 시각이 아직까지는 중립에 더 가깝다는 사실 때문일 것이다. 대중의 인기에 기반하고 있는 문화콘텐츠의 기획자들은 자칫 어느 한쪽으로 창작의 균형점을 잃었을 때 치러야 할 거센 비판의 위험을 무릅쓰기가 쉽지 않을 것이다. 또한 그러한 논란이 꼭 인기와 수입으로 연결된다는 보장이 없을 때에는 더욱더 소극적일 수 밖에 없기 때문에 당분간 이러한 창작 경향은 지속될 것으로 보인다.

연극 분야에서도 왕안석을 소재로 제작된 작품이 있으나, 창작이 활발하지는 않다. 검색범위 내에서 주로 창작된 지역도 경극京劇에 한정되어 있고 <왕안석>(2015)와 <왕안석배상王安石拜相>(2014) 정도만 확인된다. 전체적으로 왕안석 관련 연극도 여타 역사인물에 비해 소극적 창작에 머물고 있다.

900여년이 지난 오늘에 이르러 왕안석에 대한 역사적 평가는 일대 변화를 겪어왔다. 그리고 그의 개혁 정신을 높이 평가하고 본받고자 한 일부 개혁가들이 있었는가 하면, 당시의 개혁이 성공적이지 못했다는 평가에도 불구하고, 그 개혁의 역사적 의의에 대해 많은 이들이 주목하고 있다. 그가 살았던 시대에는 정치적 소용돌이 속에서 악평에 시달렸지만, 그의 개혁정신을 돌아본 많은 후인들은 그의 정신을 새롭게 되새기고 있다. 또한 시대를 넘어 대중의 입에 오르내리는 소설 속에서도 그는 여지없이 독자들의 관심을 한 몸에 받는 인물이면서, 아울러 중국소설사의 시대적 단면을 들여다볼 수 있게 하는 귀중한 존재로 남아 있다.

## 4. 유불儒佛의 경계가 어디던가 - 천고의 문인 소식蘇軾

'일도미식一道美食 온장생활지혜蘊藏生活智慧, 일수사一首詞 전창대강남북傳唱大江南北'

소식을 이야기할 때 가장 잘 어울리는 표현이다. 그 뜻을 살펴보면 '하나의 맛있는 음식에 생활의 지혜가 담겨 있고, 한 편의 가사는 천하에 전하여 불린다.'는 뜻이다. 여기서 '일도미식'은 소식이 창안한 음식 '동파육東坡肉'을 말할 테고, '일수사'는 소식의 사 '수조가두水調歌頭'를 의미할 테다. 아니, '동파육'이 '동파어'가 되어도 상관없고, '수조가두'가 '화자유면지회구和子由澠池懷舊'가 되어도 상관없다. 어차피 소식을 이야기할 수 있는 키워드는 넘치고 넘친다.

소식은 중국문학사에서 손꼽히는 천고의 문인이다. 그의 삶은 정치적 수난으로 굴곡졌지만, 그가 남긴 문학작품은 그 어떤 문인의 업적으로도 비교하기 힘들 만큼 오늘날까지도 찬란하게 빛을 발하고 있다. 정치판에서 겪어야 했던 숱한 역경은 오히려 그의 문학 성취를 더욱 빛나게 하는 자양분이 되었다는 점이 아이러니하기는 하지만, 그러한 역경을 늘 긍정의 힘으로 초월할 수 있었기에 한 인간으로서 경지에 이를 수 있었을 것이다. 그런 그의 이야기는 천 년이 지난 오늘날에도 끊임없이 전해지고, 그의 문학작품은 단 한 순간도 귀하게 여겨지지 않은 시대가 없을 정도이다. 이제 중국문학의 거두 소식을 만나보자. 현재까지 소식과 관련된 여러 문헌의 전체적인 목록은 다음과 같다.

[표 46]

| 종류 | 자료명 | |
|---|---|---|
| 사서류 | ≪송사宋史≫<소식전蘇軾傳> | |
| 필기류 및 소설류 | ≪서당집기구속문권제일西塘集耆舊續聞卷第一≫≪오등회원五燈會元≫ ≪견호이집堅瓠已集≫≪유세명언喩世明言≫ · ≪경세통언警世通言≫ · ≪성세항언醒世恒言≫ · <불문미인불인선사佛門謎人佛印禪師> | |
| 현대의 문화 컨텐츠 | 영화 | <소식삼진마이산蘇軾三進馬耳山>(2016) |
| | 다큐멘터리 | <소동파蘇東坡>(2016) |
| | 드라마 | <소동파蘇東坡>(2007) |

### 1) 역사인물 소식

흔히 우리에게 '소동파蘇東坡'로 더 잘 알려진 소식은 미주眉州 미산眉山(지금의 사천성 미산시) 사람이다. 북송의 저명한 문학가이자, 서예가이자 화가로 이름나서 '당송팔대가'로 칭송된다. 또한 그의 부친 소순蘇洵과 남동생 소철蘇轍도 당당히 '당송팔대가'에 이름을 올렸으니 한 집안에 셋이나 불세출의 인재가 나서 세간의 부러움을 사기도 했다.

소식에 대한 역사기록은 먼저 ≪송사宋史≫<소식전蘇軾傳>을 통해 살펴볼 수 있다. 그러나 <소식전>은 다른 인물에 비해 상당히 긴 내용이기 때문에 전체를 고찰하는 것은 본 장을 고찰하는 데에 적절하지가 않다. 따라서 소설의 범위와 일치하는 정사의 일부만을 살펴봄으로써 소설과의 비교를 진행하고자 한다. '삼언'에 등장하는 소식의 이야기는 대체로 신종 희녕 연간의 기록에 초점이 맞춰져 있다.

소식

- 신종 희녕 원년(1068) 7월 부친상을 끝내고 동생 소철과 함께 동경으로 돌아왔다.
- 희녕 2년(1069) 2월에 조정으로 돌아와서 전중승직사관판관고원殿中丞直史館判官告院으로 부임하였다. <의학교공거장儀學教貢舉狀>을 상소로 올리고, 왕안석이 과거를 변화시키고 학교를 흥하게 하고자 한 정책을 반대하였다. 12월에도 신법을 전면적으로 반대하는 상소를 올렸다.
- 희녕 3년(1070) 동경에서 전중승직사관판관고원을 맡으면서 개봉부추관開封府推官을 잠시 대리하였다. 다시 신종에게 상소를 올려 신법을 비판하였다.
- 희녕 4년(1071) 동경에서 전중승직사관판관고원 겸 판상서사부判尙書祠部를 맡았다. 어사 사경온謝景溫이 소식의 관직 수행의 무능함을 모함하

는 상소를 올리자, 소식은 지방관으로 갈 것을 간청하였다. 4월에 항주통판抗州通判로 갈 것을 명받고, 7월에 동경을 출발하여 진주陳州로 가서 소철과 만났다. 11월에 항주로 와서 부임하였다.

- 희녕 5년(1072) 항주통판으로 있으면서 중화당中和堂에서 시험감독관을 하였고, 지속적으로 글을 지어 신법을 반대하는 입장을 표하였다.
- 희녕 6년(1073) 항주통판으로 있으면서, 진술고陳述古를 도와서 전당錢塘의 여섯 우물을 복원하였고 윤주潤州 등지로 파견되기도 하였다.
- 희녕 7년(1074) 항주통판으로 있다가 5월에 조정으로부터 밀주密州로 부임할 것을 명받았다. 9월에 항주를 떠나서 밀주로 부임하였다. 11월에 <논하북경동도적장論河北京東盜賊狀>을 올려서 재난을 구제하고 세금을 감면하고, 백성들의 반란을 제압할 것을 주장하였다.
- 희녕 8년(1075) 밀주를 다스렸다. <상한승상논재상수실서上韓丞相論災傷手實書>을 올려서 재난을 구제하고 도둑을 방비하며, 수실법手實法과 식용소금의 국가관리를 반대하였다.(이해 2월에 왕안석이 다시 재상이 됨.)
- 희녕 9년(1076) 밀주를 다스리다가 12월에 사부원외랑직사관祠部員外郎直史館이 되어 하중부河中府로 이직하면서 밀주를 떠났다.
- 원풍元豊 2년(1079) 어사 하정신何正臣 등의 상소로 관직에서 박탈당하고 감옥에 갇히는 '오대시안'이 발생한다. 생사를 보장하기 어려웠으나 여러 사람의 도움으로 결국 풀려나서 황주黃州로 좌천된다.
- 원풍 7년(1084) 황주를 떠나서 여주汝州로 부임한다.[48]

소설에서 이야기하는 시대 범위에 맞춰 소식의 주요 행적을 위와 같이 살펴보았다. 물론 소식은 왕안석과 동시대를 살았고 신법당과 구법당이라는 정치적 대립 관계에 있었기 때문에 두 사람의 관계가 정사에

48) ≪송사≫<소식전> / 曾棗莊, ≪蘇軾評傳≫, 四川人民出版社, 成都, 1981의 312-314쪽 참조.

도 다수 나타난다. 따라서 소식을 이야기할 때 왕안석을 이야기하고, 왕안석을 이야기할 때 소식을 이야기하는 것은 너무나 자연스러운 소재가 되어 온 것이다. 이러한 역사적 사실을 토대로 후대의 작가들은 어떤 시·공간적 설정을 통해 흥미로운 이야기를 창작했는지 살펴보자.

소식이 부임한 항주 서호의 풍경
©shutterstock.com

## 2) 문학 속으로

소식은 '삼언'만 해도 모두 세 작품이나 등장할 정도로 인기 있는 소설의 소재다. 그 세 작품은 <왕안석삼난소학사王安石三難蘇學士>·(경3)<명오선사간오계明悟禪師趕五戒>(유30)·<불인사사조금낭佛印師四調琴娘>(성12)이며, 그 소재 또한 다채롭다. 이중 <왕안석삼난소학사>(경3)는 앞서 살펴본 바와 같이 소식과 왕안석에 대한 이야기이고, <명오선사간오계>(유30)는 소식과 불인선사라는 승려 간의 전생과 후생을 이은 우정을 다룬 작품이며, <불인사사조금낭>(성12)은 소식과 불인선사佛印禪師, 그리고 금낭琴娘이라는 여인 사이에서 일어난 일화를 다루고 있다. 각각의 작품은 전대부터 있었던 다수의 문헌, 특히 필기류를 바탕으로 재창작한 것으로 판단할 만한 연원 관계를 가지고 있다.

### (1) 〈왕안석삼난소학사〉(경3)

먼저 <왕안석삼난소학사>는 왕안석과 소식이라는 역사인물의 실제

시대를 그 배경으로 삼았으나, 일부는 해당 인물에 대한 일화를 활용하고, 일부는 두 인물과 전혀 관련이 없는 다른 인물의 일화를 활용하여 복합적으로 각색한 작품이다. 이에 대해서는 앞서 왕안석 편에서 이미 일부 살펴보았으나, 소식의 각도에서 '황국黃菊'의 일화를 살펴보면서 소략하기로 하자.

천고의 문인 소식에게도 유일한 단점이 있었으니 그것은 바로 '재화외로才華外露'다. 즉, 주변을 의식하지 않고 자신의 재주를 밖으로 거침없이 드러내는 성격을 말한다. 20대 초반에 중앙 정계에 입문하고 30대에 문단의 최고 정점에 이르는 천재성을 가졌으나, 스스로를 지나치게 드러내지 않는 겸손함이 부족했던 소식의 성격에 대해 풍몽룡은 소설을 통해 일침을 가한 것이다. 폄적되어 간 황주에서 소식은 자신이 살게 된 소박한 땅의 이름을 따서 호를 '동파거사東坡居士'라 하였고, 이때 당시 관직도 없이 백성과 어울려 사는 농부의 삶을 살면서 그는 인생의 참뜻을 깨닫고 득도의 경지에 이른다. 그가 지은 명작 <정풍파定風波>가 바로 이때 지어진 것이다.

'황국' 이야기는 원래 ≪서당집기구속문권제일西塘集耆舊續聞卷第一≫에 나오는 구양수歐陽脩와 왕안석에 얽힌 이야기를 차용한 것으로서 작가는 소식이 황주로 폄적된 역사적 사실을 바탕으로 하나의 새로운 허구적 인과관계를 만들어내서 왕안석의 긍정적 인품을 드러내고 소식의 경솔한 성격을 부각하는 일화로 활용하였다.[49] 그리고 왕안석과 소식의 실제 행적을 따라가 보면, 왕안석이 두 번에 걸쳐 재상에 임명되어 정계에 있었던 기간은 신종 희녕 9년까지였고, 그 이후는 금릉으로 내려가서 여생을 보냈다. 그러나 소설에서는 소식이 호주자사와 황주단

49) 담정벽, ≪삼언양박자료≫, 상해고적출판사, 상해, 1980의 239쪽 참조.

련부사를 거쳐 다시 조정에 복귀하여 한림학사로 제수된 시점에 이르기까지 왕안석이 재상의 자리에 있었던 것처럼 묘사했으니 이는 완전한 허구다. 또한 소식이 51세에 한림학사로 임명되던 철종哲宗 원우元祐 원년(1086)은 공교롭게도 왕안석이 사망한 해이기도 하다. 작가는 소식이 다시 한림학사에 복직된 역사적 사실에도 허구적 인과관계를 가미하였고, 아울러 학식과 재주가 높은 인물을 아끼고 중히 여길 줄 아는 왕안석의 인품을 드러내는 장치로 활용하였다.

(2) 〈명오선사간오계〉(유30)

'명오선사가 오계선사를 쫓아가다.'라는 제목의 이 작품은 소식과 그의 친구 불인선사 간의 전생과 후생을 이은 우정을 그린 작품이다. 작품의 주인공인 소식은 송대의 이름난 문인이기 때문에 설명이 필요치 않으나, 불인선사는 어떠한 열전도 전하지 않기 때문에 정사를 통한 규명은 어렵다. 다만 보제普濟의 ≪오등회원五燈會元≫권16에 "여러 사찰의 주지를 맡아온 불인선사는 머리가 뛰어나고, 풍채가 표연하며, 공종空宗[50]에 뜻을 두어서 출가하였다.[51]"라는 기록이 전하는 것을 통해 실존인물임을 유추할 수 있다. 이외에도 과연果然이라는 승려가 쓴 <불문미인불인선사佛門謎人佛印禪師>를 통해 불인선사에 대한 보다 상세한 기록을 접할 수 있다. 기록에 따르면 불인선사는 소동파와 교류가 매우 깊었고 서로 주고받은 글이 적지 않다고 한 것으로 보아, 두 사람이 아주 친밀한 관계였음을 유추케 한다. 실제로 소식은 도가뿐만 아니라 불가에도 많은 관심을 가지고 심취했다는 여러 가지 기록들이 있다.

50) 공종이란 인도 대승불교의 주요한 유파 중 하나이다.
51) 보제, ≪오등회원≫권16의 원문 참조.

소설로 발전한 <명오선사간오계>(유30)는 삼언 이전에 나온 ≪동파문답록≫과 ≪청평산당화본≫<오계선사사홍련기>(이하 <오계선사사홍련기>(청)으로 표기함)을 통해 이야기의 발전과정을 이해할 수 있다. 먼저 ≪동파문답록≫에는 소동파와 불인선사가 돈독한 친구 사이였고, 나라에서 기우제를 지내는 도장을 열었을 때 소식의 권유로 행사를 구경하러 갔던 불인선사가 황제의 눈에 띄어서 승려가 된 이야기가 나오는데 이는 소설의 줄거리와 거의 일치한다. 따라서 ≪동파문답록≫은 불인선사와 관련된 화본소설이 탄생하게 된 직접적인 원천이 되었을 것으로 추정된다. 또한 <오계선사사홍련기>(청)는 분량과 줄거리에 있어서 <명오선사간오계>(유30)와 상당 부분이 같고, 일부의 내용만이 달라진 차이를 보인다. 따라서 여러 문헌 간 비교를 통해서 <명오선사간오계>(유30)는 풍몽룡이 <오계선사사홍련기>(청)를 각색한 작품이 분명하다.

두 작품은 유사점과 차이점에 있어서 언급할 만한 요소들이 몇몇 있으나, 여기서는 가장 핵심적인 요소인 주제에 대해 이야기해보자. 우선 <오계선사사홍련기>(청)은 전체 줄거리에서 오계선사가 홍련을 사사로이 겁탈하고 파계승이 되는 세속적 줄거리의 비중이 높다. 또한 후생으로 환생한 소식이 깨달음을 얻는 과정도 홍련을 범한 전생의 업보를 철저하게 깨달아서가 아니라 불인선사를 통해 제도된 것이어서, 그 깨달음의 인과관계가 뚜렷하지 못한 한계점을 가지고 있다. 이에 반해 <명오선사간오계>(유30)는 후생의 소식이 꿈을 통해 전생에 오계선사로 지냈던 절을 방문하여 홍련과 만남으로써 자신의 잘못을 철저하게 뉘우치고 깨닫는 과정을 거친다. 따라서 <명오선사간오계>(유30)의 주제는 단순히 한 승려의 파계나 세속적 이야기에 초점을 맞춘 '사私'에 있기보다는, 소식이 불인선사를 통해 깨달음을 얻는 '도度'에 더 큰 방

점이 있다.[52)]

(3) 〈불인사사조금낭〉(성12)

'불인선사가 금낭을 네 번 희롱하다.'라는 제목의 이 작품은 소식과 그의 절친한 친구로 등장하는 불인선사, 소식의 관아소속의 관기 금낭이 주요 등장인물이다. 세 인물 중 소식과 불인선사는 앞서 살펴본 바와 같이 실존인물이나, 금낭의 경우는 실존인물이라기보다 임의로 설정된 인물로 판단되며, 유사한 줄거리를 가지고 있는 ≪견호이집堅瓠已集≫권1<불인서벽佛印書壁>을 통해 소설과 비교해 볼 수 있다.

> 소동파가 기녀를 데리고 금산金山에 올라서 술로 불인을 취하게 하고서 기녀에게 그와 동침하도록 명하였다. 불인은 깨어나서 벽 위에 써놓았다. "밤이 되어 술에 취해 침상에서 잠들었는데, 어느새 비파가 베갯머리에 있구나. 한림 소학사에게 말 전하노니, 한 가닥의 선율도 탄 적이 없다네.[53)]

≪견호이집≫의 내용은 불과 51자의 짧은 내용이지만 소설의 후반부에 해당하는 소식과 불인선사, 금낭 세 사람에게 얽힌 일화를 고스란히 담고 있다. 소식이 승려가 된 친구 불인선사의 불심을 시험하기 위해 금낭이라는 관기를 이용하여 유혹하게 하나, 결국 불인선사는 승려로서의 본분을 다한다는 소설의 줄거리와 비교할 때, ≪견호이집≫의 내용은 거의 큰 변화 없이 활용되고 그 편폭이 다소 길어졌을 뿐이다.

<불인사사조금낭>(성12)와 유사한 줄거리를 담고 있는 관련 문헌으

52) 李停停, <明代前中期話本小說演變探徵-從<五戒禪師私紅蓮記>到<明悟禪師趕五戒>>, ≪語言文學≫, 2010의 65쪽 참조.

53) 褚人获, ≪堅瓠甲集≫, 上海古籍出版社, 上海, 2012의 원문 참조.

로는 ≪견호이집≫ · ≪냉재야화≫와 ≪서호유람지여≫ 등이 있다. 그런데 이 세 문헌은 소식이라는 공통된 등장인물이 있다는 점을 제외하면 각각 소식과 다른 인물 간의 일화를 이야기하고 있다는 특징이 있다. 즉, ≪견호이집≫은 소설 속 등장인물과 마찬가지로 소식과 불인선사, 그리고 금낭에 대한 일화를 다루고 있는 반면, ≪냉재야화≫는 소식과 도잠이라는 승려가 시를 주고받은 것에 대한 일화이며, ≪서호유람지≫는 소식과 참료자가 서로 시를 주고받은 것에 대한 일화다. 이 중에서 ≪견호이집≫만이 소설에서 등장하는 인물의 이름과 일어난 사건의 전개 과정이 일치하며, ≪냉재야화≫와 ≪서호유람지≫의 경우에는 소식이 기생으로 하여금 각 인물들에게 시를 지어 줄 것을 청하게는 하나, 소식이 기생을 이용해서 동침을 하게 하였다는 내용은 보이지 않는다. 두 문헌은 소식과 승려, 그리고 관기가 함께 자리한 일화라는 기본 정황만 일치하는 것으로 볼 수 있는 것이다. 따라서 이 이야기는 '소식+승려+관기'의 조합과 '소식+문객+관기'의 조합으로 일정하지 않게 나타나고 있다.

### 3) 현대의 문화콘텐츠

소식을 소재로 한 현대의 문화콘텐츠는 주로 다큐멘터리 · 드라마 · 연극 분야가 다른 분야에 비해 활발한 편이다. 그러나 영화 · 드라마 · 연극 또한 다른 역사인물에 비해 상대적으로 창작 편수가 적은 편이고, 창작 또한 비교적 최근의 경향이었다는 점을 감안할 때, 그간 소식 소재의 문화콘텐츠의 창작이 다소 소극적이었다고 평가할 수 있다. 소식을 소재로 한 문화콘텐츠로는 영화 1편, 다큐멘터리 1편, 드라마 1편이 있다.

[표 47][54)]

| 장르 | 작품명 | 제작<br>연도 | 제작<br>지역 | 감독 | 작품의 주요 특징 |
|---|---|---|---|---|---|
| 영화 | <소식삼진마이산<br>蘇軾三進馬耳山> | 2016 | 대륙 | 상명<br>常鳴 | • '산동성동문화전매유한공사山東聲動文化傳媒有限公司'에서 84분 길이로 제작한 영화.<br>• 주연 : 설위薛偉 · 설릉雪凌 등.<br>• 내용 : 1074년 소식이 밀주태수密州太守로 부임해서 백성들의 어려움을 해결하기 위해 몸소 세 번이나 마이산을 드나들었던 이야기를 소재로 함. |
| 다큐멘터리 | <소동파<br>蘇東坡> | 2016 | 대륙 | 양광조<br>楊光照 | • 총 6집으로 구성된 다큐멘터리이며, <설니홍조雪泥鴻爪> · <일사연우一蓑煙雨> · <대강동거大江東去> · <성죽재흉成竹在胸> · <천고유애千古遺愛> · <남도북귀南渡北歸>로 구성됨.<br>• 내용 : 역사 다큐멘터리 중에서 가장 전면적으로 소동파에 대해 다룬 대형 인문 역사 다큐멘터리임. 2년에 걸쳐서 10여 개 국가 및 지역의 전문 학자, 예술가, 미식가 등의 견해를 폭넓게 담음. |
| 드라마 | <소동파<br>蘇東坡> | 2007 | 대륙 | 왕문걸<br>王文杰 | • 총 44집으로 제작. 2008년 광전총국廣電總局에서 우수 드라마로 추천됨.<br>• 주연 : 육의陸毅 · 임심여林心如 · 한우근韓雨芹 등<br>• 내용 : 소식이 파직된 후에 <적벽부赤壁賦>를 창작할 당시까지를 그림. |

세 편의 작품 중에서 먼저 2016년에 제작된 영화 <소식삼진마이산>은 소식이 밀주태수로 지방관으로 부임했을 당시의 이야기를 소재로 삼았는데, 소식의 전체 일생을 담기보다는 백성을 사랑한 애민관이었던 소식을 조명하기 위해 특정 시기의 이야기를 담고자 했다. 그러나

54) 위의 문화콘텐츠는 중국 '전영망(www.1905.com)'의 자료를 근거로 조사한 것이며, 그 범위 밖에 있는 일부 작품들은 '바이두(www.baidu.com)'를 통해 보강하였다.

영화의 완성도는 그다지 높지 않은 관계로 관객들의 주목을 크게 받지는 못한 작품이다.

소식 관련 작품 중에서 가장 주목할 만한 콘텐츠인 다큐멘터리 <소동파>는 소식의 등용문부터 죽음에 이르는 전 일생을 다루고 있고, 특히 소식에 대해 이야기할 수 있는 다양한 키워드를 이용해 6편의 대형 다큐멘터리를 제작했다. 제1편 <설니홍조>는 소식이 천하에 이름을 날리게 된 과정부터 '오대시안烏臺詩案'으로 인생 최대의 난관을 맞은 전환점까지를 다룬다. 제2편 <일사연우>는 소식이 황주에서 고난한 삶을 살아가는 와중에 스스로 초월을 이루어가는 과정을 담았다. 제3편 <대강동거>는 소식이 인생의 전환점을 거치면서 이루어낸 문학 성취에 대해 이야기한다. 제4편 <성죽재흉>은 소식이 서예와 회화에 있어서 이룬 예술적 성취에 대해 다룬다. 제5편 <천고유애>는 소식이 늘 백성을 바탕으로 하는 정치이념을 가졌고 이를 통해 이룬 성취에 대해 이야기하며, 만년에 폄적되어 떠돌다가 결국 죽음에 이르는 인생 역정을 다룬다. 제6편 <남도북귀>는 소식의 만년 생활이 곤경으로 점철되었으나 늘 평온하고 낙관적인 생활 태도를 유지하였으며, 인생의 온갖 어려움을 초월하여 후대의 문인 사대부의 모범이 되었음을 이야기한다. 전체적으로 이 다큐멘터리는 그간 소극적이었던 소식에 대한 현대적 창작에 단비와 같은 콘텐츠이면서 작품의 완성도도 상당히 높은 것으로 평가되고 있다.

다큐멘터리 〈소동파〉(2016)

드라마 분야에서도 2007년 왕문걸王文杰이 연출한 <소동파>가 출품되었는데, 이 작품은 소식의 청년기부터 그의 죽음까지의 일대기를 상당히 사실적으로 그려낸 작품이다. 대체로 역사적 사실을 크게 벗어나지 않는 한도 내에서의 부분적인 각색만이 이루어졌으며, 이른바 '삼소三蘇'로 불렸던 '소순 · 소식 · 소철' 세 부자의 파란만장한 인생은 물론, 소식의 인생 역정을 담담하게 그려내고 있다.

드라마 〈소동파〉(2007)

이외에도 <조만교처소소매刁蠻嬌妻蘇小妹>(2009)라는 드라마에도 소식이 상당한 비중으로 등장하고 있으나, 이 드라마는 소식의 누이로 등장하는 소소매를 중심으로 극이 전개되고 있기 때문에 본 편에서는 다루지 않았다.

연극 또한 소식이라는 인물이 가지고 있는 전형성을 크게 벗어나지 않으면서, 그가 살았던 시대와 고난의 삶에 초점을 맞춘 작품이 대부분이다.

소식은 천고의 문인으로 칭송되면서 그의 문학은 수많은 문학 애호가들에 의해 읽히고 쓰이고 있지만, 그에 대한 현대적 해석은 다소 소극적이고 협소하다는 점은 다른 역사인물과의 대비에서 드러난다. 이는 인물이 가지고 있는 전형성이 너무나 명확할 때, 많은 각색을 시도할 수 없다는 한계성도 일정 부분 작용하는 것은 아닌지 생각해볼 수 있다. 그럼에도 불구하고 다른 어떤 역사인물보다 풍부한 스토리텔링을 가지고 있는 소식에 대한 창작이 향후 더욱 풍부해지기를 희망해본다.

Chapter 07

# 여류女流

## 1. 소소매蘇小妹로 환생하다 - 소식의 누이 소팔낭蘇八娘

중국소설에서 여성을 중심인물로 삼은 작품이 많지 않거니와 실존 역사인물을 소설의 소재로 삼은 경우는 더욱 희귀한 편이다. 예를 들어 '삼언'소설만 보아도 여염집 여인이나 기녀를 소설의 중심인물로 창작한 작품을 더러 볼 수 있기는 하나, 실제 역사에서 그 명성이 자자했던 여인을 소재로 한 경우는 소소매가 유일하다. 여후呂后나 무측천武則天, 이청조李清照나 주숙진朱淑眞 같이 중국 역사와 문학에서 굵직한 발자취를 남긴 여인에 대한 이야기라면 뭇 남성들의 이야기 못지않게 독자들로부터 호응을 얻었겠지만, 아쉽게도 이들을 소재로 한 소설은 없다.

본 편에서 살펴볼 여류의 대표 인물 소소매는 앞서 살펴본 소식과 관련 있는 인물이다. 소소매는 사실상 역사인물이 아닌 특정 인물의 변형임에도 불구하고 오히려 역사인물 못지않은 창작이 일어나는 소재이며, 풍몽룡의 소설 <소소매삼난신랑蘇小妹三難新郎>(성醒11)이 이러한 새로운 인물 창조의 출발점이다.

### 1) 역사인물 소팔낭

소소매가 실존인물인지에 대해서는 몇몇 문헌 기록만 살펴보아도 어렵지 않게 확인할 수 있다. 소소매는 실존인물이 아니며, 또한 소식의 여동생 소소매가 진관秦觀이라는 당대의 걸출한 문인과 혼인했다는 것 또한 소설에서 나타나는 허구다.[1] 실제로 소식의 아버지 소순에게는 자식이 3남 3녀로 모두 여섯이 있었는데, 이 세 명의 여형제는 모두 소식보다는 손위 누이였다. 따라서 풍몽룡은 소식의 세 여형제 중 한 명을 모티브로 삼아 그녀를 소식의 여동생으로 설정한 후, 새로운 인물로 재창조했을 가능성이 있다. 그러한 가능성에 대해서는 소순이 쓴 <제망처문祭亡妻文>에 나타난 간략한 기록을 통해서 유추해 볼 수 있다.

> (나) 소순은 세 아들과 세 딸이 있었다. 장자 경선景先과 큰딸 둘은 모두 일찍 죽었다. 작은딸 팔낭은 어려서부터 재기와 지혜가 출중하여 시와 문장을 능히 써낼 수 있었지만, 운명이 너무나 불행했다. 그 아이는 18세 때 외숙 정준의 아들 정정보에게 시집가서 처가 되었는데, 시집간 후에 학대를 받아서 2년도 안 돼서 우울해하다가 죽었다. "자식이 여섯이나 있었는데 지금은 누가 집에 있단 말인가? 식(소식)과 철(소철)만이 살아서 죽지 않았구나."[2]

1) 담정벽, ≪삼언양박자료≫, 상해고적출판사, 상해, 1980의 442-443쪽 참조.
2) 曾棗莊, ≪蘇軾評傳≫, 四川人民出版社, 1981의 10쪽의 원문 참조.

위의 내용에서 알 수 있듯이 소식의 손위 누이였던 팔낭은 어려서부터 재기와 지혜가 출중하여 시와 문장에 능했다고 한다. 아마도 이런 사실을 바탕으로 소식과 소철과도 재기를 견줄 만했다는 소식 누이의 존재는 여러 문헌에 이야깃거리로 등장하기 시작한 것으로 보인다. 또한 시간이 지나면서 똑똑했지만 일찍 요절한 비운의 팔랑이 한껏 재기를 드러내고 당대의 걸출한 문인과 혼인까지 하는 소소매라는 새로운 인물로 변모하였을 것이라는 추측이 가능하다. 이는 소설 창작에서 흔히 볼 수 있는 인물의 각색 유형이기도 하다. 따라서 필자는 풍몽룡이 사천지역에서 유난히 특출난 재능으로 빛났던 소순의 가문에서 소식과 소철 이외에도 재기발랄한 여인이 있었다는 사실을 바탕으로 하나의 흥미롭고도 새로운 허구적 인물로 재창조한 것으로 보고 있다.

### 2) 문학 속으로

소소매로 개명되어 소설의 모티브가 된 것으로 보이는 팔낭에 대한 기록은 앞서 소개한 바와 같이 너무나 간략하여 소설의 내용과 비교할 만한 근거가 부족한 것이 사실이나, 이러한 단편적인 기록이나마 소설과의 관계를 살펴보는 근거가 된다. 그럼 소설에서는 팔낭이 어떤 여인으로 변모했는지 그 줄거리를 요약하여 살펴보자.

> 송대 사천의 미주에는 '소순 · 소식 · 소철'이라는 뛰어난 문인이 나왔는데, 세상에서는 이들을 '삼소'라 불렀다. 소순에게는 또 하나의 여식이 있었으니, 그녀의 이름이 바로 '소소매'다. '소소매삼난신랑'이라는 제목은 소소매가 신랑의 재기를 시험하기 위해 세 가지 문제를 내서 시험하였다는 의미를 담고 있다.
>
> 소소매는 어려서부터 두 오빠가 공부하는 모습을 지켜보면서 자연스럽게

학문을 가까이하여서인지 매우 총명하였을 뿐만 아니라, 때로는 두 오빠를 능가하는 재기 넘치는 모습을 보이기도 하였다.

소소매가 성장하여 어느덧 16살이 되자, 소순은 좋은 배필을 찾아주고 싶었으나 쉽게 정하지 못하다가 왕안석의 아들 왕방과 혼담이 오간다. 그러나 왕안석과 거리를 두고 싶어 하던 소순은 핑계를 대서 두 사람 간의 혼담은 없었던 것으로 만들어 버렸고, 이로 인해 소소매의 이름이 장안에 널리 알려지자 많은 재자가인들이 구혼해왔다. 소순은 딸이 직접 자신의 배필을 정하도록 지원자들에게 모두 글을 지어 올리도록 하였는데, 소소매의 마음에 쏙 든 인물이 바로 '진관'이었다.

진관은 소소매가 박색이라는 소문이 있었기에 이를 확인하기 위해 탁발 도인으로 변장하였다. 그는 소소매의 재기와 미모를 확인한 뒤에야 소문이 사실이 아님을 알게 되어 바로 청혼했다. 과거까지 단번에 급제한 진관은 소소매와 혼례를 올리게 되었다. 두 사람이 첫날밤을 치르던 그날 밤, 뜻밖에도 신혼방 앞에는 신랑을 시험하는 세 가지 문제가 기다리고 있었다. 세 문제를 다 맞히면 술 세 잔을 마시고 신방으로 들어가지만, 두 문제나 한 문제만 맞히면 벌칙이 주어졌다. 두 문제를 어려움 없이 푼 진관은 마지막 문제에서 어려움에 봉착했는데, 소식의 은근한 도움으로 세 번째 문제의 답을 맞추고서야 결국 신혼방에 들어갈 수 있었다. 이후 진관은 한림학사를 지내며 명성을 날렸고, 소소매도 궁에서도 이름난 여류시인으로 인정받았다. 소소매가 진관보다 먼저 세상을 떠나자, 진관은 그녀를 그리워하며 평생 재가하지 않았다.[3)]

소설의 줄거리는 크게 세 단락으로 나누어 살펴볼 수 있다. 첫째는 소소매의 성장 과정과 그녀의 남다른 총명함을 이야기한 단락이다. 두

3) 풍몽룡, ≪성세항언≫, 인민문학출판사, 북경, 1991.

번째는 혼기가 된 소소매가 왕안석의 아들 왕방과 혼담이 오간 이야기다. 셋째는 소소매가 자신의 배필로 정한 신랑 진관을 신혼 첫날밤에 세 번에 걸쳐서 시험한 이야기다. 이처럼 소설은 소식의 누이동생인 소소매의 출생부터 죽음에 이르기까지 나오는 몇 가지 일화를 통해서 소소매가 당대 최고의 문인으로 이름난 소식에 버금가는 총명한 여류재인女流才人이었음을 이야기한다. 또한 서두에는 당시에 남성들의 전유물이었던 학문의 길에 적지 않은 총명한 여류작가들이 있었으나, 그 중에서도 소소매를 절대 빼놓을 수 없음을 이야기한다.

이상과 같이 팔낭에 대한 기록과 소설 속 주인공 소소매의 이야기를 통해 크게 두 가지 정도를 비교해 볼 수 있다. 첫째는 실존인물과 소설 속 인물의 이름과 형제의 항렬이 달라진 점이다. 실존인물 팔낭은 소순의 여섯 남매 중 네 번째에 해당하는 인물이었으나, 소설에 등장하는 소소매는 소철보다 나이가 더 어린 누이로 등장하고 있다. 비록 항렬의 불일치는 있지만 두 인물은 모두 어려서부터 재기와 지혜가 남달랐다는 점에서 그 공통점을 찾을 수 있으며, 소설화의 과정에서 이는 흔히 나타날 수 있는 각색이다.

둘째는 두 인물의 혼인 관계다. <제망처문>에 따르면 팔낭은 18세가 되던 해에 외숙의 아들 정정보에게 시집을 갔고 불행히도 학대를 받아서 젊은 나이에 죽은 것으로 되어 있다. 이에 반해 소설 속 인물 소소매는 당시 재상이었던 왕안석의 아들 왕방으로부터 청혼을 받았지만 사양하였고, 여러 청혼자 중에서 자신의 마음에 드는 진관이라는 뛰어난 문인과 혼인할 정도로 대단히 총명한 여인으로 묘사되어 팔낭과는 대조적이다.

### 3) 현대의 문화콘텐츠

소소매 즉 팔낭에 대한 이야기는 점차 가공에 가공을 거듭하여 현대에도 그 인기를 누리고 있다. 소설 원작이 가지고 있는 희극성과 낭만성이 오늘날에도 환영받는 것은 중국 대중이 오랫동안 애호해왔던 희극적 스토리에 대한 문화적 DNA가 저변에 깔려 있다고도 볼 수 있다. 즉, 재자가인의 사랑과 혼인을 희극화 한 이와 같은 작품은 고전의 전형적인 작품이라는 명패가 붙음에도 불구하고 여전히 중국 대중의 사랑을 받는 것은 그들이 희극에 대해 가지고 있는 문화적 기호와 무관하지 않다는 것을 증명한다.

현재까지 소소매를 소재로 한 현대적 창작은 영화와 드라마와 연극이 있으며 그중에서도 연극에서의 창작이 활발한 편이다.

[표 48][4]

| 장르 | 작품명 | 제작 연도 | 제작 지역 | 감독 | 작품의 주요 특징 |
|---|---|---|---|---|---|
| 영화 | <소소매蘇小妹> | 1967 | 홍콩 | 왕천림 王天林 | • 영문제목 'Wife of a Romantic Scholar'로 홍콩에서 제작 방영됨.<br>• 주연 : 임취林翠 · 조뇌趙雷 · 정청田青 등.<br>• 내용 : 상영 사실은 확인이 가능하나, 상세한 정보가 없어서 영화적 각색의 방향을 알 수 없음. |
| 드라마 | <조만교처 소소매刁蠻嬌妻蘇小妹> | 2009 | 홍콩 | 광업생 鄺業生 | • 총 34편으로 제작됨.<br>• 주연 : 동선董璇 · 곽진안郭晉安 · 공방명公方明 등.<br>• 내용 : 소소매는 남편 진소유와 온갖 좌절과 후회 |

4) 위의 문화콘텐츠는 중국 '전영망(www.1905.com)'과 '중국희극망(www.xijucn.com)'의 자료를 근거로 조사한 것이며, 그 범위 밖에 있는 일부 작품들은 '바이두(www.baidu.com)'를 통해 보강하였다.

| 장르 | 작품명 | 제작 연도 | 제작 지역 | 감독 | 작품의 주요 특징 |
|---|---|---|---|---|---|
| | | | | | 와 반성을 거치지만, 결국 부부의 도리를 깨닫는다는 내용임. |
| 연극 | <황매희소소매黃梅戲蘇小妹> | 2014 | 대륙 | 확인불가 | • 주연 : 진림陳琳 · 시홍화施興華<br>• 내용 : 소설 원작을 기반으로 하고 있으나, 연극의 방식을 취하면서 영화 제작의 틀을 이용해서 실사로 촬영한 작품. |
| | <경극소소매京劇蘇小妹> | 2020 | 대륙 | 확인불가 | • '천진시청년경극단天津市青年京劇團'에서 2020년에 선보인 작품.<br>• 주연 : 유숙운劉淑雲 · 희붕姬鵬 등<br>• 내용 : 소소매와 진소유 외에 '문연文娟'이라는 유명한 기생도 진소유를 사모하여 세 사람이 삼각관계를 형성하지만, 소소매가 문견을 받아들여서 함께 화목하게 살게 됨. |

상기 표와 같이 1967년에 제작된 소소매 관련 영화 <소소매>(1967)는 홍콩에서 제작되었다는 사실 이외에 구체적인 작품에 대한 정보를 얻을 수가 없어서 소설의 영화적 각색이 어떤 방식으로 이루어졌는지를 가늠할 수가 없다.

드라마로 제작된 <조만교처소소매>(2009)는 가장 적극적으로 소소매를 다룬 작품으로서 모두 34편에 달하는 장편 드라마다. 극중의 소소매는 무술의 절대고수인 데다가 남자들과 당당히 겨뤄서 장원급제를 할 뻔한 뛰어난 여걸로 등장하고 있어서 원작 소설의 소소매와는 또 다른 절대 능력의 소유자로 변모했다.

드라마 〈조만교처소소매〉(2009)

그녀는 당대의 명사 진소유와 혼인하여 온갖 좌절을 겪게 되지만 결국 부부의 도리가 무엇인지에 대해 깨닫게 되면서 해피엔딩을 맞이한다. 기본적으로 이 드라마는 소소매와 진소유 간에 펼쳐지는 좌충우돌의 희극적 요소가 많아서 진지하게 역사인물을 다룬 전통 역사물과는 성격이 다르다. 소재는 역사인물에서 따왔지만 실상 전통적인 남녀 관념을 탈피하고자 하는 당찬 소소매를 통해 성별 간의 갈등과 긴장감도 존재하고, 두 사람의 낭만적인 사랑을 코믹하게 그려냈다는 점에서 '역사판타지물'에 가깝다.

연극은 소소매라는 소재를 가장 적극적으로 다루고 있는 분야로 평가된다. 연극 또한 7편 정도의 작품이 상연된 것으로 검색되어서 여타 역사인물에 비해서는 적은 편이지만, 영화나 드라마에 비해 활발하다. 이중 상연정보가 상세한 두 편의 작품을 살펴보자.

먼저 <황매희소소매>(2014)는 사실상 영화의 형식으로 제작된 연극이다. 촬영기반이 무대가 아닌 야외이기 때문에 사실상 영화로 분류한다고 해도 이상할 것이 없지만, 본 편에서는 연극으로 분류하였다. 앞서 황종을 소재로 한 <황종명단십오관>(2015)의 경우에도 같은 형식의 창작이 있었는데, 본 편에서 특별히 <황매희소소매>(2014)를 연극으로 분류한 것은 '황매희'가 중국의 220여 종에 달하는 지방극의 한 분류이고, 제작한 편명 또한 <황매희소소매>를 지향하고 있다는 점에서 연극의 특성을 강조하고자 한 의도가 있기 때문이다. 물론 이와 같은 창작은 더이상 영화인지 연극인지가 모호해진 새로운 형식의 창작임에 틀림없다. 이처럼 중국 문화콘텐츠도 현대에 접어들어 새로운 장르를 지속적으로 시도하고 고민함으로써 대중과 함께 할 수 있는 방법을 모색하고 있다.

두 번째 작품 <경극소소매>는 2020년에 정통 경극의 형식으로 무대에 오른 작품인데, 소설 원작과는 다른 새로운 각색을 시도하였다. 즉, 소소매가 진소유를 신랑으로 맞이하면서 벌어지는 코믹하고 낭만적인 에피소드 이외에 진소유가 장사長沙에서 알게 된 명기 문연과의 러브스토리가 첨가된 것이다. 우여곡절 끝에 세 사람은 한 지붕 아래에서 화목하게 살게 되지만, 애초에 소소매도 가상의 인물인데 문연까지 더해지면서 각색은 점점 날개를 달고 있는 모습이다. 역사적 사실을 모르고, 원작의 줄거리를 모르는 관객이라면 이제 진소유와 소소매, 그리고 문연의 낭만적인 삼각관계가 그 옛날 있었노라고 추측하지 않겠는가!

이외에도 5편 정도의 작품이 더 검색되나 작품에 대한 상세한 정보가 부족하며, 특히 경극 분야의 창작이 다른 지방극에 비해 활발한 것이 특징이라고 할 수 있다.

이처럼 소소매는 소팔낭이라는 인물을 모티브로 창조된 가상의 인물이기는 하나, 소식의 여동생으로 새롭게 탄생하여 실존인물 못지않은 유명세를 띤다. 이와 유사한 예는 앞서 성군 조광윤에서 등장한 조경낭의 경우에서도 살펴볼 수 있었다. 조경낭은 조광윤과 아무런 연고도 없는 허구적 결합에서 출발했지만, 문학작품 속으로 들어온 조경낭은 실존인물 못지않은 존재감을 나타낸 바 있다. 마찬가지로 소소매는 문학작품으로 창조된 가상의 인물이지만, 실존인물 못지않은 생명력을 오늘날까지 이어오고 있는 것이다.

# 참고문헌

### ◈ 원전 및 공구서


馮夢龍, ≪喩世明言≫, 鼎文書局, 臺北, 1978.

馮夢龍, ≪警世通言≫, 鼎文書局, 臺北, 1980.

馮夢龍, ≪醒世恒言≫, 鼎文書局, 臺北, 1978.

馮夢龍, ≪喩世明言≫, 人民文學出版社, 北京, 1991.

馮夢龍, ≪警世通言≫, 人民文學出版社, 北京, 1991.

馮夢龍, ≪醒世恒言≫, 人民文學出版社, 北京, 1991.

阮葵生, ≪茶餘客話≫, 商務印書館, 上海, 1936.

羅燁, ≪醉翁談錄≫, 古典文學出版社, 上海, 1957.

趙弼, ≪效顰集≫, 古典文學出版社, 上海, 1957.

静錢方, ≪小說叢考≫, 古典文學出版社, 上海, 1958.

張田 編, ≪包拯集≫, 中華書局, 北京, 1963.

魏徵 等撰, ≪隋史≫, 中華書局, 北京, 1974.

張廷玉 等撰, ≪明史≫, 中華書局, 北京, 1974.

歐陽脩·宋祁 撰, ≪新唐書≫, 中華書局, 北京, 1975.

脱脱 等撰, ≪宋史≫, 中華書局, 北京, 1977.

臧晉叔 編, ≪元曲選≫, 新華書局, 北京, 1979.

胡士瑩, ≪話本小說概論≫, 中華書局, 北京, 1980.

潭正璧, ≪三言兩拍資料≫, 上海古籍出版社, 上海, 1980.
錢彩, ≪說岳全傳≫, 上海古籍出版社, 上海, 1980.
田汝成 輯撰, ≪西湖遊覽志餘≫, 上海古籍出版社, 上海, 1980.
蔣星煜, ≪況鍾≫, 上海人民出版社, 上海, 1981.
岳珂 撰, ≪桯史≫, 中華書局, 北京, 1981.
曾棗莊, ≪蘇軾評傳≫, 四川人民出版社, 1981.
孫楷第, ≪中國通俗小說書目≫, 人民文學出版社, 北京, 1982.
黃仁宇, ≪萬歷十五年≫, 中華書局, 北京, 1982.
吳奈夫 等 校點, ≪況太守集≫, 江蘇人民出版社, 蘇州, 1983.
李春祥, ≪元代包公戲曲選注≫, 中州書畵社, 中州, 1983.
周密 撰·張茂鵬 點校, ≪齊東野語≫, 中華書局, 北京, 1983.
李春芳 編, ≪海公大紅袍全傳≫, 寶文堂書店, 北京, 1984.
沈錫麟, ≪包拯≫, 中華書局, 北京, 1984.
無名氏 撰 種輝 校點, ≪海公小紅袍全傳≫, 寶文堂書店, 北京, 1987.
香草館主人, ≪續七俠五義≫, 河北人民出版社, 石家莊, 1988.
叢書集成初編, ≪朝野遺記≫, 中華書局, 北京, 1991.
叢書集成初編, ≪三朝野史≫, 中華書局, 北京, 1991.
叢書集成初編, ≪山房隨筆≫, 中華書局, 北京, 1991.
叢書集成初編, ≪山居新話≫, 中華書局, 北京, 1991.
叢書集成初編, ≪貴耳集≫, 中華書局, 北京, 1991.
魏同賢 主編, ≪馮夢龍全集≫, 上海古籍出版社, 上海, 1993.
石昌渝 校點, ≪淸平山堂話本≫, 江蘇古籍出版社, 南京, 1994.
(明) 佚名, ≪海公案≫, 三秦出版社, 西安, 1995.
安遇時, ≪百家公案≫, 浙江古籍出版社, 杭州, 1996.
李文斌, ≪<隋煬帝>電影創作與隋煬帝硏究≫, 中國電影出版社, 北京, 1997.
李春芳 編次, ≪海剛峰先生居官公案≫, 群衆出版社, 北京, 1999.

石玉昆, ≪五鼠鬧東京≫, 內蒙古人民出版社, 呼和浩特, 2000.
俞樾, ≪茶香室叢鈔≫, 中華書局, 北京, 2006.
楊訥, ≪文淵閣四庫全書補遺 集部≫·≪宋元卷≫ 第四册, 北京圖書館出版社, 北京, 2006.
周密, ≪武林舊事≫, 中華書局, 北京, 2007.
石玉昆, ≪七俠五義≫, 人民文學出版社, 北京, 2011.
(明) 佚名, (清)貪梦道人 著, 維濰·南郭子 校, ≪龍圖公案≫, 三秦出版社, 西安, 2012.
譚正璧, ≪三言兩拍源流考≫, 上海古籍出版社, 上海, 2012.
馮夢龍 編著 欒保群 點校, ≪古今譚概≫, 中華書局, 北京, 2012.
褚人获, ≪堅瓠甲集≫, 上海古籍出版社, 上海, 2012.
石玉昆, ≪三俠五義≫, 中國古典小說最經典, 中華書局, 北京, 2016.
蔣瑞藻, ≪小說考證≫, 浙江古籍出版社, 杭州, 2016.

◈ 학술지 논문

郭漢城·蘇國榮, <論淸官和淸官戲>, ≪文學評論≫, 中國社會科學院文學研究所, 1979年 3期, 1979.
敖其爾, <用歷史的觀點看淸官戲>, 內蒙古民族大學學報, 1982年 2期, 1982.
최환, <三言 중 發跡變泰 故事의 構造와 意味 分析>, 人文研究 15-2, 1994.
曾亞, <論明淸小說中的隋煬帝形象>, 江蘇省社會科學院明淸小說研究中心, 1994年 2期, 1994.
鄭尙憲, <論古代文人風情喜劇的演變>, 厦門大學學報 1999年 3期, 厦門, 1999.
張玉璞, <隋煬帝與南北文化交融>, ≪北方論叢≫, 2002年 第3期, 2002.

韓隆福, <隋煬帝與宗教>, ≪常德師範學院學報(社會科學版)≫, 2003年 第28卷 第4期, 2003.

고숙희, <包公, 歷史에서 文學 속으로>, 중국소설논총 제18집, 2003.

박명진, <명대 공안소설 전집의 창작과 간행>, 중국어문학 제41집, 2003.

朱世業, <試論隋煬帝楊廣的文學成就>, ≪重慶職業技術學院學報≫, 2004年 第13卷 第4期, 2004.

王述堯, <歷史的天孔 - 略論賈似道及其與劉克莊的關係>, 蘭州學刊 2004年 第3期, 2004.

何忠禮, <實事求是是正確評價歷史人物的關鍵>, 探索與争鳴, 2004.

鄒赫, <≪說岳全傳≫成書年代研究>, ≪內江師範學院學報≫, 2006.

買豔霞, <≪涇林雜記≫及其作者小考>, ≪文獻≫, 國家圖書館 2010年 2期, 2010.

呂茹, <敍事主題的轉換性:古代白話短篇小說與戲曲的雙向互動>, 咸寧學院學報 第31卷 第11期, 2011.

譚平, <君王在神性和人性之間的困惑及其應對-以宋太祖趙匡胤爲例>, ≪成都大學學報≫, 2012年 第3期, 2012.

王永寬, <論羅貫中的≪趙太祖龍虎風雲會≫雜劇>, 昆明學院學報 34 (1), 河南省社會科學院, 2012.

周立波, <周傳瑛與昆劇<十五貫>研究述略>, 浙江藝術職業學院學報 第12卷 第4期, 2014.

田澍, <嘉隆萬改革視野下的海瑞>, 西北大學學報 第51卷 第1期 , 2014.

柳正一, <≪情史≫의 評輯者와 成書年代 考證>, 중국소설논총, 45집, 2015.

박명진, <'해공대홍포전전'의 제재유형: 인물전기와 정치소설의 결합>, 동북아문화연구 제46집, 2016.

胡潁, <元佚雜劇≪四不知月夜京娘寃≫存事考>, ≪文史長廊≫, 蘭州大學,

2017.
崔亨燮, <馮夢龍의 ‘다시 쓰기(rewriting)’에 관하여-<況太守斷死孩兒>을 중심으로>, 중국소설논총 제53집, 2017.
천대진, <역사인물 唐寅의 서사변천과 현대적 수용 고찰-小說 중심의 中國文學敎育의 일 방안으로>, 중국소설논총 54집, 2018.
천대진, <淸官의 문학 속 서사변천과 현대적 수용고찰-三言 역사인물 包拯과 況鍾을 중심으로>, 중국소설논총 제56집, 2018.

◈ 학위논문

李悅眉, <明清戲曲作品中的唐伯虎造型探究>, 安徽大學. 碩士學位論文, 2010.
천대진, <삼언 역사인물 서사 연구>, 경상대학교 대학원 박사학위논문, 2016.

◈ 기타

中國电影網(www.1905.com).
中國戲劇網(www.xijucn.com).
百度(www.baidu.com).

| 지은이 소개 |

**천대진**

경남 통영 출생으로 경희대학교 중어중문학과를 졸업하고 경상대학교 중어중문학과에서 중국 고전문학으로 석·박사 학위를 받았다. 영남대학교 중국언어문화학과 포스닥 연구원을 거쳐 지금은 경상대학교와 인제대학교에서 객원강의교수로 활동 중이다.
풍몽룡이 집록한 명대 단편소설집 '三言'을 다년간 심도 있게 연구하였고, 중국 문화와 현대 문화콘텐츠에 대해서도 관심을 가지고 연구하고 있다.

대표 논문 :
〈삼언소설 속 시 연구〉(2017), 〈유영의 소설화에 대한 고찰〉(2017), 〈삼언소설 속 간신의 형상에 관한 고찰〉(2017), 〈역사인물 당인의 서사변천과 현대적 수용 고찰-소설 중심의 중국문학교육의 일 방안으로-〉(2018), 〈《대송선화유사》의 체제와 내용 연구〉(2018), 〈청관의 문학 속 서사변천과 현대적 수용 고찰-삼언 역사인물 포증과 황종을 중심으로-〉(2018), 〈삼언 속 군주의 문학작품으로의 유입 양상과 현대적 수용 고찰〉(2019), 〈삼언 속 회재불우한 문인의 소설화와 현대적 수용고찰-역사인물 이백·왕발·유영을 중심으로〉(2019), 〈문학작품 속에 투영된 청관 해서의 인물 형상과 현대적 수용 고찰〉(2020) 등

저서 :
공저 《동아시아 고전의 이해》(2018)
천대진 《三言 소설이 된 역사인물》(2018)
경상대학교인문학연구소 공저 《기억 서사 정체성》(2018)
천대진 《역주 선화유사》(2019, 2020 세종 학술도서로 선정)

# 중국소설을 통해 본
# 역사 문학 문화콘텐츠

초판 인쇄 2021년 2월 15일
초판 발행 2021년 2월 27일

지 은 이 | 천대진
펴 낸 이 | 하운근
펴 낸 곳 | 學古房

주　　소 | 경기도 고양시 덕양구 통일로 140 삼송테크노밸리 A동 B224
전　　화 | (02)353-9908 편집부(02)356-9903
팩　　스 | (02)6959-8234
홈페이지 | http://hakgobang.co.kr/
전자우편 | hakgobang@naver.com, hakgobang@chol.com
등록번호 | 제311-1994-000001호

ISBN 979-11-6586-141-4 93820

**값 : 17,000원**

이 논문 또는 저서는 2018년 대한민국 교육부와 한국연구재단의 지원을 받아 수행된 연구임(NRF-2018S1A5B5A01029080)